Vera Nentwich

Frau Appeldorn und der tote Bademeister

AF286362

Zu diesem Buch

Das Leben von Frau Appeldorn lässt die Höhepunkte vermissen. Die ehemalige Chefsekretärin versucht, sich damit zu arrangieren, dass nach dem Berufsleben die Herausforderungen ausbleiben. Doch dann bekommt sie nach der Wassergymnastik mit, dass sich die Trainerin und der Bademeister streiten. Am Abend wird der Bademeister tot aufgefunden. Ihr kriminalistischer Ehrgeiz erwacht und sie sieht die Chance, ihrem Leben einen Kick zu geben. Unter der zuerst zögerlichen Mithilfe ihres Nachbarn Herrn Büyüktürk taucht sie in das Leben des Opfers ein. War der Partner des Bademeisters eifersüchtig? Welche Rolle spielt die selbstbewusste Gymnastiktrainerin?

Mareike Appeldorn lässt nicht locker, bis der Fall aufgeklärt ist, und vergisst

Vera Nentwich wurde 1959 geboren – ein ganz besonders gutes Weinjahr. Und vielleicht liegt es daran, dass ihr die humorvolle Sichtweise auf die Dinge ganz besonders am Herzen liegt. Seit Jahren schreibt sie erfolgreich humorvolle Krimis und Romane und ihre Lesungen gleichen eher temperamentvollen Bühnenshows, die sie gemeinsam mit einer Theaterregisseurin inszeniert. So tritt sie auch als Kabarettistin auf. „Nebenbei" ist sie geschäftsführende Gesellschafterin einer IT-Unternehmensberatung. Wie guter Wein eben – überraschend und vielseitig.

Vera Nentwich

Frau Appeldorn und der tote Bademeister

Mehr über die Autorin und ihre Bücher:
www.vera-nentwich.de

Bisher in dieser Reihe erschienen:
Frau Appeldorn und der tote Maler

Ebenfalls von Vera Nentwich erschienen:
Tote Models nerven nur
Liebe vertagen, Mörder jagen
Tote machen Träume wahr
Tote Bosse singen nicht
Tote Trolle meckern nicht
Tote Tanten plaudern nicht
Tote Trainer pfeifen nicht

Kick ins Leben
Rausgekickt: Blaue Vögel
Pseudonyme küsst man nicht
Wunschleben

1. Auflage November 2023
© 2023 Vera Nentwich, c/o coni GmbH
Lewerentzstraße 104, 47798 Krefeld
Lektorat: Dorothea Kenneweg
Korrektorat: Gundi Fischer
Covergestaltung: Casandra Krammer -
www.casandrakrammer.de
Druck: Sowa Sp. z o.o., Piaseczno Business Park
ul. Raszynska 13, 05-500 Piaseczno, Poland
ISBN 978-3-9818806-7-0

I

„Heute meint sie es aber besonders gut mit uns", keuchte Frau Appeldorn, während sie angestrengt versuchte, die Poolnudel unter Wasser zu drücken. Dabei bemühte sie sich, die Beinbewegungen nachzuvollziehen, die die Trainerin am Beckenrand vormachte.

„Ja", bestätigte Elisabeth neben ihr, die nicht weniger kämpfte. „Irgendeine Laus ist ihr über die Leber gelaufen."

Eine neue Anweisung unterbrach sie, und nun mussten sie sich das Schaumstoffungetüm über den Kopf halten. Frau Appeldorn strampelte tapfer mit den Füßen im Wasser.

„Wir müssen ihr mal sagen, dass wir hier nicht für Olympia trainieren", meldete sich Ute von der anderen Seite zu Wort und verschluckte sich, als Wasser in ihren Mund schwappte. Heftig hustend stoppte sie ihre Bewegungen. Frau Appeldorn hörte ebenfalls sofort mit der Übung auf und versuchte, der Freundin zu helfen.

„Geht schon", winkte diese ab.

„Alles in Ordnung?", rief die Trainerin ihnen zu.

„Ja, sie hat sich nur verschluckt", erklärte Frau Appeldorn. „Du malträtierst uns heute aber auch ganz schön."

Der Gesichtsausdruck der Angesprochenen sah erschrocken aus.

„Meint ihr?", fragte sie vorsichtig, woraufhin alle aus dem Wasser ragenden Köpfe heftig nickten.

„Oh, das tut mir leid." Janina ließ die Schultern hängen. „Das wollte ich nicht." Dann raffte sie sich wieder auf. „Dann machen wir Schluss für heute."

Ein Aufatmen ging durch die Teilnehmerinnen. Frau Appeldorn begleitete Ute zum Ausstieg aus dem Schwimmbecken.

„Hat sie Ärger mit ihrem Freund?", fragte Ute.

„Ich weiß gar nicht, ob sie einen Freund hat", rätselte Elisabeth, als sie sich zu ihnen gesellte.

„Das wäre aber eine Schande", warf Frau Appeldorn ein. „Janina ist doch eine tolle Frau."

„Vielleicht wäre er etwas für sie", meinte Ute, als der Bademeister erschien.

„Hallo, die Damen", rief er in die Runde und sandte ihnen ein Lächeln, das jeder Zahnpastawerbung den Rang ablief. Seine Mimik änderte sich aber sofort, als er die Trainerin sah. Jetzt wirkte er, als hätte sie ihm sein Lieblingsspielzeug gestohlen.

„So, wie die sich ansehen, wird es nichts mit dem Traumpaar", stellte Frau Appeldorn fest.

„Das wird sowieso nichts", meinte Elisabeth, und alle sahen zu ihr. „Wisst ihr es denn nicht?"

Ute und Frau Appeldorn schüttelten die Köpfe.

„Sieht doch ein Blinder mit Krückstock", Elisabeth genoss ihren Wissensvorsprung sichtlich. „Er steht nicht auf Frauen."

„Ach, wirklich?" Frau Appeldorn musterte den Bademeister, der mit der Trainerin in Richtung der Umkleiden verschwand.

„Ja", bestätigte Elisabeth. „Er lebt doch mit seinem Partner zusammen. Irgend so ein Banker mit jeder Menge Kohle. Ich glaube, sie sind sogar verheiratet."

„Es sind immer die Bestaussehendsten", seufzte Ute.

„Mach dir da keine Gedanken." Frau Appeldorn winkte ab. „Wir wären auch sonst nicht interessant für ihn."

„Genau", bestätigte Elisabeth. „Aber gucken können wir trotzdem."

Alle kicherten, sammelten ihre Handtücher auf und gingen ebenfalls zu den Umkleiden.

Frau Appeldorn trat angekleidet und zum Gehen bereit vor ihre Kabine und schaute sich nach ihren Freundinnen um. Die Trainerin kam ihr angezogen, aber noch mit nassen Haaren, entgegen. Es war klar, dass sie geweint hatte.

„Was ist los, Janina?", fragte Frau Appeldorn, als sie bei ihr angelangt war.

„Nichts", antwortete diese und machte Anstalten, in Richtung des Ausgangs zu verschwinden.

„Wenn ich dich so ansehe, merke ich dir aber deutlich an, dass etwas los ist." Frau Appeldorn machte einen Schritt auf Janina zu und versuchte, ihren Blick zu erhaschen, aber die Trainerin senkte den Kopf und studierte das Muster der Bodenfliesen. Verstohlen wischte sie sich mit der Hand über das Gesicht.

„Du kannst es mir sagen." Frau Appeldorn legte ihr sanft die Hand auf die Schulter.

Die Trainerin richtete sich wieder auf. „Es ist zum Verzweifeln", sie seufzte tief.

„Was?", hakte Frau Appeldorn nach.

„Da will man sich etwas aufbauen, und alle legen einem Knüppel zwischen die Beine."

„Hat es mit den Plänen für dein Yogastudio zu tun?", mutmaßte Frau Appeldorn, und die Trainerin nickte.

„Ja, aber lass es gut sein." Sie wandte sich ab. „Ich muss los. Wir sehen uns nächste Woche."

Noch bevor Frau Appeldorn etwas erwidern konnte, war Janina außer Reichweite. Sie blickte ihr noch nach, als Ute und Elisabeth aus ihren Kabinen kamen.

Auch der Bademeister erschien und sah sich suchend um.

„Janina ist gerade weg", informierte Frau Appeldorn ihn. „Ich dachte, Sie seien befreundet. Jetzt sieht es eher so aus, als ob Sie Streit gehabt hätten."

Irritiert sah er zu der Fragestellerin auf. „Das geht Sie nichts an", antwortete er abwesend und verschwand wieder zum Schwimmbecken.

„Das hätte man auch höflicher sagen können", meldete sich Ute zu Wort.

„Es gab wohl Streit", erläuterte Frau Appeldorn und sah dem Bademeister nach.

„Das zeigt mal wieder, dass ein knackiger Hintern nichts über den Charakter eines Mannes aussagt." Elisabeth grinste.

„Wer will schon Charakter", warf Ute ein, und alle gackerten los.

Frau Appeldorn betrachtete die lachenden Frauen und beglückwünschte sich innerlich dazu, dem Kulturverein beigetreten zu sein. Sie hatte gute Freundinnen gefunden.

Frau Appeldorn fuhr das Auto auf ihre Einfahrt und stoppte den Motor. Die Batterieanzeige verlangte, dass sie den Wagen wieder an die Steckdose anschließen sollte. So öffnete sie das Garagentor und fuhr den Wagen hinein. Dann verband sie ihn mit der Ladebox an der Wand. Als sie das Garagentor hinter sich schloss, kam ihr Nachbar auf sie zu.

„Frau Appeldorn, gut, dass ich Sie antreffe", sprach er sie auf halbem Weg an.

„Hallo Herr Büyüktürk, gibt es etwas Dringendes?"

„Ja, das kann man so sagen", stellte er fest, als er bei ihr angelangt war.

„Ach ja?"

„Sie sind schließlich die Verantwortliche für dieses Event mit Ihrem Kulturverein. Ich benötige unbedingt Ihre Meinung zu dem Pressetext, den ich entworfen habe."

„Darum werde ich mich gleich kümmern."

„Wenn wir wollen, dass die Lesung ein Erfolg wird, dann müssen wir die Medien rechtzeitig informieren."

„Ich weiß, lieber Herr Büyüktürk. Ich bin auch wirklich dankbar dafür, dass Sie uns bei der Organisation der Veranstaltung tatkräftig unterstützen. Ich setze mich sofort daran."

„Dass ein Schriftsteller dieser Güte in unserer Stadt eine Lesung gibt, ist eine Sensation. Da ist es doch selbstverständlich, dass ich mithelfe. Als Germanist kenne ich mich schließlich mit seinen Werken aus."

„Wie gesagt, wir sind Ihnen sehr dankbar. Ich melde mich heute noch. In Ordnung?"

Er nickte. „Ja, ich erwarte Ihre Anmerkungen." Er machte auf dem Absatz kehrt und marschierte zurück zu seinem Haus. Frau Appeldorn sah ihm hinterher, während er durch die Tür verschwand. Hätte sie ihm sagen sollen, dass sie seinen Text schon längst gelesen hatte? Leider war er einfach viel zu trocken. Immerhin hatte sie sich nun noch einige Stunden Karenzzeit verschafft, bis sie sich der Herausforderung stellen musste, den Nachbarn mit ihrer Kritik zu konfrontieren.

Sie ging ins Haus und breitete ihre nassen Sachen im Bad aus, damit sie trocknen konnten. Dann ging sie in die Küche, um sich einen Kaffee zuzubereiten. Mit dem Getränk bewaffnet, schlenderte sie zu ihrem Schreibtisch, schaltete den PC ein und rief den Pressetext auf, den ihr der Nachbar geschickt hatte.

Sie las ihn noch einmal, leise vor sich hin murmelnd, und schüttelte mehrfach den Kopf. Zu schwülstig waren die Worte, mit denen Herr Büyüktürk den Schriftsteller Friedrich Meister beschrieb. Natürlich war der frühere Gewinner des Georg-Büchner-Preises eine bekannte Größe in literarischen Kreisen, aber Frau Appeldorn war sich nicht sicher, ob er seitdem überhaupt wieder irgendetwas geschrieben hatte. Schließlich war die Verleihung des Preises an ihn auch schon über zwanzig Jahre her. Aber ihr Nachbar bewunderte Meister. Das war offensichtlich.

Natürlich waren sie und ihre Mitstreiterinnen im Kulturverein sehr dankbar, dass Herr Büyüktürk sich angeboten hatte, seine Kontakte zu nutzen und diese literarische Größe in die Stadt zu locken. Aber es war auch wichtig, das Publikum dazu zu bringen, die Veranstaltung zu besuchen. Frau Appeldorn war sich nicht sicher, ob dieser achtzigjährige Schriftsteller, den nur

Literaturbegeisterte kannten, ein größeres Publikum anlocken würde. Auf jeden Fall musste der Pressetext schmissig und modern sein und durfte nicht so klingen wie die Doktorarbeit eines Germanisten. Ihr war bewusst, dass jede Korrektur am Text ihres Nachbarn eine heftige Diskussion hervorrufen würde, aber sie hatte die Verantwortung für diese Veranstaltung. Da durfte sie die Aussicht auf einen Streit nicht behindern. Sie markierte den ersten Absatz im Text und löschte ihn. Dann begann sie zu tippen.

Während sie schrieb, musste sie unweigerlich daran denken, wie sie vor noch gar nicht so langer Zeit im Büro bei Franz Julius GmbH & Co. gesessen hatte. Genauer gesagt war es das Vorzimmer des Seniorchefs gewesen. So viele Jahre hatten sie eng und vertrauensvoll zusammengearbeitet, und dann, von einem Tag auf den anderen, war alles vorbei gewesen. Sie musste innehalten und sich sammeln, bevor sie weitertippen konnte. Ihr liefen kalte Schauer den Rücken hinunter bei dem Gedanken an das Gespräch mit dem Juniorchef einige Tage nach dem Tod des Seniors. Bedankt hatte er sich für ihre Verdienste. Ha, dieser hinterhältige Mistkerl! Dann hatte er ihr den Ruhestand nahegelegt. Den sie sich schließlich verdient hätte. Sie schüttelte vor Abscheu den Kopf. Verdient hätte sie, dass man ihr eine verantwortungsvolle Aufgabe gab. Nicht, dass man sie auf das Abstellgleis schob.

Sie starrte auf den Text vor ihr auf dem Bildschirm. Wenigstens hatte die Arbeit im örtlichen Kulturverein sie etwas abgelenkt, und sie genoss es, wieder gebraucht zu werden und etwas bewirken zu können. Allerdings musste sie sich eingestehen, dass die gelegentlichen Veranstaltungen, die sie organisierten, bei Weitem nicht den Herausforderungen gleichkamen, denen sie sich im Berufsleben tagtäglich hatte stellen müssen.

Nachdem sie den geänderten Text an den Absender geschickt hatte, leerte sie den Rest ihres Kaffees. Wann würde es wohl an der Tür klingeln? „Kaum mehr als fünf Minuten", sagte sie sich selbst und schaute auf die Uhr, um ihre Schätzung später überprüfen zu können.

„Noch nicht einmal drei Minuten", stellte sie fest, als die Türglocke ausdauernd schrillte. Sie ging zum Hauseingang und fand ihre Vermutung bestätigt. Ihr Nachbar stand davor und wedelte mit einem Blatt.

„Was fällt Ihnen ein", rief er aus, und Frau Appeldorn konnte nicht umhin zu lächeln, während er da mit hochrotem Kopf stand und mit dem Papier vor ihrem Gesicht herumfuchtelte. Er trug, wie immer, eine ausgebeulte Cordhose, ein hellblaues Hemd und Hausschuhe.

„Sie haben meinen Text komplett verunstaltet", beschwerte er sich weiter, ohne die Lautstärke zu verringern.

„Kommen Sie doch herein", flötete sie und trat einen Schritt zur Seite, damit er eintreten konnte. Widerwillig folgte er der Aufforderung, und sie schloss die Tür hinter ihm.

Er wollte schon zu einer weiteren Ausführung ansetzen, aber sie kam ihm zuvor. „Lassen Sie uns in mein Arbeitszimmer gehen."

Ohne eine Antwort abzuwarten, öffnete sie die Tür und ging hinein. Der Nachbar folgte ihr und hielt immer noch das Blatt vor sich wie die Fahne eines Königreiches.

„Setzen Sie sich doch!" Sie ging um ihren Schreibtisch herum und unterstrich ihre Aufforderung mit einer Handbewegung in Richtung des freien Stuhls. Der Nachbar folgte der Einladung und ließ sich auf den Stuhl fallen, ohne die Hand mit dem Blatt abzusenken. Wieder wedelte er damit. „Wie können Sie …", setzte er an, doch Frau Appeldorn unterbrach ihn sogleich.

„Lieber Herr Büyüktürk, wir sind Ihnen außerordentlich dankbar, dass Sie es geschafft haben, Herrn Meister für eine Lesung in unserer Stadt zu gewinnen, aber nun müssen wir dafür sorgen, dass dieses Event auch das verdiente Publikum bekommt."

Der Angesprochene nickte. „Natürlich, deshalb …"

„… deshalb muss der Pressetext auch Menschen ansprechen, die nicht wie Sie in der Literaturszene zuhause sind", setzte sie seinen Satz fort. „Seien Sie mir nicht böse, aber Ihr Text war nur für Eingeweihte zu verstehen. Ich musste ihn allgemeinverständlicher machen."

Herr Büyüktürk starrte sie an und ließ dann langsam die Hand mit dem Blatt absinken. Er betrachtete die aufgedruckten Worte. „Aber Friedrich Meister ist einer der größten lebenden Schriftsteller unseres Landes. Er hat seit Jahren keine Lesung mehr gehalten. Dass er nun ausgerechnet zu uns kommt, ist eine literarische Sensation. Aus Ihrem Text lese ich dies aber nicht heraus." Wieder hob er die Hand und hielt ihr das Blatt entgegen.

„Doch", widersprach Frau Appeldorn. „Ich habe sogar das Wort Sensation benutzt." Sie zeigte mit dem Finger in Richtung des hochgehaltenen Papiers. „Aber eine Pressemitteilung muss mit den klaren Fakten beginnen, also die Art des Events, Ort und Zeit nennen. Das habe ich vorangestellt. Ich habe Sie sogar zitiert. Haben Sie gesehen?" Sie deutete mehrfach auf das Blatt.

Ihr Nachbar betrachtete den Text und schien ihn erneut zu lesen. Dann sah er wieder hoch zu ihr. „Sie meinen, das muss so aufgebaut sein?" Seine Stimme war deutlich leiser geworden.

Sie nickte. „Ja, absolut."

Er ließ das Blatt wieder sinken und sah zu ihr. „Na gut, dann hoffen wir, dass dies so abgedruckt wird und die Zuschauer zu uns führt."

„Das wird es", bestätigte Frau Appeldorn. „Der Chef-redakteur der Zeitung ist sehr kulturinteressiert. Es würde mich nicht wundern, wenn er Sie vorab inter-viewen möchte."

„Mich?" Ihr Nachbar sah sie erstaunt an.

„Natürlich Sie. Sie sind doch der Literaturexperte." Sie konnte sehen, dass diese Worte ihre Wirkung nicht verfehlten. Ihr Nachbar richtete sich sichtbar im Stuhl auf. „Nun, ich werde mein Bestes geben."

„Da bin ich sicher", bekräftigte sie und musste sich konzentrieren, um nicht zu schmunzeln.

Der Nachbar erhob sich, machte eine kurze winkende Bewegung mit der Hand und war auch schon auf dem Weg aus dem Haus. Frau Appeldorn beeilte sich, ihm zu folgen, und schloss die Haustür hinter ihm.

Sie räumte den Staubsauger weg, und ihr Blick fiel auf das Foto, das sie und den Chef zeigte. Der Senior saß an seinem Schreibtisch, während sie ihm die Unterschrif-tenmappe reichte, wie sie es all die Jahre getan hatte. Sie seufzte. Die Arbeit war ihr Lebensinhalt gewesen. Musste ihr Chef so früh und unerwartet das Zeitliche segnen? Wieder spürte sie den Ärger in sich aufsteigen, als sie an das Gespräch mit dem Junior dachte, als der ihr verkündete, sie solle sich ihren Ruhestand gönnen. Was wusste dieser Schnösel schon? Sie hatte gerade die Krankheit überwunden und fühlte sich bereit und voller Kraft, dem Unternehmen noch lange an vorderster Front zu dienen, und dieser Jüngling katapultierte sie einfach auf die Straße. Sie musste sich schütteln bei diesem Gedanken. Sie öffnete die Tür zu ihrer kleinen Terrasse, an die sich genau vier Meter Garten anschlossen. Sie betrachtete das kurze Stück Rasen und die Pflanzen, die ihn umrahmten. Sie war nie eine wirkliche Garten- oder Pflanzenliebhaberin gewesen, aber wenn es um sie herum sprießte und blühte, konnte sie sich sehr wohl daran erfreuen. Allerdings war sie auch dankbar, dass ihre Freundinnen den Kontakt zu diesem Rentner für sie hergestellt hatten, der sich nun regelmäßig zum Freundschaftspreis um ihr bescheidenes Grün kümmerte. Sie nahm die Decke von ihrem Liegestuhl, setzte sich hinein und legte sich die Decke wieder auf die Beine. Sie war nun auch eine Rentnerin, auch wenn sie diesen Begriff nicht gerne benutzte. Sie dachte an den älteren Herren, der ihre Blumen pflegte. Was hatte sie mit ihm gemein? Na gut, sie war auf dem Papier im Rentenalter, aber das hieß doch nicht, dass sie nun nichts mehr tun konnte. Sie atmete tief ein. Dann griff sie nach ihrem Buch und schlug die Seite auf, an der das Lesezeichen herausragte. Sie lächelte in sich hinein, als sie kurz daran dachte, was wohl ihr Nachbar sagen würde, wenn er wüsste, dass sie lieber diese unterhaltsamen Krimis las, die kaum weiter von der Hochliteratur entfernt sein konnten, die Herr Büyüktürk so ausgiebig studierte. Ihr Nachbar entsprach schon eher dem Bild, das sie von einem Rentner hatte. Als emeritierter Professor für Germanistik hatte er zudem auch etwas vom Klischee eines schusseligen Professors, wie man es aus Filmen kannte. Wieder schmunzelte sie und vertiefte sich in die Geschichte um eine Hobbydetektivin, die in einem Dorf am Niederrhein in einen Mordfall stolperte.

Als das Telefon klingelte, schreckte sie auf. Sie musste eingeschlafen sein. Das Buch lag aufgeschlagen auf dem Boden neben ihr. Sie griff danach und hoffte, noch die Stelle zu finden, bis zu der sie gelesen hatte, während das Telefon deutlich ihre Aufmerksamkeit verlangte. Hastig steckte sie das Lesezeichen hinein.

„Ich komme ja schon", sagte sie vor sich hin und hob sich aus dem Liegestuhl. An der Quelle des nervenden Geräusches angekommen, blickte sie auf das Display und seufzte. Sie nahm das Gerät und drückte auf den grünen Knopf. „Hallo, Annemie", begrüßte sie ihre Schwester. „Welche Überraschung."

„Hallo, Mareike. Kann ich mir denken, dass es eine Überraschung für dich ist, dass ich anrufe. Du scheinst deine Familie schließlich gänzlich vergessen zu haben."

„Wie kommst du denn darauf?", fragte Frau Appeldorn, obwohl sie natürlich wusste, wieso ihre Schwester diese Gedanken hegte.

„Weil du dich schon ewig nicht mehr gemeldet hast. Das weißt du genau. Du hattest versprochen, mir regelmäßig zu sagen, wie es dir geht."

„Mir geht es gut."

„Was hat der Arzt denn gesagt?"

„Was soll er schon gesagt haben. Ist alles gut."

„Mareike, du darfst das nicht so auf die leichte Schulter nehmen. Du hattest Krebs, verdammt nochmal."

„Die Betonung liegt auf hatte."

„Ja, aber er kann wiederkommen."

„Ich kann auch von einem Bus überfahren werden."

„Jetzt siehst du, warum ich mir Sorgen um dich mache. Du nimmst das einfach nicht ernst."

Frau Appeldorn atmete tief ein. „Liebes Schwesterchen, jetzt höre mir mal gut zu! Ich hatte Krebs. Ich. Nicht du. Ich muss damit leben, und aktuell geht es mir gut. Ich gehe regelmäßig zur Nachuntersuchung, und bis jetzt ist alles ohne Befund. Es gibt keinerlei Anzeichen dafür, dass er zurückkommt. Also möchte ich das Leben genießen und nicht tagtäglich darüber nachdenken, dass dieses vielleicht tödliche Teufelszeug irgendwann wieder erscheint. Wenn du also wissen willst, warum ich mich nicht bei dir melde, dann weißt du jetzt, warum. Weil ich mich nicht ständig damit beschäftigen will und es belastend genug ist, mich selbst immer wieder daran zu erinnern, worauf es im Leben ankommt. Da schaffe ich es nicht auch noch, dich immer wieder beruhigen zu müssen. Also, es geht mir gut. Kapiere das endlich!"

Sie hörte nur leises Atmen aus dem Telefon.

„Was macht mein Patenkind?", lenkte sie ab und schlug damit einen versöhnlicheren Tonfall an.

Ihre Schwester schien einen Moment zu benötigen, um den Themenwechsel zu verarbeiten. „Die ist wie du. Meldet sich auch kaum noch, seit sie in Berlin wohnt."

Frau Appeldorn hatte plötzlich Mitleid mit ihrer Schwester. Im Gegensatz zu ihr selbst, bei der immer der Beruf im Mittelpunkt des Lebens gestanden und es nie Zeit für den Aufbau einer Familie gegeben hatte, war das Familienleben bei Annemie genau das, worum sich alles drehte. Seit fast vierzig Jahren war sie mit ihrem Mann verheiratet und hatte eine Tochter zur Welt gebracht. Frau Appeldorn konnte mitfühlen, dass es für Annemie schwer sein musste, wenn das Kind weit weg wohnte, sie die Tochter kaum zu Gesicht bekam und dann ihre ältere Schwester auch noch schwer erkrankte. Sie musste große Verlustängste haben.

„Dann fahrt sie doch mal besuchen", schlug Frau Appeldorn vor. „Berlin ist eine tolle Stadt."

„Ich glaube, Lea wäre nicht so begeistert, wenn wir plötzlich auftauchen würden."

„Ihr müsst ihr ja nicht auf die Pelle rücken. Schaut euch einfach die Stadt an. Würde euch sicher guttun, mal wieder aus eurem Kaff herauszukommen."

„Wir mögen unser Kaff."

Annemie und ihr Mann waren schon vor Leas Geburt in ein Dorf im Münsterland gezogen. Frau Appeldorn hatte nie verstanden, warum man ausgerechnet in dieser Einöde leben wollte. Sie mochte sich nicht vorstellen, wie es ihr dort ergehen würde, wo es keine beruflichen Herausforderungen mehr für sie gab. Dort waren befriedigende Alternativen sicher noch schwerer zu finden als hier. Auch wenn ihr Wohnort ebenfalls keine Großstadt war, so lag die Stadt im Einzugsbereich größerer Städte und hatte ein weitaus vielfältigeres kulturelles Leben als die kleine Ortschaft, in die es Annemie gezogen hatte.

„Aber was hältst du davon, wenn wir dich mal besuchen kommen", hörte sie ihre Schwester sagen und verfluchte sofort, sie auf die Idee einer Reise gebracht zu haben.

„Ja, das wäre sicher schön …", stammelte sie. „Aber ihr wisst ja, ich bin immer ziemlich eingespannt. Wir müssten mal schauen, wann es einen passenden Termin gibt."

„Du bist doch jetzt Rentnerin. Was soll es denn da noch an Verpflichtungen geben?"

„Ich bevorzuge den Begriff Privatière. Und du weißt, dass ich sehr in der hiesigen Kulturszene aktiv bin."

„Pah, alles Ausreden, weil du uns nicht bei dir haben willst."

„Nein, so ist es nicht ..."

„Ich spreche mal mit Bernhard, wann es passen könnte, und melde mich. Mach's gut, Schwesterchen."

Frau Appeldorn wollte noch etwas einwenden, aber da hatte ihre Schwester das Gespräch bereits beendet. Sie seufzte. Sie liebte ihre Schwester, schließlich hatten sie nur sich. Aber der Gedanke, sie und ihren Mann bei sich zu Besuch zu haben, behagte ihr gar nicht. Sie stellte das Telefon in seine Halterung und hoffte, dass Annemie die Idee vergessen würde.

II

Bademeister tot aufgefunden prangte auf der ersten Seite des Lokalteils der Zeitung, und Frau Appeldorn stoppte in ihrer Bewegung. Die Kaffeetasse schwebte in halber Höhe über dem Tisch. Langsam setzte sie die Tasse wieder ab und nahm die Zeitung in beide Hände, um den Artikel genau studieren zu können.

Am gestrigen Abend sei der Bademeister Fabian H. auf der Wiese vor dem Schwimmbad tot aufgefunden worden. Allem Anschein nach wurde er erschlagen. Die Polizei bat alle Personen, die etwas gesehen hatten, sich zu melden.

Frau Appeldorn ließ das Blatt sinken und starrte auf ihre Küchenschränke. Der Bademeister tot? Sie hatten ihn am gestrigen Morgen doch noch gesehen. Und nun soll dieser nette Kerl nicht mehr da sein, der immer so freundlich zu ihnen gewesen war? Er war ein Bild von einem Mann gewesen. Sie schüttelte sich, nahm ihre Kaffeetasse und leerte sie mit einem Zug. Wie schrecklich.

Als sie ihre Tasse abstellte, kam ihr wieder der offensichtliche Streit in den Sinn, den Janina mit dem Bademeister gehabt hatte. *Sie wird doch nichts mit seinem Tod zu tun haben*, schoss es ihr durch den Kopf. Sie tadelte sich für den Gedanken, aber konnte ihn dennoch nicht vollständig vertreiben. Was, wenn doch? Oder was, wenn die Polizei von dem Streit erfuhr und Janina in ihren Fokus geriet? Nein, die Trainerin konnte es nicht gewesen sein. Sie hatte sie so engagiert und mitfühlend erlebt. Es passte nicht zu ihr, dass sie jemanden erschlagen würde. Aber die Vermutung war eine Sache. Es genau zu überprüfen, war die andere. Frau Appeldorn erhob sich entschlossen vom Frühstückstisch.

Kurze Zeit später war sie angekleidet und nahm ihr Markenzeichen aus der Schachtel, den roten Hut, den sie einst bei einer Reise mit ihrem verstorbenen Chef erworben hatte, und der sie seitdem begleitete. Sie setzte ihn auf und betrachtete sich im Spiegel. Sie trug den blauen Rock, der ihre Knie umspielte, eine weiße Bluse und einen Blazer mit einem blau-weißen Muster. Die goldene Kette rundete das Bild ab. Sie griff ihre Handtasche und war bereit, die Trainerin zu befragen, um jeden Zweifel auszuräumen.

Sie öffnete die Haustür und schritt hinaus. Als sie gerade das Garagentor öffnete, kam ihr Nachbar aus seinem Haus.

„Frau Appeldorn, gut, dass ich Sie antreffe", verkündete er, während er auf sie zukam.

„Ich bin etwas in Eile", ließ sie ihn vorsorglich wissen.

„Nur ganz kurz." Er kam weiter auf sie zu und hielt ihr die Zeitung entgegen. Wieder trug er seine altbekannte Cordhose und Hausschuhe.

„Haben Sie auch von dem Mord gelesen?", fragte sie.

„Welcher Mord?" Er sah sie überrascht an. „Nein, es betrifft eher das, was ich nicht gelesen habe. Sie haben gar nichts über unser Event geschrieben."

„Herr Büyüktürk, wir haben die Pressemeldung erst gestern Nachmittag abgeschickt. So schnell geht das nicht. Es wird einige Tage dauern, bis sie dies aufgreifen."

„Dann hoffe ich, dass Sie recht haben." Er beobachtete, wie sie das Garagentor weiter öffnete. „Welchen Mord meinen Sie denn?"

Sie zeigte mit dem Finger auf die Zeitung. „Erste Seite im Lokalteil. Der tote Bademeister."

Er blätterte durch die Zeitung, während sie das Ladekabel ihres Wagens von der Ladebox löste und im Kofferraum verstaute. Sie konnte sehen, dass er den genannten Artikel gefunden hatte und anfing zu lesen.

„Ich muss los", holte sie ihn aus seinen Gedanken. „Ich muss da etwas klären."

„Zu dem Mord?", fragte er und sah sie mit einem Blick an, der zwischen fragend und skeptisch hin und her schwankte.

„Ja, irgendwie schon."

„Wollen Sie sich etwa wieder einmischen? Sie wissen, wie es beim letzten Mal geendet hat."

„Wie denn? Wir haben den Mörder überführt." Sie konnte nicht verhindern, dass Stolz in dieser Aussage mitschwang.

„Ja, okay. Es war aber auch ganz schön gefährlich."

Sie grinste. „Wollen Sie mitkommen und mich wieder beschützen?" Sie sendete ihm einen herausfordernden Blick, und er schien zu wirken. Der Nachbar verzog das Gesicht, als ob er darüber nachdenken würde.

„Geben Sie sich einen Ruck", setzte sie nach. „Oder ich fahre jetzt ohne Sie."

„Wenn Ihnen etwas passiert, und ich hätte es verhindern können, würde ich mir das nie verzeihen", konstatierte er. „Ich brauche nur einen Moment." Mit wenigen Schritten war er in seinem Haus verschwunden.

Frau Appeldorn stieg in den Wagen und rangierte ihn aus der Garage. Dann stieg sie wieder aus, um das Tor zu schließen. Als sie hinter dem Steuer Platz nahm, kam Herr Büyüktürk aus seinem Haus. Er hatte die Hausschuhe gegen Straßenschuhe getauscht, und zur Cordhose trug er nun sein obligatorisches Tweedsakko. Er öffnete die Tür auf der Beifahrerseite und stieg ein.

„Wohin geht es denn?", fragte er, als Frau Appeldorn den Wagen auf die Straße lenkte.

„Zu unserer Gymnastiktrainerin."

„Warum das?"

Sie erläuterte ihm die Hintergründe, und er nickte, als sie geendet hatte.

„Ein guter Anfang", stellte er fest, und Frau Appeldorn musste wieder lächeln.

Sie hielt an der Straße bei einem Fitnessstudio. Herr Büyüktürk sah von dem großen Schild am Haus zu seiner Begleiterin. „Hier wollen Sie sie treffen?", fragte er.

Frau Appeldorn nickte. „Ja, sie arbeitet noch einige Stunden in der Woche in diesem Studio, bis sie ihr eigenes eröffnen kann. Ich hoffe einfach, dass sie jetzt hier ist."

Sie stiegen aus und gingen auf das Gebäude zu. Es hatte eine große Fensterfront, durch die man hineinsehen und die Leute bei ihren Übungen an diversen Geräten beobachten konnte. Sie öffneten die Glastür und gingen auf eine lange Theke zu, an der ihnen ein durchtrainierter, junger Mann entgegenlächelte.

„Guten Tag, die Herrschaften", begrüßte er sie. „Sind Sie hier, um eine kostenlose Probestunde auszumachen?"

Frau Appeldorn schüttelte heftig den Kopf. „Nein, Gott bewahre! Wir sind auf der Suche nach Janina. Ist sie hier?"

Er betrachtete sie skeptisch und sah dann zu ihrem Nachbarn. Auch ihn begutachtete er mit einem Blick, der Missfallen ausdrückte.

„Worum geht es denn?"

„Wir kennen uns. Es ist privat." Frau Appeldorn sah sich um und prüfte, ob sie die Gesuchte entdecken konnte, aber es waren nur ein paar Männer da, die an Geräten schwitzten.

Der Mann an der Theke schaute auf die große Uhr über ihm an der Wand. „Janina hat noch einen Kurs. Der ist in fünf Minuten zu Ende. Wenn Sie so lange warten wollen." Er wies mit der Hand auf einige Hocker an der Theke.

Frau Appeldorn sah zu ihrem Nachbarn, und der zuckte mit den Schultern. Dann zogen sie sich jeweils einen Hocker heran und setzten sich.

„Kann ich Ihnen einen unserer Powerdrinks anbieten? Wir haben Maracuja, Granatapfel oder Ananas-Kokos-Flavour."

„Für mich nicht", antwortete Frau Appeldorn.

„Ananas-Kokos?", fragte dagegen ihr Nachbar, und sie sah ihn überrascht an.

„Ist unser Verkaufsschlager", ergänzte der muskulöse Bursche.

„Probiere ich mal." Der Nachbar blickte zu Frau Appeldorn. „Was ist? Klingt doch lecker."

Sie lachte und beobachtete, wie der Mann hinter der Theke das Getränk mixte und vor Herrn Büyüktürk hinstellte. „Lassen Sie es sich schmecken."

Während der Nachbar an seinem Getränk saugte, sah sich Frau Appeldorn um. Vor ihr erstreckte sich ein großer Saal, der mit den Trainingsgeräten der unterschiedlichsten Art vollgestellt war. Die breite Fensterfront ermöglichte beim Training einen Ausblick auf das Geschehen draußen. Das hatte sie ja schon von außen festgestellt. Komisch, dass es die muskelbepackten Männer nicht störte, dass sie jeder beobachten konnte, wie sie sich an Maschinen abmühten. Ihr selbst wäre das jedenfalls unangenehm. Aber der Gedanke, dass sie dieser Art von Körperertüchtigung nachgehen würde, war sowieso völlig abwegig. Sie ließ den Blick in den hinteren Bereich des Saales schweifen. Dort lehnten und hingen verschiedene Hanteln und Gewichte. Zudem war ein großer Teil der Wand mit einem Spiegel versehen. Ein Mann stand davor und hob die Hantel in einer Hand langsam hoch, während er sich dabei im Spiegel betrachtete. Dann senkte er den Arm auf die gleiche Weise, ohne sich selbst aus den Augen zu verlieren. Frau Appeldorn überlegte, ob dies nun eine Notwendigkeit war, um diese Übung korrekt durchzuführen, oder einfach nur der Eitelkeit des Trainierenden geschuldet war.

Neben der Spiegelwand führten mehrere Türen in einen hinteren Bereich. Eine davon öffnete sich, und einige erhitzte Frauen in Sportkleidung kamen heraus und wischten sich den Schweiß mit Handtüchern ab. Hinter den Frauen kam Janina aus dem Raum. Sie sprach kurz mit den anderen Frauen, die dann entweder durch eine der anderen Türen verschwanden oder sich an verschiedene Geräte begaben, um dort mit ihren Übungen zu beginnen.

Janina kam auf den Eingangsbereich zu, und als sie nahe genug war, konnte man ihren überraschten Gesichtsausdruck erkennen.

„Mareike? Ich hätte nie gedacht, dass du in ein Fitnessstudio gehst." Sie trat hinter die Theke, nahm eine Trinkflasche aus einem Fach, füllte sich ein Getränk darin ab und nahm einen kräftigen Schluck.

Frau Appeldorn sah die Trainerin an. „Nein, liebe Janina, da liegst du ganz richtig. Ich bin nicht zum Trainieren hier. Ich wollte mit dir sprechen."

Janina stockte in ihrer Bewegung und machte einen Schritt von hinten auf die Theke zu. „Ach ja?"

Frau Appeldorn nickte in Richtung des jungen Mannes hinter der Theke, der Gläser spülte. „Können wir uns irgendwo ungestört unterhalten?"

Die Trainerin zeigte auf einige Stühle im Eingangsbereich. „Dort können wir uns setzen."

Frau Appeldorn tippte ihren Nachbarn an, der gedankenverloren an seinem Getränk schlürfte. „Kommen Sie?"

Er schrak auf.

Frau Appeldorn lächelte. „Scheint aber gut zu schmecken."

Der Nachbar sah auf das leere Glas vor ihm, dann wieder zu ihr, dann nickte er.

„Kommen Sie", forderte sie ihn erneut auf und beide rutschten von ihren Hockern, um der Trainerin zu folgen.

„Das ist mein Nachbar, Herr Büyüktürk", erläuterte Frau Appeldorn. „Und das ist Janina, unsere Gymnastiktrainerin."

Janina sah verwundert zu ihm. „Du hast deinen Nachbarn dabei?"

Sie nahmen alle Platz, und Frau Appeldorn rückte auf dem Stuhl etwas nach vorne. „Hast du es noch nicht gehört?"

Die Angesprochene beugte sich ebenfalls etwas vor. „Was denn?"

„Fabian, der Bademeister, er wurde gestern Abend tot aufgefunden. Steht heute Morgen in der Zeitung."

Der Gesichtsausdruck der Trainerin änderte sich schlagartig, und das Entsetzen war überdeutlich erkennbar. „Was?", rief sie so laut, dass der junge Mann hinter der Theke in seiner Tätigkeit stockte und zu ihnen herübersah.

„Das kann nicht sein", hängte Janina nun wieder in verringerter Lautstärke an. Sie sah von Frau Appeldorn zu ihrem Nachbarn und zurück. Als sie erkannte, dass sie es ernst meinten, verbarg sie das Gesicht hinter ihren Händen. „O Gott", schluchzte sie.

Frau Appeldorn rückte noch näher, um ihr die Hand auf die Schulter legen zu können. „Es tut mir sehr leid", sagte sie. „Wart ihr Freunde?"

Janina schluchzte zur Bestätigung auf. Dann senkte sie langsam ihre Hände. Sie schüttelte heftig den Kopf. „Ich verstehe das nicht. Das kann doch nicht sein."

„Du hast es noch nicht gewusst?"

Wieder schüttelte die Trainerin den Kopf.

„Worum ging es eigentlich genau bei eurem Streit gestern?"

Janina sah sie an, als wäre sie weit weg. „Was meinst du?"

„Euer Streit gestern. Worum ging es da?"

„Ich hatte gehofft, er würde bei seinem Mann ein gutes Wort für mich einlegen, damit er mir den Kredit für mein Yogastudio gewährt. Aber er wollte nicht."

„Das hat dich sicher getroffen."

„Ja, klar. Aber ich werde es auch ohne ihn schaffen." Sie ballte die rechte Hand zur Faust. Im nächsten Moment ließ sie sie wieder sinken. „Aber was hat das mit seinem Tod zu tun?" Sie starrte Frau Appeldorn an. „Wieso kommst du zu mir, um mir eine solche Nachricht zu überbringen, und stellst mir diese Fragen? Was hast du damit zu tun?" Ihr Blick schien Frau Appeldorn zu durchbohren.

„Ja, entschuldige bitte. Das muss dich jetzt verwirren. Ich habe heute Morgen in der Zeitung davon gelesen."

„Und dann fährst du sofort zu mir? Wieso?" Ihr Blick wurde fordernder. „Was soll das? Stimmt das überhaupt, oder ist das hier ein irgendein perfides Spiel?" Sie zog die Augenbrauen zusammen.

Frau Appeldorn machte den Rücken gerade. „Natürlich stimmt das, was ich gesagt habe. Aber ich sehe ein, dass es etwas unüberlegt war, gleich zu dir zu fahren. Aber ich musste direkt daran denken, dass du gestern Streit mit dem Bademeister hattest. Ich wollte dich warnen, bevor die Polizei bei dir vor der Tür steht."

„Die Polizei? Was sollte denn die Polizei von mir wollen?"

„Wie gesagt, du hattest Streit mit dem Opfer, und das wird die Polizei irgendwann erfahren. Dann werden sie sicher die Details von dir erfragen."

Janina hob die Hände vor ihr Gesicht. „Stopp, stopp", rief sie aus. „Was für ein komisches Spiel spielst du hier?" Nun war die Stimme wieder lauter geworden, und der Mann hinter der Theke beobachtete sie genau. „Willst du mir einen Mord anhängen, von dem ich noch nicht mal weiß, ob er überhaupt geschehen ist? Was ist das hier für eine kranke Nummer?" Sie war nun aus ihrem Stuhl aufgesprungen und starrte Frau Appeldorn wütend an.

„Bitte, beruhige dich", versuchte diese zu beschwichtigen. „Ich möchte dir nur helfen."

„Ihr solltet jetzt besser gehen", zischte Janina und machte sehr deutlich, dass sie nicht zu beschwichtigen war. „Raus!"

Frau Appeldorn hob abwehrend die Hände und sah zu ihrem Nachbarn, dem der Schreck ins Gesicht geschrieben stand, während er regungslos auf seinem Stuhl verharrte. Erst, als sie ihn antippte, erhob er sich.

In der Zwischenzeit war der junge Mann von der Theke zu ihnen gekommen.

„Gibt es Probleme, Janina?", fragte er.

Frau Appeldorn machte einen letzten Versuch, die Situation zu entschärfen. „Es tut mir so leid. Das ist alles ein unglückliches Missverständnis."

Doch der Blick, den die Trainerin ihr zuwarf, zeigte deutlich, dass der Versuch zum Scheitern verurteilt war.

„Wir gehen", gab Frau Appeldorn daher klein bei. „Liebe Janina, wenn du Hilfe benötigst, bin ich für dich da."

Die Trainerin hatte die Augen zu Schlitzen zusammengekniffen, und in ihrem Gesicht war keine Bewegung festzustellen.

Frau Appeldorn seufzte und gab ihrem Nachbarn das Signal, dass sie gehen sollten.

Sie traten auf die Straße. „Was war das denn?" Herr Büyüktürk erschauderte, als wollte er sein Unbehagen abschütteln.

„Sie hätten mir ruhig mal Schützenhilfe leisten können", protestierte Frau Appeldorn.

„Was hätte ich denn tun sollen? Ich kannte diese Person doch gar nicht. Es war von vorneherein eine Schnapsidee, hier so einfach bei ihr aufzutauchen."

„Ach ja? Ich kann mich nicht entsinnen, dass Sie protestiert hätten. Im Gegenteil. Sie waren sofort dabei."

„Ich wusste ja gar nicht genau, was Sie vorhatten."

„Ja, ja, reden Sie sich jetzt bloß nicht raus." Frau Appeldorn ging langsam voraus in Richtung des geparkten Wagens.

„Es war vielleicht nicht vollständig durchdacht", brummte sie. „Ich weiß allerdings nicht, was ich davon halten soll, dass sie so heftig reagiert hat. Auf mich wirkte es zwar irgendwie ehrlich, dass sie noch nichts von dem Tod wusste. Aber sicher bin ich mir nicht."

Herr Büyüktürk hob die Augenbrauen. „Es könnte gut gespielt gewesen sein. Und was wollen Sie jetzt tun?"

„Sie haben recht. Wir müssen herausfinden, wer es war, um sie zu entlasten." Frau Appeldorn öffnete die Wagentüren und stieg ein. Der Nachbar tat es ihr gleich und zog am Sicherheitsgurt. „Ich weiß nicht. Das Beste wäre, die Polizei ihre Arbeit machen zu lassen und sich einfach aus der Angelegenheit herauszuhalten."

Sie sah zu ihm. „Kommen Sie! Sie waren auch gleich Feuer und Flamme, als die Aussicht bestand, wieder in einem Mordfall zu ermitteln. Geben Sie es doch zu!"

Sie drückte auf den Startknopf und das aufleuchtende Display zeigte an, dass der Wagen gestartet war.

„Papperlapapp", erwiderte der Nachbar.

„Was soll das heißen? Das war's?" Sie lenkte den Wagen auf die Straße.

Herr Büyüktürk zuckte mit den Schultern. „Ich denke schon. Was können Sie denn jetzt schon noch tun?"

Sie sah kurz zu ihm. „Ich? Ich dachte, wir machen das zusammen."

„Es gibt ja nichts mehr zu tun."

Frau Appeldorn lachte auf. „Da täuschen Sie sich aber."

„Das ist aber nicht der Weg nach Hause", bemerkte Herr Büyüktürk, als sie in eine Straße einbog.

„Wir fahren auch nicht nach Hause."

„Wohin denn dann?"

„Werden Sie schon sehen." Sie bog wieder ab und hielt letztlich auf dem Parkplatz vor dem großen Supermarkt.

Herr Büyüktürk blickte sich um. „Müssen Sie noch etwas besorgen?"

Frau Appeldorn öffnete die Wagentür und stieg aus. Sie beobachtete, wie ihr Nachbar zögerlich den Sicherheitsgurt löste und es ihr dann gleichtat.

„Was wollen wir hier?", fragte er erneut.

Frau Appeldorn verzog das Gesicht und nickte mit dem Kopf in die Richtung des Gebäudes hinter ihm. Ihr Nachbar drehte sich um.

„Was? Die Polizei? Was wollen Sie denn dort?"

„Na, was schon? Ich werde meinen Lieblingskommissar aufsuchen und nach dem aktuellen Stand der Ermittlungen fragen."

„Und das erzählt er Ihnen einfach so?"

„Wir haben eine Vereinbarung."

„Aber Sie können doch nicht einfach da hineinmarschieren und ihn ausfragen."

Frau Appeldorn zog den rechten Mundwinkel hoch. „Sie haben recht. Langsam denken Sie mit. Ich rufe ihn an und sage ihm, dass wir auf dem Parkplatz auf ihn warten." Sie ignorierte den Ansatz ihres Nachbarn, noch etwas einzuwenden, und wählte stattdessen die Telefonnummer von Kommissar Walther.

Nach zwei Rufzeichen meldete sich seine Stimme.

„Hallo, Herr Kommissar. Hier ist Mareike Appeldorn. Wir haben lange nicht mehr miteinander gesprochen. Wie geht es Ihnen?"

„Frau Appeldorn? Was wollen Sie?"

„Hätten Sie Zeit, mal kurz auf den Parkplatz zu kommen?"

„Warum sollte ich das tun?"

„Als Ihre Informantin habe ich vielleicht ein paar Hinweise für Sie."

Herr Büyüktürk sah sie überrascht an, aber sie wischte sein Erstaunen mit einer Handbewegung beiseite.

„Frau Appeldorn, wenn das wieder eines Ihrer Spielchen ist …"

„Spielchen, Herr Oberkommissar?" Sie betonte den Titel besonders. „Da steht doch bald eine Beförderung an. Die Aufklärung des letzten Mordes in der Stadt dürfte da sicher hilfreich gewesen sein, nicht wahr?"

Es war nur ein Seufzen am anderen Ende der Leitung zu vernehmen.

„Nun kommen Sie schon herunter!" Sie beendete das Gespräch, ohne eine Antwort abzuwarten. „Er kommt", teilte sie dem Nachbarn mit, der sie eindringlich musterte.

„Ich wusste gar nicht, wie hinterlistig Sie sein können." Er grinste und lehnte sich an das Auto.

Es dauerte nicht lange, bis der Kommissar aus dem Gebäude ihnen gegenüber heraustrat und auf sie zu kam.

„Wehe, wenn das nichts Wichtiges ist", sagte er, als er in Hörweite war. Er sah von Frau Appeldorn zu Herrn Büyüktürk.

„Meinen Nachbarn, Herrn Büyüktürk, kennen Sie noch?", nahm Frau Appeldorn den Blick auf.

Der Kommissar nickte in Richtung des Genannten. „Hätte ich mir denken können, dass Sie wieder als Gespann unterwegs sind." Dann blieb er vor Frau Appeldorn stehen. „Schießen Sie los! Was wissen Sie worüber?"

„Ich nehme an, Sie sind in die Ermittlungen zu dem neuen Mordfall involviert?"

„Welchen Mordfall meinen Sie?", stellte sich Walther dumm.

„Na, den, der schon in der Zeitung steht." Frau Appeldorn lächelte. „Das ist nun wirklich kein Geheimnis."

„Okay, okay. Ja, damit habe ich zu tun. Haben Sie sachdienliche Hinweise dazu?"

„Vielleicht." Sie nahm den Finger an die Stirn, als ob sie nachdenken müsste. „Können Sie mir zum Einstieg genauer erzählen, was passiert ist?"

„Frau Appeldorn, falls Sie mit dem Gedanken spielen, sich irgendwie in die Ermittlungen einzumischen, vergessen Sie es sofort." Er trat näher an sie heran und senkte seine Stimme. „Ich warne Sie nur einmal."

Sie hob abwehrend die Hände hoch. „Aber, Herr Kommissar, wir sind doch ein Team, und ich bin Ihre Informantin."

„Haben Sie denn Informationen? Dann raus damit!"

„Ich kann doch noch gar nicht abschätzen, was relevant sein könnte, wenn ich nicht mehr über die Umstände weiß."

Der Kommissar stöhnte hörbar. „Lassen Sie das ruhig meine Sorge sein."

„Nein, so macht die Teamarbeit keinen Spaß. Es muss ein Geben und Nehmen sein, verstehen Sie?"

„Sie bringen mich nochmal um meinen Verstand. Und um meinen Job sowieso."

Sie lächelte wieder. „Bisher war es nicht zu Ihrem Schaden, sich mit mir auszutauschen."

Wieder seufzte er. „Das meiste stand doch schon in der Zeitung, wie Sie ganz richtig bemerkt haben. Der Bademeister ist erschlagen worden, vermutlich mit einem flachen, harten Gegenstand. Die Gärtner haben ihn gefunden. Das war's. Und was wissen Sie nun noch?"

„Haben Sie schon Verdächtige?"

Er schüttelte den Kopf. „Dafür ist es noch viel zu früh."

„Das heißt, Sie benötigen Hintergrundinfos zu seinem Umfeld. Korrekt?"

„Ja." Der Kommissar sah sie fragend an. „Haben Sie dazu Infos?"

Sie spürte, wie Herr Büyüktürk sie musterte, und wusste genau, was er in diesem Moment dachte. Aber natürlich würde sie ihre Trainerin nicht anschwärzen.

„Ich weiß, dass der Partner des Opfers ein erfolgreicher Banker ist. Anscheinend hat es Konflikte gegeben, weil der Bademeister den Kontakt zu ihm herstellen oder für Dritte ein gutes Wort bei ihm einlegen sollte."

„Aha, und das ist alles?"

Frau Appeldorn verzog das Gesicht. „Es ist ein Anfang, nicht wahr? Ich kann mich gezielter umhören."

Der Kommissar schüttelte den Kopf. „Sie sind noch mein Untergang."

Sie klopfte ihm auf die Schulter. „Seien Sie ganz unbesorgt."

Er löste sich von ihr. „Rufen Sie mich erst wieder an, wenn Sie wirklich etwas Sachdienliches zu berichten haben. Ansonsten halten Sie sich bitte aus dem Fall heraus!" Er hob warnend den Finger. Dann drehte er sich um und verschwand wieder im Polizeigebäude.

„So können Sie doch nicht mit einem Kommissar reden", meldete sich Herr Büyüktürk zu Wort.

Frau Appeldorn winkte ab. „Ach, das ist eine Art Spiel zwischen uns. Im Grunde genommen mag er mich und ist dankbar für die Hilfe." Sie öffnete die Wagentür und stieg ein.

Der Nachbar tat es ihr nach. „Ich hoffe, Sie haben recht. Ich möchte keinen Ärger mit der Polizei bekommen."

„Werden Sie schon nicht." Sie startete den Wagen.

„Dann ab nach Hause", verkündete der Nachbar.

Frau Appeldorn grinste. „Nach Hause? Nein, wir fahren nicht nach Hause."

III

„Das Stück hätten wir auch laufen können", bemerkte Herr Büyüktürk, als sie wenige Minuten später vor dem Rathaus hielten. „Was wollen wir denn hier?"

Frau Appeldorn schaltete den Motor aus. „Eigentlich müsste es heißen, was wollen Sie denn hier?"

„Ich verstehe nicht."

„Wir haben doch zwei wichtige Informationen vom Kommissar erhalten. Die eine ist, dass der Bademeister mit einem flachen, harten Gegenstand erschlagen wurde, und die andere, dass er von Gärtnern gefunden wurde." Sie grinste ihn an, aber er zuckte nur mit den Schultern.

„Kommen Sie nicht darauf?"

Wieder sah er sie nur fragend an.

„Wenn Sie weiterhin helfen wollen, Mordfälle aufzuklären, müssen Sie Ihren Blick für die Details noch schärfen."

„Haha", sagte er betont gedehnt. „Jetzt sagen Sie schon."

„Er wurde auf der Wiese vor dem Schwimmbad gefunden. Das ist städtisches Gelände. Private Gärtner arbeiten dort nicht, sondern nur städtische Arbeiter. Dämmert es?"

Herr Büyüktürk richtete seinen Blick auf das Rathaus, vor dem sie standen. „Ich soll zu meiner Tochter gehen, die als Citymanagerin bei der Stadt arbeitet, und herausbekommen, wer genau dieser Arbeiter war, damit wir ihn befragen können."

Sie lachte auf. „Na, aus Ihnen wird ja doch noch ein richtiger Ermittler."

„Und was soll ich meiner Tochter sagen? Ich kann doch nicht einfach zu ihr gehen und sie bitten nachzusehen, wer gestern auf der Wiese gearbeitet hat?"

„Warum nicht? Sie schuldet uns was."

„Ich kann doch meinem Kind keine Probleme machen."

„Haben Sie eine bessere Idee, wie wir an diese Informationen kommen können?"

Er schien nachzudenken und bewegte den Kopf kaum sichtbar nach rechts und links.

„Sehen Sie. Wir können doch einfach mal fragen und abwarten, was sie antwortet."

Sie öffnete die schwungvoll die Wagentür und neigte sich noch einmal ins Wageninnere. „Kommen Sie jetzt?"

Der Nachbar murmelte etwas Unverständliches und stieg dann ebenfalls aus. Gemeinsam gingen sie ins Rathaus. Herr Büyüktürk erklärte der Dame am Empfang, zu wem sie wollten, und die nannte ihm die Raumnummer. Er bedankte sich und ging voraus in Richtung einer Treppe. Frau Appeldorn beeilte sich, ihm zu folgen.

Hatice Dammer, Stadtmanagement, stand auf dem Schild neben der Bürotür, und Herr Büyüktürk klopfte vorsichtig. Frau Appeldorn war sich nicht sicher, ob es eine Aufforderung aus dem Inneren des Raumes gegeben hatte, als der Nachbar die Tür öffnete. Sie traten ein, und an einem großen Schreibtisch, der von zwei ebenso großen Monitoren dominiert wurde, saß Frau Dammer. Sie sah überrascht in ihre Richtung.

„Hallo Baba, was machst du denn hier?" Dann schien sie erst Frau Appeldorn zu erblicken. „Oh, und du bist nicht alleine." Sie erhob sich und umarmte ihren Vater, dann hielt sie Frau Appeldorn die Hand hin. „Womit habe ich denn diesen überraschenden Besuch verdient?"

„Kann ich dich nicht einfach mal bei der Arbeit besuchen?" Herr Büyüktürk deutete einen leicht beleidigten Ton an.

„Natürlich kannst du das", beschwichtigte seine Tochter. „Aber ihr habt Glück, dass ich nicht in irgendeinem Meeting bin. Es wäre also besser, wenn du dich vorher ankündigst."

„Ja, entschuldige", lenkte ihr Vater ein. „Es war heute eine eher spontane Idee, mal bei dir vorbeizuschauen."

Frau Dammer sah von ihrem Vater zu Frau Appeldorn. „Seid ihr beide wieder zusammen unterwegs?" Aus ihrem Tonfall konnte Frau Appeldorn nicht herauslesen, ob ihr dieser Gedanke nun gefiel oder eher nicht. Sie ergriff das Wort, um irgendwelchen Lügen seitens ihres Nachbarn zuvorzukommen.

„Ihr Vater ist so nett, mir bei einem Problem zu helfen, und schlug daher vor, mal bei Ihnen vorbeizuschauen. Vielleicht können Sie uns helfen."

Die Citymanagerin sah sie neugierig an. „Ach, womit denn?"

„Ich habe mich gefragt", begann Frau Appeldorn langsam, um genügend Zeit zu gewinnen, sich eine möglichst unverfängliche und dennoch überzeugende Geschichte einfallen zu lassen. „Ich habe mich gefragt, ob Sie mir sagen können, welcher städtische Mitarbeiter gestern am späteren Nachmittag, fast schon Abend, für die Pflege der Wiese vor dem Schwimmbad zuständig war."

„Warum wollen Sie das denn wissen?"

Jetzt kam es darauf an, eine gute Begründung zu finden, und Frau Appeldorn tadelte sich innerlich dafür, sich nicht vorher schon eine glaubhafte Geschichte ausgedacht zu haben. Nun ratterten ihre Gedanken und suchten nach einer plausiblen Begründung für ihr Anliegen. Dann kam ihr eine Idee.

„Ich möchte dem Mitarbeiter keine Probleme bescheren, daher wollte ich inoffiziell den Kontakt suchen." Sie machte eine Pause, um ihren nachfolgenden Worten mehr Bedeutung zu geben. „Ich glaube, er hat bei seinen Arbeiten mein Auto beschädigt."

Frau Dammer sah erschrocken aus. „Oh, das tut mir leid. Wie kommen Sie darauf, dass es ein städtischer Mitarbeiter war?"

„Nachdem ich den Schaden bemerkt hatte, habe ich Personen befragt, die sich dort aufhielten. Sie gaben mir den Hinweis, dass sie einen städtischen Mitarbeiter dort gesehen hätten. Ich möchte auch erst einmal nur mit der betreffenden Person sprechen, um Näheres zu erfahren. Ich wollte nicht direkt zur Polizei. Ich möchte ja niemandem unnötig Ärger bereiten." Frau Appeldorn schenkte der Managerin einen sanften Blick.

„Wissen Sie", antwortete diese. „Dafür ist das Grünflächenamt zuständig. Ich denke, dass man Ihnen nicht einfach die Namen von irgendwelchen Mitarbeitern geben kann. Das widerspräche dem Datenschutz."

Frau Appeldorn nickte verständnisvoll. „Ja, ich weiß. Ihr Vater schlug vor, Sie vorab zu fragen. Vielleicht haben Sie eher informelle Kanäle, über die Sie solche Informationen erlangen können. Wie gesagt, ich möchte niemandem Ärger bereiten."

Frau Dammer dachte nach. Dann sah sie zu ihrem Vater. „Ich kenne jemanden vom Grünflächenamt. Die könnte ich mal ansprechen. Aber ich kann nichts garantieren."

„Natürlich nicht", beeilte sich Frau Appeldorn zuzustimmen. „Aber es würde vielleicht helfen."

Frau Dammer verzog den Mund. „Na gut, ich versuche es mal."

Sie ging an ihren Schreibtisch, nahm den Telefonhörer und wählte eine Nummer.

Frau Appeldorn und Herr Büyüktürk konnten hören, wie sie mit jemandem sprach. Die Person am Telefon schien zuerst eher zurückhaltend zu sein, aber ließ sich dann anscheinend doch überreden, der Kollegin den Gefallen zu tun. Frau Appeldorn sah, wie Frau Dammer einen Namen auf einem Zettel notierte. Sie machte einen Schritt auf die Citymanagerin zu. „Fragen Sie, wo die Person aktuell arbeitet", raunte sie ihr ins Ohr, und Frau Dammer sah sie ungehalten an. Dann schüttelte sie den Kopf, wiederholte aber die Frage ins Telefon. Wieder notierte sie eine Antwort auf den Zettel. Es war zu hören, wie sie sich bedankte und ein baldiges Treffen zum Mittagessen mit der Person am Telefon ausmachte. Dann legte sie den Hörer auf, nahm den Zettel und hielt ihn Frau Appeldorn hin.

„Da haben Sie den Ort, wo das Team heute eingesetzt wird. Der Name der Leiterin ist auch notiert. Ich hoffe, dies hilft Ihnen weiter, die Sache zu klären. "

Frau Appeldorn nahm den Zettel an sich. „Ja, damit kommen wir bestimmt weiter. Ich danke Ihnen sehr."

„Aber mit der Leiche hat das nichts zu tun, oder?" Die Citymanagerin musterte ihre Besucher. „Ist nämlich merkwürdig, dass Sie einen Tag, nachdem das Team eine Leiche gefunden hat, danach fragen und es genau um den Fundort geht."

„Ach, wirklich? Eine Leiche? Das ist ja schrecklich." Frau Appeldorn hoffte, dass sie bestürzt wirkte.

„Mischt ihr euch etwas wieder in polizeiliche Ermittlungen ein?" Sie musterte ihren Vater.

„Quatsch, mein Kind. Es ist nur ein dummer Zufall."

Frau Appeldorn erkannte am Gesicht des Nachbarn deutlich, wie schwer ihm diese Notlüge fiel. Die Tochter schien es ihm aber abzunehmen.

„Das hoffe ich."

„Danke für deine Hilfe." Herr Büyüktürk nahm seine Tochter in den Arm.

„Sehen wir uns am Wochenende, Baba?"

Der Angesprochene nickte. „Ja, aber ihr kommt zu mir, und ich koche."

Der Blick von Frau Dammer drückte Skepsis aus. „Du kochst?"

„Ja", antwortete Herr Büyüktürk mit einem leichten Unterton der Entrüstung. „Denkst du, ich kann das nicht? Ich koche jeden Tag für mich selbst."

„Nein, sicher. Es ist nur …" Sie unterbrach sich und suchte sichtlich nach Worten. „Es ist nur, dass du noch nie für mich oder für uns gekocht hast."

„Einmal ist immer das erste Mal", stellte ihr Vater sachlich fest. „Dann sehen wir uns." Er winkte zum

Abschied und gab damit auch Frau Appeldorn das Signal, das Büro zu verlassen.

Wieder im Auto angekommen, betrachtete Frau Appeldorn ihren Nachbarn. „Sie kochen jeden Tag für sich selbst?"

Der Nachbar starrte regungslos vor sich hin und antwortete nicht.

„Ich meine aber", fuhr Frau Appeldorn fort. „Dass ich Sie jeden Mittag aus dem Haus gehen sehe. Ich dachte immer, Sie gingen irgendwo essen."

„Papperlapapp", ließ der Nachbar verlauten. „Ich werde schon für meine Tochter kochen können."

„Herr Büyüktürk, manchmal überraschen Sie mich wirklich." Sie grinste.

Er drehte sich zu ihr. „Wo arbeiten die Gärtner denn jetzt?"

Frau Appeldorn schaute auf den Zettel. „Am Friedhof."

Herr Büyüktürk wies in die Richtung. „Na, dann fahren Sie schon!"

„Dort steht das Auto vom Grünflächenamt." Er zeigte mit dem Finger auf den Pritschenwagen, auf dem sich eine Schubkarre und diverse Gerätschaften stapelten.

Sie lenkte den Wagen in die Parkbucht und sah sich um. „Dann sollten das Team hier irgendwo in der Nähe arbeiten, denke ich."

Herr Büyüktürk war bereits dabei, auszusteigen, und sie beeilte sich, ihm zu folgen. Er marschierte voraus in Richtung des Friedhofseingangs wenige Meter vor ihnen. Frau Appeldorn stockte und schaute auf ihre Armbanduhr.

„Was ist?", fragte ihr Nachbar, als er offenbar feststellte, dass sie stehengeblieben war.

„Es ist Mittagszeit", verkündete die Angesprochene.

„Und?"

Frau Appeldorn deutete auf die gegenüberliegende Straßenseite, und Herr Büyüktürk sah in die Richtung.

„Sie meinen …"

„Ja, meine ich", unterbrach sie ihn. „Lassen Sie uns mal kurz in den Imbiss sehen. Würde mich nicht wundern, wenn unsere Gärtner dort säßen und Mittagspause machten."

Sie überquerte die Straße und erreichte das Lokal vor ihrem Nachbarn. Als er bei ihr eintraf, öffnete sie die Tür. Es standen zwei Personen an der Theke und warteten auf ihre Bestellungen. Frau Appeldorn sah in den hinteren Bereich des Lokals und tippte Herrn Büyüktürk an. „Habe ich es mir doch gedacht", triumphierte sie. „Kommen Sie."

Sie nickte einem Mann hinter der Ecke kurz zu und ging dann auf den Tisch zu, an dem mehrere städtische Arbeiter und eine Arbeiterin saßen. Sie waren eindeutig an der Arbeitskleidung mit dem städtischen Logo erkennbar. Die Truppe sah ihr entgegen, als sie den Tisch erreichte.

„Können wir Ihnen helfen", ergriff einer der Männer das Wort.

„Danke, vielleicht", antwortete sie und betrachtete die Runde. Der Mann, der sie angesprochen hatte, sah mit seinem akkuraten Haarschnitt und seinem gepflegten Äußeren so aus, als ob er eigentlich in einer Bank arbeiten würde, und nur versehentlich die grüne Arbeitskleidung des Gartenbauteams angezogen hatte. Neben ihm saß ein Kollege, der mit seinen Oberarmen jedem Baumstamm Konkurrenz machen konnte. Er hatte stoppelkurze Haare und kleine Augen. Frau Appeldorn überlegte, ob dies die Folge der Einnahme unerlaubter Stoffe sein könnte. Komplettiert wurde die Runde von einem eher schmächtigen Kerlchen, das durch einige gut sichtbare Tattoos und Piercings zu versuchen schien, bedrohlicher zu wirken.

„Ich wollte zu Ihnen." Sie wies auf die einzige Frau am Tisch. Sie war etwa Mitte dreißig, hatte langes mittelblondes Haar, das sie zu einem Pferdeschwanz gebunden hatte. Frau Appeldorn bewunderte ihr sanftes, recht hübsches Gesicht mit den braunen Augen, das selbst ungeschminkt makellos wirkte. Innerlich tadelte sie sich dafür, dass sie bei einer Gartenarbeiterin automatisch ein eher derbes Aussehen erwartet hatte.

„Zu mir?" Die Gärtnerin sah sie überrascht an.

„Ja. Sie sind doch die Chefin hier, Frau Schreiber?"

„Das bin ich. Was ist denn?"

„Erst einmal möchte ich mich vorstellen", begann Frau Appeldorn. „Ich bin Frau Appeldorn, und dies ist Herr Büyüktürk. Wir haben ein paar Fragen an Sie. Es geht um den toten Bademeister, den jemand von Ihnen gestern gefunden hat."

Es begann ein heftiges Gemurmel unter den Männern.

„Vielleicht sollten wir das in kleiner Runde besprechen", befand die Frau. „Bin gleich wieder da", ließ sie die Kollegen wissen, und Frau Appeldorn bewunderte ihre Souveränität. Sie wusste, wie schwer es sein konnte, sich als Frau in einer Männerrunde durchzusetzen. Bilder ihrer eigenen beruflichen Laufbahn erschienen vor ihrem inneren Auge.

Die Männer sahen aus, als ob sie protestieren wollten, aber die Kollegin winkte ab. „Lassen Sie uns dort an den anderen Tisch gehen", schlug sie vor.

Frau Appeldorn winkte Herrn Büyüktürk heran und wartete, bis die Gärtnerin gekommen war. Dann setzten sich alle.

„Es tut mir leid. Ich möchte nicht Ihre wohlverdiente Mittagspause unterbrechen. Danke, dass Sie sich ein paar Minuten Zeit nehmen", eröffnete Frau Appeldorn das Gespräch.

Die junge Frau zuckte mit den Schultern. „Klar. Sind Sie von der Presse?"

„So in etwa", log Frau Appeldorn. „Können Sie uns genauer schildern, wie das gestern war? Haben Sie den Toten gestern vorgefunden?"

„Ja, das war ich."

„Wie ist es dazu gekommen?"

„Da gibt es nicht viel zu erzählen. Wir hatten den Auftrag, das Gebüsch zu beschneiden, und als ich mir vor Ort einen Überblick verschaffen wollte, lag er da. An seinem Kopf klaffte eine große blutige Wunde, und mir war sofort klar, dass er tot war. Ich habe dann noch versucht, einen Puls zu fühlen, wie man das immer im Fernsehen sieht. Aber da war nichts. Dann habe ich die Kollegen gerufen, und wir haben die Notrufnummer gewählt. Das war's."

„Wow, ich wäre nicht so gelassen, wenn ich eine Leiche finden würde", stellte Frau Appeldorn fest.

„Bevor ich bei der Stadt angefangen habe, habe ich ein Praktikum im Krankenhaus gemacht. Ich habe schon einige Leichen gesehen."

„Ist Ihnen denn sonst noch etwas aufgefallen? War vielleicht jemand in der Nähe?"

Frau Schreiber schüttelte den Kopf, und ihr Pferdeschwanz schwang hin und her. „Nein, da war niemand außer uns." Sie machte eine Pause. „Ich wusste zuerst nicht, wer der Mann war. Mike, mein Kollege, erkannte ihn." Sie nickte in Richtung des Tisches, um den die drei Kollegen saßen. „Hat wohl schon mal mit ihm zu tun gehabt."

„Irgendein flacher, harter Gegenstand lag nicht zufällig in der Nähe der Leiche herum, oder?"

„Was soll das gewesen sein? Eine Schaufel, oder so?"

Frau Appeldorn klopfte sich vor die Stirn. Das war es. Die Mordwaffe könnte eine Schaufel gewesen sein.

„Ja, lag da eine Schaufel?"

Frau Schreiber schüttelte den Kopf. „Ist er mit einer erschlagen worden? Nein, da war nichts."

Die Männer am Nachbartisch standen auf und kamen zu ihnen.

„Ich muss los", verkündete Frau Schreiber und erhob sich ebenfalls.

Frau Appeldorn nickte ihr zu. „Danke, dass Sie sich die Zeit genommen haben."

Die Gartenarbeiterin lächelte kurz und verschwand dann mit ihren Kollegen aus dem Lokal.

Herr Büyüktürk verzog das Gesicht. „Das war nicht sehr ergiebig."

Sie nickte. „Stimmt. Ich hatte mir irgendwelche neuen Hinweise erhofft." Sie betrachtete das schon ziemlich vergilbte Bild einer Stadt am Meer, das ihr gegenüber an der Wand hing. „Wir sollten uns den Fundort einmal genauer ansehen."

Der Nachbar nickte. „Aber nicht jetzt."

„Warum nicht?"

„Es ist Mittagszeit."

Frau Appeldorn lachte auf. „Ach, möchten Sie jetzt kochen?"

Er verzog das Gesicht. „Nein, ich denke, heute nicht. Ich dachte, wo wir schon mal hier sind …"

Mit hungrigem Magen ließ es sich nicht gut denken, das musste sie zugeben. „Okay, dann lassen Sie uns was bestellen, bevor es weitergeht."

Als sie vor dem Schwimmbad hielten, hatte sich der Himmel zugezogen.

„Es regnet gleich", stellte Herr Büyüktürk fest, als sie ausstiegen. „Haben Sie einen Schirm im Auto?"

Frau Appeldorn schüttelte den Kopf.

„Na, super. Sie haben Ihren Hut, und ich?"

Frau Appeldorn hob schützend die Hände über ihren roten Hut. „Um Gottes willen. Der darf nicht nass werden. Wir sollten uns beeilen."

Der Nachbar sah sie verwundert an. „Und ich dachte immer, Sie würden den Hut tragen, um gegen Regen geschützt zu sein."

„Natürlich nicht", ließ sie ihn wissen und ersparte sich weitere Erläuterungen. Stattdessen stapfte sie über die Wiese zum Gebüsch am Rand. Die Stelle, an der die Leiche gefunden worden war, ließ sich schnell erkennen. Es war deutlich zu sehen, dass die Polizei alles haarklein untersucht hatte.

„Und was wollen Sie hier jetzt sehen, was die Polizei nicht schon entdeckt hat?" Herr Büyüktürk schaute skeptisch gen Himmel.

„Keine Ahnung." Frau Appeldorn schaute sich um. „Warum war der Bademeister überhaupt hier? Es ist weit weg von der Straße. Es sieht nicht so aus, als ob seine Leiche hierher geschleift worden wäre."

„Vielleicht hat der Mörder sie getragen", warf Herr Büyüktürk ein.

„Dann muss er aber recht stark gewesen sein. Und ich kann keine tiefen Fußspuren sehen."

„Können Sie jetzt auch Spuren lesen?"

„Nein, aber ich denke, so tiefe Fußabdrücke müssten auch für uns sichtbar sein, oder?"

„Weiß nicht."

Herr Büyüktürk hielt die Hand mit dem Rücken nach oben hoch. „Es fängt an."

Er drehte sich um und eilte zurück zum Auto. Frau Appeldorn folgte ihm und hielt ihren Hut fest, damit er ihr nicht vom Kopf geweht wurde.

Als sie im Auto saßen, betrachteten sie die Regentropfen auf der Windschutzscheibe, die immer breitere Rinnsale bildeten.

„Entweder ist die Leiche wirklich zum Gebüsch getragen und dort abgelegt worden, oder der Bademeister ist selbst dorthin gegangen. Da wir gerade keine Fuß- oder Schleifspuren gesehen haben, vermute ich eher Letzteres. Wie sehen Sie das?"

Der Nachbar zuckte mit den Schultern. „Kann schon sein. Aber viel weiter sind wir jetzt immer noch nicht. Ich müsste jetzt langsam wieder nach Hause."

„Na gut. Für heute ist es auch genug." Sie startete den Motor. „Aber morgen schauen wir uns das persönliche Umfeld des Opfers genauer an."

„Von mir aus", brummte Herr Büyüktürk.

„Etwas mehr Enthusiasmus wäre schön."

Sie spürte seine Blicke von der Seite. „Ihnen scheinen diese Nachforschungen ja sehr wichtig zu sein."

„Ja, ich möchte sicherstellen, dass dieser Fall auch wirklich aufgeklärt wird", bekräftigte sie und fuhr los. Dass gleichzeitig das belebende Gefühl einer Herausforderung wieder in ihr auflebte, sagte sie nicht. Das behielt sie besser für sich.

IV

Sie betrachtete den Artikel, den ihr die Internetsuche als Ergebnis präsentiert hatte. Es war eine Bestandsaufnahme über die Situation in den Freibädern des Landes, nachdem es mehrfach zu tätlichen Übergriffen gekommen war. Jugendliche waren in Banden aufeinander losgegangen oder hatten in anderen Fällen das Personal bedroht. Frau Appeldorn erinnerte sich an die Meldungen von Schlägereien in einem Sommerbad in Berlin. In dem Artikel stand, dass einige Bäder mittlerweile Sicherheitsdienste einsetzen, um die chaotischen Zustände in den Griff zu bekommen.

Sie lehnte sich zurück und überlegte, ob es auch im hiesigen Bad derartige Vorfälle gegeben haben könnte, aber konnte sich an keine derartige Meldung in den Zeitungen erinnern. Das musste natürlich nicht bedeuten, dass so etwas nie vorgekommen war. Es hieß nur, dass sie es nicht erfahren hatte. Sie notierte sich auf einem Zettel, dass sie nachforschen wollte, ob es auch hier zu Respektlosigkeiten gegenüber dem Personal oder sogar tätlichen Auseinandersetzungen gekommen war.

Sie schloss den Artikel und öffnete stattdessen Facebook. Vor einiger Zeit hatte sie sich dort einen Account eingerichtet, aber seitdem nicht mehr nachgesehen. Ute hatte sie damals dazu aufgefordert, als sie in den Kulturverein eingetreten war. Sie müsse mit der Zeit gehen, schließlich wären alle dort. Seitdem hatte Frau

Appeldorn sogar WhatsApp auf dem Smartphone installiert, aber alle Benachrichtigungen ausgeschaltet, weil sie das dauernde Gepiepse nervte. Nun wollte sie aber sehen, ob sie etwas zum Umfeld des toten Bademeisters finden konnte. Sie tippte seinen Namen ein, und sofort wurde ihr ein Profil vorgeschlagen, dessen Profilbild eindeutig Fabian Hochmüller darstellte. Sie tippte es mit der Maus an. Elisabeth hatte recht gehabt. Das Hochzeitsbild des Bademeisters mit seinem Partner sprang ihr in den Blick. Der Name des Partners war markiert, und sie klickte ihn an, um zu seinem Profil zu gelangen. Auch hier schienen die bisher bekannten Informationen zu stimmen. Er arbeitete bei einer Bank in der Stadt. Auch dies notierte sie sich. Zufrieden lächelte sie. Diese Quelle lieferte genügend Stoff, um den Tag mit interessanten Ermittlungen zu füllen.

Sie schaute auf die Uhr, dann erhob sie sich, ging zur Garderobe und setzte sich ihren Hut auf. Ein paar weitere Handgriffe und ein letzter Blick in den Spiegel bestätigten ihr, dass sie bereit war, die weiteren Nachforschungen anzustellen. Entschlossen schritt sie vor die Tür und ging hinüber zum Nachbarhaus. Dort betätigte sie den Klingelknopf und horchte auf Geräusche im Inneren. Es dauerte nicht lange, und Herr Büyüktürk öffnete die Tür. Es überraschte sie nicht, dass er wieder seine Cordhose, ein hellblaues Hemd und Hausschuhe trug. Er sah sie verwundert an.

„Was ist?"

„Wir müssen los."

„Wohin?"

„Jetzt stellen Sie sich nicht dumm. Unsere Nachforschungen warten, natürlich."

„Und wo?"

„Ich dachte, wir beginnen am Schwimmbad und hören uns um, ob es dort auffällige Geschehnisse oder irgendwelche Konflikte gegeben hat. Dann müssen wir in die Stadt."

Der Nachbar sah sie fragend an, und Frau Appeldorn konnte ihre Ungeduld nicht verbergen. „Kommen Sie nun mit, oder nicht?"

Er trat von einem Fuß auf den anderen und überlegte.

„Wollen Sie etwa sagen, dass Sie etwas anderes vorhaben?"

„Ja, habe ich", behauptete er trotzig. „Ob Sie es glauben oder nicht, ich habe ein Leben."

„Ach, und ich etwa nicht?"

„So, wie Sie sich in diesen Mordfall stürzen …"

Sie fiel ihm ins Wort. „Wenn Sie nicht mit wollen, auch gut. Fahre ich eben alleine."

„Ist ja schon gut", ließ er verlauten. „Ich komme ja schon. Geben Sie mir ein paar Minuten."

„Ich dachte, Sie haben etwas vor." Sie konnte nicht verhindern, dass es etwas schnippisch klang.

„Heute Abend", antwortete er im Gehen. „Da haben wir Fechten." Damit verschwand er hinter einer Tür. Wenige Augenblicke später erschien er wieder und trug sein übliches Tweedsakko. Seine Hausschuhe hatte er wieder gegen Straßenschuhe getauscht.

„Heute fahre ich", verkündete er, als er an ihr vorbeiging.

Frau Appeldorn überlegte, ob sie protestieren sollte, entschloss sich dann aber, ihm wortlos zu folgen.

„Haben Sie denn eine Idee, wie wir vorgehen wollen?", fragte Herr Büyüktürk, als sie aus dem Mercedes stiegen und auf das Schwimmbad zugingen.

Frau Appeldorn zuckte mit den Schultern. „Das wird sich schon ergeben."

Schon im Eingangsbereich umhüllte sie der Duft von Chlor und die für Bäder typische schwülwarme Luft. Frau Appeldorn erkannte die Frau an der Kasse, und ihr schien es ebenso zu gehen.

„Hallo, jetzt ist doch gar kein Aqua-Fit."

Frau Appeldorn schenkte ihr ein Lächeln. „Ich weiß. Deshalb bin ich auch gar nicht hier. Sagen Sie, wer hat denn jetzt hier Dienst als Bademeister nach dem tragischen Tod von Herrn Hochmüller?"

Die Frau sah sie verwundert an. Dann senkte sie den Blick. „Eine Tragödie ist das. Er war so ein netter Kerl. Wer tut so etwas nur?"

„Ja, das fragen wir uns auch. Wer vertritt ihn denn jetzt?"

„Das ist Maren, unsere junge Bademeisterin."

„Wäre es möglich, dass Sie sie rufen? Ich würde gerne kurz mit ihr sprechen."

Die Frau musterte Frau Appeldorn und ihren Begleiter für einen Moment. Dann griff sie zu einem Telefonhörer, und es war zu vernehmen, wie sie die Bademeisterin bat, kurz in den Kassenbereich zu kommen.

„Danke." Frau Appeldorn nickte kurz. „Sagen Sie, letztlich habe ich in der Zeitung von besorgniserregenden Ereignissen in Freibädern gelesen. Die Leute werden immer aggressiver und gehen sogar aufeinander los. Ist hier auch schon mal so etwas geschehen? Waren Sie betroffen von Pöbeleien, oder gab es sogar Schlägereien?"

„O nein. Glücklicherweise nicht." Die Frau zögerte. „Na gut, Pöbeleien gibt es natürlich schon ab und zu. Letztens mussten auch einige Mädchen des Bades verwiesen werden, weil sie anfingen zu randalieren. Aber das sind zum Glück nur Einzelfälle."

„Einen Sicherheitsdienst wie in den großen Städten haben Sie hier aber noch nicht, wie in den großen Städten, oder?"

Sie schüttelte heftig den Kopf. „Nein, nein, das ist noch nicht notwendig, und ich hoffe, es bleibt auch so."

„Das hoffe ich auch."

Eine junge Frau in der typischen weißen Kleidung der Bademeister kam aus dem Zugang zum Bad auf sie zu und wandte sich an die Frau an der Kasse.

„Die Herrschaften möchten dich sprechen", hörte Frau Appeldorn die Kassenfrau sagen und sah, wie sie mit dem Finger in ihre Richtung zeigte.

Die junge Frau drehte sich um. „Sie wollten mich sprechen?"

Frau Appeldorn nickte. „Ja, hätten Sie wohl ein paar Minuten für uns?"

„Worum geht es denn?"

„Um Ihren Kollegen Fabian Hochmüller. Wir sammeln Hintergrundinformationen."

Die Bademeisterin runzelte die Stirn. „Darf ich fragen, aus welchem Interesse Sie dies tun?" Die Skepsis war klar zu vernehmen.

Frau Appeldorn benötigte einen kurzen Moment, um sich eine möglichst überzeugende Geschichte zurechtzulegen. Gerade, als sie dachte, einen plausiblen Grund nennen zu können, sprang ihr Herr Büyüktürk zur Seite.

„Wir möchten über Herrn Hochmüller einen Nachruf in der hiesigen Presse verfassen und benötigen dazu mehr Einblicke in seine Arbeit."

Frau Appeldorn sah ihren Nachbarn verblüfft an, und er zwinkerte ihr zu – unbemerkt von der jungen Frau.

Die Bademeisterin schien ihm die Begründung abzunehmen. „Oh, das ist aber schön. Wir vermissen Fabian alle sehr. Er war so ein netter Kollege."

„Ich habe vorhin schon Ihre Kollegin gefragt. Gab es hier im Bad zuletzt unangenehme Vorfälle, wie man sie in anderen Städten erlebt hat?"

„Sie meinen irgendwelche Schlägereien?"

Frau Appeldorn nickte.

Die junge Frau schüttelte den Kopf. „Nein, glücklicherweise nicht."

„Aber kleinere Vorfälle kommen schon vor, oder?"

„Ja, natürlich. Das kommt schon vor, aber wir haben das im Griff."

„Die Dame an der Kasse erzählte mir von einem Ereignis mit Teenagerinnen, die des Bades verwiesen werden mussten."

„Gelegentlich testen Jugendliche ihre Grenzen aus. Dann müssen wir sie ihnen auch zeigen." Sie lächelte zögerlich.

Frau Appeldorn betrachtete die junge Frau. Ihre Figur war sehr sportlich, sie hätte ohne weiteres Olympiaschwimmerin sein können. Dazu hatte sie kurze mittelbraune Haare. „War denn Fabian in den Vorfall involviert?"

„Ja, er hatte zu dem Zeitpunkt Dienst und musste die Mädchen zwingen, das Bad zu verlassen."

„Das haben die Mädchen sicher nicht so einfach mit sich machen lassen, oder?"

„Nein, er hat mir nachher erzählt, dass sie ihn heftig beschimpft und ihm Prügel angedroht haben." Sie stockte. „Sie glauben doch nicht ..."

Frau Appeldorn zog die Augenbrauen hoch. „Die Polizei tappt wohl noch im Dunkeln. Es könnte möglich sein, dass sich die Mädchen gerächt haben, oder meinen Sie nicht?"

Die Augen der Bademeisterin weiteten sich, und der Schrecken war nicht zu übersehen. „O Gott", stöhnte sie. „Das will ich mir lieber nicht vorstellen."

„Wir wissen noch nicht, was wirklich geschehen ist. Haben Sie eine Idee, was Fabian dort draußen auf der Wiese gemacht hat?"

Die Frau in Weiß zuckte mit den Schultern. „Ich habe keine Ahnung. Schreiben Sie wirklich einen Nachruf?"

„Natürlich", beeilte sich Herr Büyüktürk zu antworten. „Wir müssen nur alle Details klären, um nicht nachher Probleme zu bekommen."

„Wenn Sie meinen." Sie schien nicht überzeugt und sah auf ihre Uhr. „Ich muss los. Hilft Ihnen das erst einmal weiter?"

Frau Appeldorn nickte. „Ja, auf jeden Fall. Vielen Dank."

Die Bademeisterin hob kurz die Hand zu einem angedeuteten Winken und war schon verschwunden.

Frau Appeldorn drehte sich zu ihrem Nachbarn um, doch der stand nicht hinter ihr. Sie suchte den Eingangsbereich des Bades ab und entdeckte ihn einige Schritte weiter im Gespräch mit einem jungen Mann.

„Da sind Sie", sagte sie, nachdem sie sich zu ihm gesellt hatte, und betrachtete dann den jungen Mann. Er sah ebenfalls sehr sportlich aus und hielt eine Sporttasche in der Hand.

„Das ist Nazir. Er trainiert hier für die Meisterschaften. Er ist ein großes Talent." Herr Büyüktürk strahlte Stolz aus, während der Angesprochene unsicher den gefliesten Boden betrachtete.

„Toll. Woher kennen Sie sich?", fragte Frau Appeldorn.

„Unsere Familien kennen sich schon lange", erklärte der Nachbar. „Ich kenne Nazir schon, seit ich ihn als Baby auf meinen Knien geschaukelt habe." Er tätschelte dem jungen Mann den Kopf, was diesem sichtlich unangenehm war.

„Er kannte den Bademeister gut", fuhr Herr Büyüktürk fort, und Nazir nickte vorsichtig.

„Ach ja?", nun zeigte Frau Appeldorn Interesse. „Hast du zufällig mitbekommen, dass er Ärger mit einigen Mädchen hatte, die er aus dem Bad verwiesen hat?"

Wieder nickte der Junge schwach.

„Kennst du sie?", hakte der Nachbar nach.

Auch dieses Mal gab es ein Nicken des Jungen als Bestätigung.

„Na, nun sag schon!", forderte ihn Herr Büyüktürk ihn auf. „Wie heißen sie?"

Nazir sah unsicher zu ihm auf. „Die Anführerin ist Hanna. Sie hat lila Haare."

„Hanna, und weiter?"

Der Junge zuckte mit den Schultern. „Weiß ich nicht."

Herr Büyüktürk schaute auf die Uhr, die über dem Süßigkeitenautomat an der Wand hing. „Wieso bist du jetzt eigentlich nicht in der Schule?"

„Wir haben zwei Freistunden, und ich muss noch trainieren. Die Meisterschaften sind schon nächste Woche."

Der Nachbar tätschelte ihm die Schulter. „Du schaffst das. Wir sind alle stolz auf dich."

„Kann ich dann jetzt?" Nazir sah vorsichtig hoch.

„Na klar. Viel Erfolg", wünschte ihm der Nachbar, und der Junge verschwand in den Umkleideräumen.

„Er wird mal ein ganz Großer", teilte der Nachbar mit.

„Na dann", murmelte Frau Appeldorn. „Ich würde zu gerne mal mit dieser Hanna sprechen. Nur, wie finden wir sie?"

Herr Büyüktürk ging voraus und hielt ihr die Tür auf.

„Vielleicht hat sie jetzt auch Freistunden. Wir sollten mal an der Gesamtschule vorbeifahren. Vielleicht treibt sie sich dort herum", schlug er vor, und Frau Appeldorn konnte ihr Erstaunen nicht verbergen.

„Gute Idee. So langsam scheinen Sie ja doch Interesse an dem Fall zu entwickeln."

„Papperlapapp", murmelte der Nachbar, kramte nach seinem Autoschlüssel und öffnete die Wagentür.

Herr Büyüktürk lenkte den Mercedes auf die Straße, die an der Schule vorbeiführte. Einige Jugendliche waren zu sehen. Sie standen entweder in Grüppchen zusammen und gingen die Straße entlang.

„Sehen Sie ein Mädchen mit lila Haaren?", fragte er, und Frau Appeldorn sah konzentriert aus dem Fenster.

„Bis jetzt nicht", konstatierte sie und suchte weiter die Straße ab.

Sie fuhren an der Schule vorbei, aber von der Gesuchten war weit und breit nichts zu entdecken.

„Halten Sie an!", befahl Frau Appeldorn plötzlich, und der Nachbar trat abrupt auf die Bremse. Das spontane Bremsmanöver war auch am Straßenrand nicht unbemerkt geblieben, und eine Gruppe Mädchen starrte in ihre Richtung. Frau Appeldorn stieg aus und ging auf sie zu.

„Entschuldigt", begann sie. „Wisst ihr, wo ich Hanna finden kann?"

Die Mädchen sahen sich an, und eine von ihnen musterte Frau Appeldorn. „Welche Hanna?"

„Die mit den lila Haaren", erläuterte die Angesprochene.

„Was wollen Sie denn von ihr?"

„Kennst du sie oder nicht?"

„Schicker Hut." Das Mädchen grinste, und die Gruppe hinter ihr lachte auf.

„Danke. Kannst du mir nun sagen, wo ich Hanna finde?"

Das Mädchen sah sich zu den anderen um und drehte sich dann wieder zur Fragestellerin. „Sie ist meistens im Park mit ihrer Clique."

„Danke." Frau Appeldorn wandte sich in Richtung Auto.

„Wieso tragen Sie einen roten Hut?", hörte sie hinter sich fragen.

Sie sah in Richtung der Mädchen und lächelte. „Weil es mir gefällt." Sie grinste und meinte im Nicken der Mädchen etwas Bewunderung zu erkennen.

Auf dem Weg in den Park versuchten sie, die Pfützen zu umgehen. Frau Appeldorn machte vorsichtige Schritte und verlagerte das Gewicht auf den Ballen, damit sich die Absätze der Schuhe nicht in den weichen Boden bohrten.

„Sie hätten ja wenigstens mal etwas Schotter auf die Wege streuen können", schnaubte sie, als sie gerade wieder absackte.

„Die Stadt muss sparen", erwiderte ihr Begleiter und stapfte voraus. „Wo sollen die Kids denn jetzt sein?" Er blieb an einer Weggabelung stehen und sah sich nach allen Seiten um. Vor ihnen lag ein See, auf dem einige Enten schwammen, die prompt auf sie zukamen.

Frau Appeldorn schüttelte etwas Erde von ihrem rechten Schuh, als sie bei ihm ankam. „Ich weiß nicht, aber ich denke, eher dort hinter den Bäumen, wo man sie nicht direkt sieht."

„Schaffen Sie es bis dahin?" Er betrachtete ihre Schuhe und grinste.

„Das nächste Mal ziehe ich die Wanderschuhe an", schnaubte sie ihm entgegen. Dann ging sie in Richtung der Bäume. „Kommen Sie schon!"

Der Weg am See entlang war tatsächlich weniger von Pfützen übersät und insgesamt besser zu begehen. Frau Appeldorn entspannte sich etwas und schritt weiter voran. Hinter den Bäumen lag eine kleine Wiese, an deren Rand eine Bank stand. Dort saßen und standen einige Jugendliche, und tatsächlich, die lila Haare eines der Mädchen waren deutlich zu erkennen.

„Da sind sie", bestätigte Herr Büyüktürk die Entdeckung und machte Anstalten, quer über die Wiese zu gehen.

„Sie wollen wohl, dass ich vollends im Morast versinke", protestierte Frau Appeldorn. „Wir gehen schön den Weg entlang."

Der Nachbar zuckte mit den Schultern und folgte ihr dann.

Als sie auf die Jugendlichen zugingen, wurden sie von diesen unverhohlen angestarrt.

„Hallo", begann Frau Appeldorn und zeigte dann auf das Mädchen mit den lila Haaren. „Bist du Hanna?"

Die jungen Leute standen auf, sofern sie zuvor gesessen hatten, und postierten sich neben der Angesprochenen. Diese verschränkte die Arme vor der Brust und funkelte Frau Appeldorn drohend an. „Wer will das wissen?"

„Ich", erwiderte Frau Appeldorn. „Mir wurde gesagt, du hattest Streit mit dem Bademeister, und er hat dich aus dem Schwimmbad geworfen."

„Wer sagt das?" Der Blick des Mädchens verdunkelte sich weiter.

„Die Bademeisterin. Und, bist du aus dem Schwimmbad rausgeflogen?"

„Was geht dich das an? Wer seid ihr überhaupt?"

Frau Appeldorn überlegte, ob sie auf die provozierende Art der jungen Frau eingehen sollte, aber entschied dann, weiter höflich zu bleiben. „Ich bin Frau Appeldorn, und das ist Herr Büyüktürk. Wir sammeln Informationen zum Tod des Bademeisters."

Bei der Nennung des Namens ihres Nachbarn prusteten einige Jugendliche auf. „Wie heißt der?", war zu hören und wurde mit verschiedenen Verunglimpfungen des Namens garniert.

Frau Appeldorn sah im Augenwinkel, wie sich das Gesicht des Nachbarn dunkel verfärbte. Sie gab ihm mit einer Handbewegung zu verstehen, Ruhe zu bewahren. „Jetzt hört mal zu! Ich habe höflich gefragt und erwarte auch eine höfliche Antwort." Ihre Stimme war lauter geworden, und zumindest die Verballhornungen des türkischen Namens hörten auf. Die Angesprochene ließ sich allerdings weiterhin zu keiner Antwort herab.

„Du hast dem Bademeister Prügel angedroht. Habt ihr die Drohung wahrgemacht?"

„Dieser Scheißkerl hätte es verdient", schoss es aus ihr heraus. „Wir haben nichts gemacht, und der Mistkerl schmeißt uns raus." Die Wut über die in ihren Augen ungerechte Behandlung stand ihr groß und breit ins Gesicht geschrieben.

„Und deswegen habt ihr ihm aufgelauert und ihm den Spaten über den Schädel geschlagen." Frau Appeldorn musterte die Reaktionen der Bande vor ihr.

„Haben Sie sie noch alle?", protestierte Hanna und ballte eine Faust. „Das lasse ich mir nicht anhängen."

Wieder war Gemurmel im Kreis der Jugendlichen zu vernehmen.

„Behauptest du etwa, dass ihr eure Drohung, den Bademeister zu verprügeln, nicht wahrgemacht habt?" Frau Appeldorn machte einen Schritt auf Hanna zu und fixierte ihre Augen.

Tatsächlich zuckte die junge Frau etwas zurück und hob beschwichtigend die Hände. „Nein, haben wir nicht", schnaubte sie. „Sagt es ihr", forderte sie die anderen auf, woraufhin alle heftig die Köpfe schüttelten oder die Aussage mit Worten bestätigten.

„Ist ja schon gut, ist ja schon gut." Frau Appeldorn rückte etwas zurück und hob beschwichtigend die Hand. Sie betrachtete die Runde, und einige wichen ihrem Blick aus oder sahen unsicher auf den Boden.

Herr Büyüktürk trat an sie heran und flüsterte in ihr Ohr: „Die lügen."

Frau Appeldorn nickte kaum merklich.

„Wenn ihr etwas mit dem Tod des Bademeisters zu tun habt, dann kriegen wir das heraus", teilte sie der Clique mit.

„Verdammt nochmal, was willst du überhaupt, Alte!" Hanna machte einen Schritt auf sie zu, und die anderen rückten nach.

„Wir sollten gehen", raunte der Nachbar, und Frau Appeldorn machte einen Schritt zurück. Er ergriff ihren Arm und zog sie weiter.

„Verpisst euch!", hörten sie, als sie sich entfernten. „Lasst euch hier nie wieder blicken." Dann war nur noch Gejohle zu vernehmen.

„Die Jugend von heute", seufzte Frau Appeldorn, während sie wieder einigen Pfützen auswich.

„Es sind nicht alle so", antwortete der Nachbar.

„Hoffentlich." Sie rettete sich erleichtert auf den gepflasterten Bürgersteig und schlug die Richtung zum parkenden Auto ein. „Aber diese Jugendlichen wissen definitiv etwas über den Tod des Bademeisters."

V

Seit Herr Büyüktürk sie zu Hause abgesetzt hatte und mit den Worten, er müsse noch einkaufen, verschwunden war, hatte Frau Appeldorn darüber nachgedacht, wie sie die Umstände um den Tod des Bademeisters aufklären könnte. Dass die Jugendlichen mehr wussten, als sie gesagt hatten, war offensichtlich gewesen. Aber hatten sie ihn tatsächlich ermordet? Was würden die Detektivinnen in den Krimis tun, die sie so gerne las? Sie würden sich das Umfeld des Opfers genauer ansehen, genau. So musste auch sie vorgehen. Sie überlegte, wie sie damit am besten beginnen könnte. Dabei fiel ihr eine Person ein, die wie keine andere über die Menschen im Ort Bescheid wusste. Ihre Freundin und Vereinskollegin Elisabeth war so tief in der Stadt verankert, dass ihr einfach nichts entging, was hier passierte. Sie nahm ihr Telefon und wählte Elisabeths Nummer. Der Rufton ertönte, aber es meldete sich niemand. Enttäuscht ließ Frau Appeldorn das Telefon sinken. Sie betrachtete ihr Arbeitszimmer. Alles war ordentlich. Erst gestern hatte sie alles geputzt, alte Papiere entsorgt und Unterlagen in Ordner einsortiert.

Sie trottete in den Flur, dann ins Wohnzimmer, ins Schlafzimmer und kam letztlich in ihrer Küche an. Überall war es so, wie es sein sollte. Es gab nichts zu tun. Mit einem Seufzer ließ sie sich auf einen Küchenstuhl sinken. Sie hatte keine Aufgabe, die dringend darauf wartete, von ihr erledigt zu werden. Der Gedanke ließ sie erzittern, und reflexartig verschränkte sie die Arme, wie um sich zu wärmen.

„Mareike Appeldorn", begann sie, vor sich her zu murmeln. „Du lässt dich nicht unterkriegen, nur weil gerade mal nichts zu tun ist." Fahrig wischte sie einen imaginären Krümel vom Tisch.

„Nein, das wäre ja noch schöner", sagte sie lauter und stand auf. Dann ging sie zur Garderobe, setzte ihren Hut auf, zog die Jacke über und ergriff die Handtasche. Ein Spaziergang würde sie sicher auf neue Ideen bringen. Sie atmete hörbar aus, öffnete die Haustür –und prallte zurück.

„Annemie?" Sie starrte in das überraschte Gesicht ihrer Schwester, die mit einem Koffer in der Hand vor ihr stand. „Und Bernhard, du auch?", erkannte sie den Schwager hinter ihr.

„Oh, wolltest du gerade gehen?", vernahm sie die Schwester.

„Äh, ja, ich war gerade …" Sie schluckte. „Was macht ihr hier?"

„Wir wollten dich überraschen. Du hast doch gesagt, dass wir aus unserem Dorf ein bisschen rauskommen sollten, und da dachte ich, wir besuchen dich einfach mal spontan."

„Wusste ich doch, dass das eine blöde Idee ist", raunte der Schwager von hinten.

„Was hättet ihr denn gemacht, wenn ich nicht da gewesen wäre?"

Annemie zuckte mit den Schultern. „Wo solltest du schon sein als Rentnerin?"

Frau Appeldorn spielte mit dem Gedanken, der Schwester einfach die Tür vor der Nase zuzuschlagen, aber besann sich dann doch. „Na, dann kommt erstmal rein." Sie machte einen Schritt zur Seite, damit Schwester und Schwager mit ihren Koffern an ihr vorbei ins Haus gehen konnten. „Wo wollt ihr denn übernachten?"

Annemie sah zu ihrem Mann und dann wieder zu ihrer Schwester. „Wir haben mal im Internet nachgesehen. Es gibt hier wohl ein passables Hotel." Sie stockte, und Frau Appeldorn verstand den Blick sofort.

„Das Gästezimmer ist gar nicht fertiggemacht", ließ sie den unerwarteten Besuch wissen.

Die Schwester stellte ihren Koffer neben die Garderobe und wies ihren Mann mit einer Handbewegung an, es ihr gleichzutun. „Vielen Dank, dass du es uns anbietest." Sie strahlte. „Ich wusste, dass du uns gerne bei dir hättest. Das Zimmer können wir schnell gemeinsam machen, nicht wahr?"

Frau Appeldorn suchte nach einer passenden Antwort, aber ihr wollte nichts einfallen. Ihr wurde bewusst, dass sie keine Wahl hatte, und seufzte leise, während sie die Handtasche ablegte, ihren Hut wieder in die dazugehörige Schachtel packte und die Jacke auszog. Dann forderte sie die Überraschungsgäste auf, ihr ins Wohnzimmer zu folgen und Platz zu nehmen.

„Na, dann herzlich willkommen. Kann ich euch etwas anbieten?"

„Ein Käffchen wäre nett, nicht wahr, Schatz?", hörte sie Annemie sagen und war schon unterwegs in die Küche. Dort hämmerte sie einmal kräftig mit der Faust auf die Arbeitsplatte.

„Du hast dir eine Aufgabe gewünscht", murmelte sie. „Nun hast du sie." Dann begann sie, Kaffee zuzubereiten.

„So geht es, denke ich." Annemie hatte die Hände in die Hüften gestemmt und sah zu ihrer Schwester, die den Korb mit der Bügelwäsche in die Ecke schob.

„Im Hotel wäre es sicher angenehmer", versuchte Frau Appeldorn ein letztes Mal einzuwenden, aber sie wusste, dass sie längst verloren hatte.

„Hier ist es doch viel familiärer, nicht wahr?" Annemie musterte ihren Mann, der im Türrahmen stand und nur etwas Unverständliches brummte.

„Ist eben sonst mein Bügel- und Kramzimmer", erläuterte die ungewollte Gastgeberin.

„Kein Problem." Annemie ging an ihrem Mann vorbei und schob einen Koffer ins Zimmer.

„Dann lasse ich euch mal alleine." Frau Appeldorn ging wieder in die Küche, wo sie einen letzten Schluck kalten Kaffees hinunterstürzte. Ein Schnaps wäre jetzt angebrachter gewesen, aber so etwas hatte sie nicht im Haus. Resigniert ließ sie sich auf einen Stuhl fallen und vergrub das Gesicht in ihren Händen.

Sie wusste nicht, wie lange so innegehalten hatte, als es an der Haustür klingelte. Sie benötigte einen Moment, um aus dieser entspannenden Abwesenheit wieder in die Realität zurückzufinden.

„Es klingelt an der Tür. Ich mache auf", hörte sie ihre Schwester rufen, bevor sie aufstehen und in den Hausflur gelangen konnte.

„Ist Frau Appeldorn zu sprechen?", hörte sie eine bekannte Stimme fragen.

„Herr Kommissar?", stellte sie fest, als sie um die Ecke schaute. „Das ist aber eine Überraschung. Heute scheinen die Überraschungen nicht abzureißen." Sie sah zu ihrer Schwester, die wiederum den Kommissar genau in Augenschein nahm.

„Ein echter Kommissar?"

„Ja, sogar Oberkommissar", ergänzte Frau Appeldorn und wandte sich dem neuen Gast zu. „Was kann ich für Sie tun?"

Herr Walther sah von Annemie zu Frau Appeldorn. „Kann ich Sie kurz unter vier Augen sprechen?"

Die Angesprochene nickte. „Natürlich. Kommen Sie herein. Wir gehen eben in mein Arbeitszimmer." Sie wies mit der Hand in die Richtung.

Der Kommissar trat ins Haus, ohne die Schwester aus den Augen zu lassen. Dann folgte er der Gastgeberin ins Arbeitszimmer.

„Setzen Sie sich", bot sie ihm an, und er nahm Platz.

Die Schwester erschien im Türrahmen. „Soll ich einen Kaffee machen?"

Frau Appeldorn sandte dem Kommissar einen fragenden Blick, und dieser schüttelte den Kopf.

„Nein, nicht nötig", lehnte sie ab. Dann schob sie die Schwester in den Flur und schloss die Tür hinter sich.

„Entschuldigen Sie. Ich habe heute volles Haus." Sie setzte sich auf ihren Bürostuhl. „Was verschafft mir die Ehre Ihres Besuchs?"

Der Gesichtsausdruck des Kommissars änderte sich schlagartig, und er kam direkt zum Punkt. „Mischen Sie sich in unsere Ermittlungen ein?"

„Wie kommen Sie denn darauf?"

„Mir ist zugetragen worden, dass Sie und Ihr Nachbar herumlaufen und Fragen stellen."

„Das ist nur aus Interesse."

„Dann zügeln Sie Ihr Interesse besser. Das hat sonst sehr unangenehme Folgen."

Der Kommissar reckte das Kinn vor, ihm war anzumerken, dass er alles daransetzte, einschüchternd zu wirken. Dies löste bei Frau Appeldorn ein Schmunzeln aus, das sie krampfhaft zu unterdrücken versuchte. Sie musste daran denken, wie sich in ihrem Berufsleben

Vorstandsvorsitzende vor ihr aufgebaut und ihr die übelsten Konsequenzen angedroht hatten, wenn sie nicht tun würde, was sie von ihr verlangten. Natürlich hatten die Herren damals keine Chance gehabt. Dieser sympathische junge Kommissar war daher völlig machtlos. Sie bemühte sich, so respektvoll wie möglich zu wirken, und senkte betroffen den Blick. „Selbstverständlich liegt es mir völlig fern, Ihnen irgendwelchen Ärger zu bereiten." Dann hob sie vorsichtig den Kopf an. „Wie laufen denn Ihre Ermittlungen so?"

Der Kleinmädchenblick, den sie sich in der Jugend bei so vielen ihrer Freundinnen abgeschaut hatte, hatte sie nie wirksam einsetzen können. Auch heute schien er nur Verwunderung auszulösen.

„Was gucken Sie denn so komisch?", bestätigte Herr Walther den Eindruck. „Wir sind noch in den Anfängen der Ermittlungen."

„Sind Sie denn Teil der Mordkommission?"

„Ich bin beratend dabei wegen meiner lokalen Kenntnisse."

Frau Appeldorn verstand, dass andere das Sagen hatten. Sie war sich sicher, dass ihn dies wurmte.

„Nun, dann wäre es doch sinnvoll, wenn Sie Ihre lokalen Informationsquellen einsetzen würden. Könnte doch Ihrer Wichtigkeit bei den Ermittlungen nur dienlich sein, nicht wahr?"

Der Kommissar lehnte sich etwas in ihre Richtung. „Wenn mein Vorgesetzter Wind davon bekommt, dass Sie sich in den Fall eingemischt haben und ich davon wusste, dann zieht er mir das Fell über die Ohren", flüsterte er.

Frau Appeldorn beugte sich ebenfalls vor. „Wenn Sie Ihrem Chef die entscheidenden Hinweise zur Auflösung des Falles liefern, wird er Sie auf Händen tragen. Von mir muss er ja nichts erfahren."

Der Kommissar ließ sich zurück an seine Rückenlehne fallen. „Scheiße, Sie bringen mich noch um Kopf und Kragen", seufzte er.

„Oder einen weiteren Schritt näher an die Beförderung", schloss Frau Appeldorn an.

„Ich warne Sie." Der Kommissar hob drohend den Finger. „Wenn irgendetwas herauskommt, leugne ich jedes Wissen."

„Das klingt nach einem Handel." Frau Appeldorn grinste. „Haben Sie schon die Mädchen befragt?"

„Welche Mädchen?"

Nun lachte sie auf. „Sehen Sie, Sie brauchen mich." Dann erzählte sie ihm von der Mädchenclique um Hanna.

Nachdem sie geendet hatte, erhob sich der Kommissar. „Danke für den Hinweis. Ich werde dem nachgehen."

„Hey, nicht so schnell", wandte Frau Appeldorn ein, während sie sich ebenfalls erhob. „Infos gegen Infos. Was haben Sie denn bisher herausgefunden?"

Er stockte in seiner Bewegung und drehte sich zu ihr. Es war ihm anzusehen, dass er mit sich rang.

„Nun machen Sie schon!", forderte sie ihn auf.

„Okay, okay." Er seufzte. „Wir durchleuchten das Umfeld des Opfers. Es war da nicht alles nur Friede, Freude, Eierkuchen."

„Wie meinen Sie das?"

„Der Ehemann hat anscheinend darauf gedrängt, dass sich das Opfer einen anderen Job suchen soll."

„Ach so? Aber deshalb erschlägt man seinen Partner doch nicht."

„Ist ja auch erst der Beginn der Ermittlungen. Sie wollten wissen, wo wir stehen. Jetzt wissen Sie es." Der Kommissar sah sie missmutig an.

„Schon gut. Danke, dass Sie es mir gesagt haben."

„Ich muss dann jetzt los." Er machte einen Schritt auf sie zu und sah ihr direkt in die Augen. „Sie halten mich auf dem Laufenden."

Frau Appeldorn nickte. „Jawohl, Herr Kommissar."

Er winkte ab. „Ja, ja, Sie könnten mich ruhig ernst nehmen." Dann wandte er sich zum Gehen.

„Das tue ich", erwiderte sie, als er die Zimmertür öffnete.

„Hoffen wir es."

Frau Appeldorn beeilte sich, ihm in den Hausflur zu folgen. Als sie auf dem Weg zur Haustür waren, trug Annemie ein Tablett mit Kaffeetassen aus der Küche. „Sie wollen schon gehen, Herr Kommissar?"

Der Angesprochene drehte sich in ihre Richtung. „Tut mir leid, die Arbeit ruft", stellte er lakonisch fest, nickte Frau Appeldorn zu und öffnete die Haustür.

„Auf Wiedersehen", rief ihm Frau Appeldorn nach, bevor er die Tür hinter sich schloss.

„Was wollte denn der Kommissar von dir?"

Sie spürte, wie ihre Schwester sie beobachtete.

„Es ging um die nächste Veranstaltung vom Kulturverein."

„Hm", ließ die Schwester nur vernehmen. „Mischst du dich etwa wieder in irgendeinen Fall ein?" Annemie stockte. „Ist nicht gerade ein Bademeister ermordet worden?"

Sie betrachtete das Tablett in ihren Händen und blickte dann erschrocken auf. „Du wirst dich doch nicht …"

„Annemie, lass es gut sein! Es ist nichts."

Frau Appeldorn ging an ihr vorbei ins Wohnzimmer, wo der Schwager auf der Couch saß und durch das Fernsehprogramm schaltete.

„Wie viele Programme hast du hier?", fragte er, als sie hereinkam.

„Weiß ich nicht. Zu viele", antwortete sie und ließ sich in einen Sessel fallen. Annemie kam aus der Küche und platzierte sich neben ihrem Mann auf die Couch.

„Du willst doch jetzt nicht etwa fernsehen?"

Ihr Mann zuckte mit den Schultern. „Was denn sonst?"

„Was kann man denn hier so tun, Mareike?"

Frau Appeldorn dachte nach. „Ihr könntet in die Stadt fahren."

„Ich weiß nicht. Mir ist nicht nach Stadt. Gibt es hier kein nettes Lokal, das du empfehlen kannst? Wir laden dich ein."

„Das ist doch nicht nötig."

„Doch. Lass uns irgendwo nett essen gehen." Annemie erhob sich entschlossen, und Frau Appeldorn sah zu ihrem Schwager. Sein Blick bestätigte, was sie dachte. Sie hatten keine andere Wahl.

„So etwas haben wir bei uns nicht, stimt's, Bernhard?"

Der Schwager nickte seiner Frau zu und vertiefte sich wieder in die Speisekarte.

Frau Appeldorn war erleichtert, dass ihrer Schwester das gewählte Lokal offensichtlich gefiel, und sie dankte dem Schicksal dafür, dass es tatsächlich noch einen freien Tisch gegeben hatte.

„Bei euch gibt es doch bestimmt auch italienische Restaurants."

„Ja, aber nicht wie dieses", erläuterte Annemie. „Das ist bei uns eher so eine Pizzeria mit Lieferdienst. Die haben nicht dieses italienische Ambiente." Sie betrachtete weiter die Dekoration. An der offenliegenden Ziegelwand rankten künstliche Weinreben.

„Wir hatten großes Glück, dass wir noch einen Tisch bekommen haben. Eine Reservierung ist wohl kurzfristig abgesagt worden. Sonst muss man hier immer Wochen im Voraus reservieren."

„Da ist doch noch ein Tisch frei." Die Schwester zeigte auf einen Tisch am anderen Ende des Raumes.

„Der ist auch reserviert", erläuterte Frau Appeldorn. „Was haltet ihr von einer schönen Flasche Wein und einer Auswahl an Antipasti zum Anfang?"

Bernhard und Annemie nickten, und Frau Appeldorn winkte den Ober heran.

Sie tunkte gerade ein Stück Brot in das mit Salz aromatisierte Olivenöl auf dem kleinen Tellerchen, als eine Gruppe ins Lokal kam und vom Kellner an den freien Tisch geführt wurde. Frau Appeldorn musterte die Neuankömmlinge aus dem Augenwinkel. Es waren ausschließlich Männer in teuren Anzügen. Solche Leute besuchten normalerweise die Lokale in der Stadt, die von Sterneköchen geleitet wurden. Auch wenn das Essen bei Giorgio immer vorzüglich gewesen war, solche Herrschaften waren hier selten anzutreffen.

Frau Appeldorn biss ein Stück vom Brot ab und spürte dem herzhaften Geschmack des salzigen Öles nach. Sie konnte es sich nicht erklären, aber einer der Männer kam ihr bekannt vor.

„Ist was?", fragte sie die Schwester und sah ebenfalls zu dem anderen Tisch hinüber.

„Starre da nicht so hin", raunte Frau Appeldorn ihr zu.

„Was sind das denn für Leute?"

„Keine Ahnung. Ich glaube nur, dass ich einen davon irgendwoher kenne. Mir fällt nur gerade nicht ein, woher."

„Möchte noch jemand von dem Schinken?" Bernhard zeigte mit der Gabel auf das verbliebene Scheibchen Parmaschinken. Die Frauen schüttelten die Köpfe, also nahm es sich mit zufriedener Miene.

Im Augenwinkel bemerkte Frau Appeldorn, wie einer der Anzugträger seinem Nebenmann bedauernd auf die Schulter klopfte.

„Moment mal", raunte sie sich selbst zu und spürte, wie Annemie sie verwundert ansah.

Frau Appeldorn kramte ihr Smartphone aus der Handtasche, entsperrte es und tippte auf die Facebook-App. „Verdammt, wie funktioniert das hier nochmal?" Sie tippte auf dem Bildschirm des Gerätes herum, aber es erschienen nur unverständliche Inhalte. Sie hielt es Annemie hin. „Du kennst dich doch damit aus."

Die Schwester nahm das Gerät entgegen. „Was suchst du denn?"

„Öffne einmal das Profil des toten Bademeisters, Fabian Hochmüller."

Die Schwester wischte einige Male auf dem Gerät herum und hielt ihr dann den Bildschirm entgegen. „Das hier?"

„Ja." Frau Appeldorn nickte und nahm das Handy wieder zurück. Dann wischte sie nach unten, um einen Eintrag genauer zu sehen. „Wusste ich es doch."

„Was wusstest du?"

Sie zeigte ihrer Schwester das Bild. „Da hinten sitzt der Ehemann des Opfers."

VI

Frau Appeldorn nahm die Serviette vom Schoß und erhob sich.

„Was machst du?", raunte ihr die Schwester zu.

„Ich werde kurz mein Beileid aussprechen."

„Muss das jetzt sein?"

Sie ignorierte die Frage ihrer Schwester und ging zum Tisch der Männerrunde. Die, die in ihre Richtung saßen, sahen ihr verwundert entgegen. Daraufhin drehten sich auch die anderen zu ihr um.

„Entschuldigen Sie, die Herren. Ich wollte nicht stören. Aber ..." Sie wandte sich dem Ehemann des Opfers zu. „Ich wollte nicht versäumen, Ihnen mein herzliches Beileid zu Ihrem Verlust auszudrücken, Herr Hochmüller." Sie reichte ihm die Hand. Der Mann sah kurz in die Runde und erhob sich. Dann nahm er ihre Hand.

„Ich heiße nicht Hochmüller. Wir hatten nicht den gleichen Nachnamen. Mein Name ist Michels. Kannten Sie meinen Mann?"

Sie nickte. „Oh, entschuldigen Sie, Herr Michels. Ja, ich war regelmäßig Gast im Schwimmbad und habe mich immer gerne mit ihm unterhalten. Sein Tod hat uns alle sehr getroffen."

Sie betrachtete ihr Gegenüber, während dieser nach Worten suchte. Er trug einen Anzug, der definitiv nicht von der Stange war. Seine Schuhe waren ebenfalls handgemacht, und die Uhr an seinem Handgelenk dürfte den Wert ihres Kleinwagens haben. „Vielen Dank", sagte er nur und machte Andeutungen, sich wieder setzen zu wollen.

„Er hat mir erzählt, dass er sich mit dem Gedanken beschäftigt hat, den Beruf zu wechseln. Wir hätten seinen Weggang sehr bedauert."

Der Ehemann stockte in seiner Bewegung. „Wussten Sie, dass Fabian ein abgeschlossenes Jurastudium hinter sich hatte? Natürlich wollte er nicht ewig als Bademeister arbeiten."

„Ach ja? Ich hatte den Eindruck, dass er seinen Beruf geliebt hat."

Der Gesichtsausdruck des Ehemannes verdunkelte sich. „Vielen Dank noch einmal für Ihre Anteilnahme, aber wir würden jetzt gerne wieder unter uns sein."

„O ja, entschuldigen Sie." Frau Appeldorn hob beschwichtigend die Hände. „Einen schönen Abend noch." Ohne Eile drehte sie sich um und ging zu ihrem Tisch zurück.

Als sie sich setzte, konnte sie im Augenwinkel wahrnehmen, dass am Herrentisch über sie getuschelt wurde. Einige Herren schauten kurz zu ihr und wandten sich dann wieder den anderen Tischgesellen zu.

Annemie wollte etwas fragen, als der Kellner mit ihren Hauptspeisen an den Tisch kam. Frau Appeldorn schielte ein weiteres Mal zu dem Männertisch.

Der Kommissar hatte recht gehabt. Es war nicht alles Friede, Freude, Eierkuchen im Hause Hochmüller und Michels.

Es klopfte an der Schlafzimmertür, und noch bevor Frau Appeldorn darauf reagieren konnte, öffnete sich die Tür einen Spalt, und das Gesicht ihrer Schwester lugte herein.

„Ach, gut, du bist schon wach. Hast du keine Eier im Haus?"

Sie musste kurz die Augen schließen und wieder öffnen, um dem Verstand klarzumachen, dass er aufzuwachen hatte.

„Nein, ich esse selten Eier."

„Wir hätten gestern noch einkaufen gehen sollen."

Sie seufzte. „Gib mir eine Minute. Ich komme gleich."

Die Tür wurde wortlos geschlossen, und Frau Appeldorn fragte sich, warum es ihr immer wichtig gewesen war, das Verhältnis zu ihrer Schwester zu verbessern. Eine gewisse Distanz hatte durchaus auch ihren Reiz.

Sie schälte sich aus der Bettdecke, holte ihren Morgenmantel aus dem Schrank, schlüpfte in die Pantoffeln und schlurfte aus dem Schlafzimmer.

Ihr Schwager saß in der Küche am Tisch und las die Tageszeitung. Grummelnd öffnete Annemie eine Schranktür und schloss sie wieder, um die nächste zu öffnen.

„Suchst du etwas?", machte sich Frau Appeldorn bemerkbar.

„Was frühstückst du denn eigentlich? Es ist nichts im Haus."

„Mir genügen eine Tasse Kaffee und ein Brot."

„Und was sollen wir nun essen?" Annemies Stimme klang vorwurfsvoll, und Frau Appeldorn spürte, wie der Groll in ihr aufstieg. Sie atmete tief ein. „Ich war nicht auf euren Besuch eingerichtet. Was haltet ihr denn davon, wenn ihr frühstücken geht. Im Ort ist ein wirklich schönes Café mit einer ausgezeichneten Frühstückskarte. Die haben auf jeden Fall auch Eier."

Die Schwester verzog den Mundwinkel, und dann wandte sie sich an ihren Mann. „Bernhard, sollen wir frühstücken gehen?"

Der Schwager zuckte nur mit den Schultern.

„Okay, dann gehen wir", vermeldete die Schwester. „Ziehst du dich an?"

Frau Appeldorn winkte ab. „Geht ihr nur. Ihr habt sicher Hunger, und ich brauche morgens immer ein Weilchen, um in Schwung zu kommen. Ich beschreibe dir, wo es ist. Ist ganz einfach zu finden."

„Sollen wir dich wirklich hier alleine lassen?"

Frau Appeldorn zwang sich ein Lächeln ab. „Das ist normal für mich."

„Aber wir sind doch extra hier, um dir Gesellschaft zu leisten", protestierte die Schwester.

„Ihr kommt ja wieder zurück, und dann unternehmen wir was. Wenn du mir noch aufschreibst, was ihr gerne frühstückt, dann gehe ich noch einkaufen."

„Na gut", murrte Annemie. „Dann lass uns gehen", wandte sie sich an ihren Mann. Der ließ grummelnd die Zeitung auf den Tisch sinken und erhob sich langsam.

Frau Appeldorn erläuterte ihnen den Weg und legte ihrer Schwester einen Zettel hin, damit sie die Frühstückswünsche notieren konnte.

„Wir können nachher auch eben gemeinsam gehen", wandte Annemie ein, aber Frau Appeldorn schüttelte nur den Kopf.

„Ihr seid doch im Urlaub hier. Ich mache das schon."

Annemie nickte und gab ihrem Mann das Signal aufzubrechen. Frau Appeldorn beobachtete von der Küchentür aus, wie sie aus dem Haus gingen.

„Viel Spaß", rief sie Ihnen noch nach, bevor sich die Tür hinter ihnen schloss.

„Gott sei Dank", stieß sie aus, trottete zurück in die Küche und schenkte sich einen Kaffee ein. Den hatte die Schwester immerhin schon aufgeschüttet. Sie setzte sich an ihren Platz, den ihr zuvor der Schwager streitig gemacht hatte, und nahm die Zeitung auf. Hoffentlich würden ihre Gäste ein langes und ausgiebiges Frühstück genießen.

„Guten Morgen", grüßte der Nachbar, als sie gerade dabei war, die Einkäufe aus dem Auto zu laden. „Kann es sein, dass Sie Besuch haben?"

Sie nickte und schlug die Wagentür zu. „Ja, meine Schwester und ihr Mann sind gestern überraschend gekommen."

„Wie schön. Es ist gut, wenn man noch Familie hat."

Frau Appeldorn zuckte mit den Schultern. „An sich schon. Etwas Abstand kann aber auch nicht schaden."

Herr Büyüktürk lachte auf. „Ihr Deutschen seid immer so kühl. Ihr solltet euch etwas von uns Türken abschauen. Da wird die Familie hochgehalten."

„Wenn man vom Teufel spricht", murmelte sie.

Herr Büyüktürk folgte ihrer Handbewegung, die auf Annemie und Bernhard wies, die auf das Haus zukamen.

„Da sind sie schon."

„Herr Büyüktürk, wie schön, Sie wiederzusehen", begrüßte Annemie den Nachbarn, als sie nahe genug herangekommen waren. „Meinen Mann kennen Sie noch nicht. Bernhard, das ist Herr Büyüktürk. Mareikes netter Nachbar, der sie letztens gerettet hat."

„Ach, das war doch nichts", warf der Angesprochene ein, und Frau Appeldorn war sich sicher, dass er errötete.

„Kommen Sie mit herein?", fragte die Schwester, während Frau Appeldorn die übervolle Einkaufstasche zur Haustür wuchtete und den Hausschlüssel aus der Tasche fischte.

Dem Nachbarn war anzusehen, dass er nach einer Ausrede suchte, aber Annemie ließ ihm keine Chance. „Kommen Sie! Wir überlegen gerade, wie wir den Nachmittag gestalten können."

„Oh, da habe ich leider keine Zeit", wandte der Angesprochene ein. „Der SV spielt nachher."

„Der SV?", erklang aus einer unerwarteten Richtung, und alle sahen zu Bernhard, der die plötzliche Aufmerksamkeit mit einem Zucken des Mundwinkels quittierte. „In welcher Liga spielen sie hier?"

„Kreisliga."

„Die Bundesliga ist nur Geschäftemacherei. In den unteren Ligen wird immerhin noch echter Fußball gespielt."

Frau Appeldorn überlegte, wann sie ihren Schwager zuletzt derart leidenschaftlich hatte reden gehört.

„Da spricht ein echter Fan." Der Nachbar lächelte. „Kommen Sie doch mit! Es wird sicher unterhaltsam. Heute kommen sogar einige VIP-Gäste."

„VIP-Gäste beim Kreisligafußball?" Frau Appeldorn stockte in ihrem Bemühen, die Haustür zu öffnen, und sah zu ihrem Nachbarn. „Wer ist denn das?"

„Hatte ich Ihnen nicht erzählt, dass wir Sponsoren für unseren Verein gewinnen konnten?"

„Wirklich?"

„Ja, ein hohes Tier einer Bank wohnt hier bei uns und hat das eingefädelt. Zurzeit sind wohl einige Manager der Bank hier zusammengekommen und möchten die Tagung mit dem Besuch eines Spiels abrunden."

Frau Appeldorn ließ die Einkaufstasche sinken. „Jetzt sagen Sie nicht, der Manager der Bank heißt Michels."

Herr Büyüktürk sah sie verwundert an. „Kennen Sie ihn etwa?"

„Kennen ist zu viel gesagt. Das ist der Ehemann des toten Bademeisters."

Sie sah in die Runde. „Ich glaube, wir gehen heute alle zum Fußball, nicht wahr?" Sie lachte auf. Ihre Schwester wollte etwas erwidern, aber ihr Mann legte ihr die Hand auf die Schulter. Sofort verstummte sie.

„Prima. Dann hole ich Sie nachher ab", verkündete der Nachbar und verschwand in seinem Haus.

„Ach, sieh an! Die Frau mit Hut ist wieder da." Ein Mann kam auf die Gruppe zu, als sie die Stehtribüne betraten. „Mensch, Alican", begrüßte er Herrn Büyüktürk und klopfte ihm auf die Schulter. „Wie hast du sie denn überredet?"

„Das musste er nicht, lieber Gerd", schaltete sich Frau Appeldorn ein und schenkte dem Vorstandskollegen ihres Nachbarn ein Lächeln. Gerne erinnerte sie sich daran, wie sie sich bei ihrem ersten Besuch eines Spiels des SV begegnet waren. Sie wies auf ihre Begleitung.

„Ich habe Besuch von meiner Schwester und ihrem Mann, und die beiden wollten das Spiel sehen. Das sind Annemie und Bernhard."

Gerd hob die Hand zu einer kurzen Begrüßung. „Super, wir können immer Fans gebrauchen, nicht wahr, Ali?" Wieder klopfte er dem Angesprochenen auf die Schulter, was diesem sichtlich unangenehm war.

„Sind die Sponsoren schon da?"

Gerd schüttelte den Kopf. „Nein, aber es steht alles bereit." Er zeigte auf einen Tisch neben der Stehtribüne, auf dem Getränke und Snacks aufgebaut waren. Daneben stand eine Frau und verwies jeden, der sich zu nähern wagte, in die Schranken. „Sofia hat alles im Griff", erläuterte er.

„Gibt es hier keine Sitzplätze?" Annemie suchte mit Blicken den Platz ab.

„Nein, nur die Stehplätze hier. Du kannst dich aber einfach da auf die Stufen setzen."

Annemie musterte den Boden und verzog das Gesicht. „Kann man wenigstens etwas zu trinken kaufen?"

„Leider auch nicht. Für die paar Besucher lohnt sich kein Catering."

„Na toll." Ihre Schwester gab sich keine Mühe, ihren Unmut zu verbergen.

Ihr Mann schien dagegen ganz in seinem Element zu sein. Er beobachtete das Geschehen auf dem Platz, auf dem sich die Spieler warm machten.

„Welche sind unsere?", fragte er Gerd, der etwas von ihm entfernt stand.

Der drehte sich zu ihm. „Die Blauweißen."

Bernhard nickte kurz.

Frau Appeldorn bemerkte, dass Sofia ihr zuwinkte, und sandte ihr einen fragenden Blick. Sofia winkte sie nun energischer zu sich. „Ich muss mal eben …", ließ sie ihre Schwester wissen und ging zu dem Getränketisch.

„Hallo Mareike", wurde sie freudig begrüßt. „Wie schön, dass du mal wieder mitgekommen bist. Und wie ich sehe wieder mit deinem tollen Hut. Wir haben Alican schon immer gelöchert, wann er dich endlich mal wieder mitbringen würde." Sie sah zu dem Platz, von dem Frau Appeldorn gekommen war. „Wen hast du denn heute dabei?"

„Hallo Sofia", holte Frau Appeldorn die Begrüßung nach. „Meine Schwester mit ihrem Mann sind zu Besuch. Spielt dein Mann heute mit?"

Sofia nickte und zeigte mit dem Finger in Richtung des Platzes. „Ja, da vorne."

„Und du musst heute die VIP-Gäste betreuen?"

Sie lachte. „Was denkst du? Dass die Männer sich um so etwas kümmern?" Wieder lachte sie auf. „Jetzt könnten die auch langsam mal kommen."

„Kennst du den Herrn Michels eigentlich?"

„Du meinst den Banker, der das eingefädelt hat?"

Frau Appeldorn nickte.

„Nicht wirklich. Ich habe ihn nur bei der Versammlung gesehen, bei der er sich als Sponsor vorgestellt hat."

„Und wie ist dein Eindruck von ihm?"

Sofia verzog den Mund. „Aalglatt, etwas arrogant. Typisch Banker eben. Aber sein Geld hilft dem Verein. Da kneift man schon mal ein Auge zu. Was hast du denn mit ihm zu tun?"

„Ach, eigentlich nichts. Wusstest du, dass sein Ehemann vor ein paar Tagen tot aufgefunden wurde?"

„Echt?" Ihre Augen weiteten sich. „Wo denn?"

„Auf der Wiese am Schwimmbad."

„Du meinst, der tote Bademeister war sein Partner?"

Frau Appeldorn nickte.

„Das ist ja ein Ding." Sofia sah erschüttert aus. „Ich kannte Fabian. So ein netter Kerl."

„Woher kanntest du ihn denn?"

„Vom Schwimmverein. Er trainierte dort unsere Tochter."

„Oh, das wusste ich nicht."

„Woher auch? Mein Mann hätte zwar lieber gesehen, wenn sie Fußball gespielt hätte, aber die Kinder machen, was sie wollen." Sie grinste, dann senkte sie den Blick wieder. „Fabian war wirklich toll zu den Kindern." Sie schüttelte den Kopf, als wolle sie den Gedanken an den toten Bademeister aus ihrem Kopf vertreiben.

„Ich glaube, da kommen sie." Frau Appeldorn wies auf den Eingang, wo eine Gruppe Neuankömmlinge erschien. Sie konnte erkennen, dass es dieselben Männer waren, denen sie schon am gestrigen Abend begegnet war. Nur hatten sie die edlen Anzüge gegen legerere Kleidung eingetauscht. Sie trugen Jeans und dazu tatsächlich die Trikots des Vereins mit dem neuen Aufdruck des Sponsors. Frau Appeldorn fand, dass sie darin aussahen wie Clowns.

„Dann lasse ich dich mal deinen Job machen." Sie machte Sofia Platz und beeilte sich, wieder zurück zu ihrer Schwester zu gehen. Ihr Weg kreuzte sich mit dem der Sponsoren, und Herr Michels hob die Augenbrauen, als er sie erkannte. Sie schenkte ihm ein kurzes Lächeln und ging dann weiter zu ihrer Gruppe, während die Banker von Sofia begrüßt wurden. Herr Büyüktürk gesellte sich ebenfalls dazu und begrüßte die Herrschaften.

Von der anderen Seite des Platzes, wo die Mannschaften sich aufhielten, eilte ein etwas dicklicher Mann herbei.

„Das ist unser Vorsitzender", kam Gerd Frau Appeldorns Frage zuvor.

Diese beobachtete, wie der Mann die Banker begrüßte, während Sofia Getränke herumreichte.

Auf dem Platz nahmen die Spieler Aufstellung, und der Schiedsrichter pfiff das Spiel an.

„So'n Mist." Gerd drehte sich mürrisch zu ihr, nachdem der Schlusspfiff ertönt war. „Im letzten Spiel haben wir sie noch fertiggemacht."

„Euer Sturm war heute aber eine lahme Ente", schaltete sich Bernhard ein, und Gerd nickte betrübt.

„Ja, die hatten totale Ladehemmung. Das eine Ding kurz nach der Halbzeit, das hätten sie reinmachen müssen. Müssen, sage ich. Wer weiß, wie dann das Spiel gelaufen wäre."

Bernhard pflichtete ihm bei.

„Können wir jetzt gehen?", schaltete sich Annemie ein.

„Ihr müsst unbedingt mitkommen. Wir gehen in die Kneipe, um die Niederlage zu verarbeiten." Gerd sah in die Runde.

Der Blick der Schwester sagte deutlich, dass sie den Vorschlag auf keinen Fall annehmen wollte.

„Ich denke, wir können dieses Mal nicht dabei sein", erwiderte Frau Appeldorn daher pflichtgemäß und nahm die sichtbare Erleichterung im Gesicht ihrer Schwester wahr.

„Ihr entschuldigt mich mal eben ..." Sie wandte sich um und ging zu Herrn Büyüktürk und Sofia, die bei der Sponsorengruppe standen. „Wir gehen nach Hause", verkündete sie.

Sofia machte einen Schritt auf sie zu. „Ach, Mensch. Ich hatte gehofft, du kommst noch mit. Nach dem Spiel mit denen, da brauche ich normale Leute um mich."

„So schlimm?"

Sie kam einen weiteren Schritt auf sie zu und flüsterte: „Die Typen sind sowas von affektiert und haben keinen blassen Schimmer von Fußball."

Frau Appeldorn wollte etwas erwidern, als sich der Witwer des Bademeisters aus der Gruppe löste und einen Schritt auf sie zu machte.

„Ich hätte Sie nicht für einen Fußballfan gehalten."

„Das Gleiche kann ich auch über Sie sagen", gab Frau Appeldorn zurück. „Ich hätte nicht gedacht, Sie hier auf dem Fußballplatz zu treffen, wo doch gerade erst Ihr Mann gestorben ist."

„Das Leben muss weitergehen, und Geschäft ist Geschäft."

„Ich könnte mir denken, dass Ihr Mann das nicht immer so gesehen hat. Ich hatte den Eindruck, dass er es vor allem liebte, mit Menschen zu arbeiten. Das Geschäft schien für ihn nicht so eine große Rolle zu spielen."

„Fabian war ein Träumer. Er glaubte an das Gute im Menschen. Dafür hat er eine traumhafte Karriere als Anwalt einfach weggeworfen." Herr Michels schüttelte den Kopf, als würde der Gedanke Abscheu in ihm auslösen.

„Da hat es doch bestimmt hin und wieder Streit bei Ihnen gegeben, oder?"

„Ich wüsste nicht, was Sie das angeht."

„Entschuldigen Sie. Ich wollte nicht respektlos sein."

Etwas versöhnlicher gestimmt, ließ sich Herr Michels doch noch zu einer Antwort hinreißen. „Wir hatten eine klare Vereinbarung. Ich mische mich nicht in seinen Job ein, und er hält sich aus meinem raus. Aber er hat sich nicht daran gehalten."

„Wie meinen Sie das?"

„Plötzlich kommt er zu mir und bittet mich, seiner Trainerkollegin einen Kredit zu bewilligen. Ich habe ihm klar gesagt, dass das so nicht geht. Geschäft …"

„… ist Geschäft", vervollständigte sie den Satz. „Und dann haben Sie gestritten?"

„Natürlich habe ich ihm immer wieder gesagt, dass ich es lieber sehen würde, dass er wieder als Anwalt einsteigen würde. Ich hätte ihm diverse Türen öffnen können. Aber er hatte tausend Ausreden und erklärte mir mal wieder, warum er dies nicht könne, warum er seinen Job als Bademeister lieben würde. Blablabla."

„Haben Sie ihm an dem Tag am Schwimmbad aufgesucht?"

„Worauf wollen Sie hinaus?" Jetzt sah Herr Michels etwas pikiert aus. Anscheinend bereute er es schon wieder, sich auf das Gespräch eingelassen zu haben. „Gucken Sie sich lieber mal diese Trainerin an. Die war nämlich nicht sehr glücklich über die Absage."

Einer der Banker klopfte ihm auf die Schulter. „Wir müssen gehen", verkündete Herr Michels und ging in Begleitung des Vorsitzenden mit den anderen Herren zum Ausgang.

Frau Appeldorn sah ihnen nach, und dabei fiel ihr Annemie ins Auge, die heftig winkte und ziemlich genervt wirkte.

Sofia stellte sich neben sie. „Ist ja ein nettes Herzchen, der Herr Ehemann." Der Sarkasmus triefte aus jedem Wort.

„Ja", stimmte Frau Appeldorn zu. „Den trauernden Witwer habe ich mir anders vorgestellt." Sie hörte Annemie rufen. „Ich muss leider los. Bis zum nächsten Mal."

„Ist das ein Versprechen?" Sofia sah sie erwartungsfroh an.

„Klar. War doch nett heute."

„Wie schön." Sofia nahm sie überraschend in den Arm, und Frau Appeldorn benötigte einen Moment, um sich darauf einzulassen.

„Äh, ja. Ich muss dann …" Sanft drückte sie die Frau von sich weg.

„Ich nehme dich beim Wort."

Frau Appeldorn schenkte ihr ein Lächeln und ging dann zu ihrer Schwester, die sie bereits wütend anblitzte.

„Können wir jetzt endlich?"

„Ja, wir können."

„Dann los!", befahl Annemie. „Bernhard, kommst du?"

„Ich komme später. Ich gehe noch mit in die Kneipe."

Annemie schien für einen Moment lang sprachlos, dann gab sie sich einen Ruck.

„Okay, dann machen wir uns einen netten Frauenabend, nicht wahr?"

Frau Appeldorn beobachtete, wie der Schwager mit Gerd und Herrn Büyüktürk loszog. War das Neid, was sie gerade verspürte?

VII

Es klopfte an der Schlafzimmertür, und noch bevor Frau Appeldorn etwas erwidern konnte, öffnete sich die Tür einen Spalt, und das Gesicht ihrer Schwester lugte herein.

Sie rieb sich die Augen und überlegte, ob sie in einer Zeitschleife gefangen war, als die Schwester sie erlöste. „Frühstück ist fertig."

„Danke", brummte Frau Appeldorn, woraufhin ihre Schwester nickte und wieder verschwand. Sie seufzte und streckte der Reihe nach alle Extremitäten. Dann stand sie auf.

Als sie sich gewaschen und angekleidet hatte, ging sie in die Küche und stutzte. Vor ihr stand ein reich gedeckter Frühstückstisch. Annemie und Bernhard waren in ein intensives Gespräch vertieft, bei dem überraschend viel gelacht wurde.

„Was ist denn hier los?", konnte sie sich nicht verkneifen, ihr Erstaunen auszudrücken.

Ihre Schwester stoppte in ihren aktuellen Ausführungen zu irgendeiner Frau aus ihrem Dorf und lächelte sie an. „Ah, da bist du ja. Setz dich!" Dann sprang sie auf, während Frau Appeldorn sich langsam einen Stuhl heranzog und sich darauf niederließ, ohne die beiden anderen aus den Augen zu lassen.

Annemie nahm die Kaffeekanne und kam zu ihr. „Darf ich dir einschenken?"

Frau Appeldorn nickte und beobachtete, wie die braune Flüssigkeit in ihre Tasse lief. „Ihr seid heute aber gut gelaunt."

„Ja, da hast du recht." Die Schwester lachte wieder auf, stellte die Kaffeekanne ab und setzte sich wieder. „War doch ein wirklich schöner Abend gestern."

Da musste sie zustimmen. Sie hatten sich nicht dazu durchringen können, noch auszugehen, und es sich stattdessen in ihrem Wohnzimmer mit Wein und Käse gemütlich gemacht. Es war zu offenen Gesprächen gekommen, und sie hatte sich mit ihrer Schwester selten so verbunden gefühlt. „Ja, war wirklich schön", bestätigte sie daher.

„Wir haben überlegt, Schwesterchen", fuhr Annemie fort, „dass wir dich schon etwas eher verlassen. Bernhard und ich wollten uns noch ein wenig die Stadt ansehen, wenn wir schon mal hier sind. Ich hoffe, du bist nicht enttäuscht, weil du noch Pläne mit uns hattest."

„Nein, nein, ich hatte nichts geplant." Sie hatte nichts vor, aber sie spürte tatsächlich so etwas wie Enttäuschung. Das würde sie aber nicht zugeben. „Wann wolltet ihr denn los?", fragte sie stattdessen.

„Erstmal gemütlich frühstücken. Bernhard kann sein berühmtes Rührei machen. Magst du etwas?"

Ihr Schwager sah sie erwartungsvoll an, und Frau Appeldorn nickte. „Gerne."

Sofort sprang er auf und begann damit, die Eier aufzuschlagen.

Frau Appeldorn musterte ihre Schwester und fand, dass sie heute erstaunlich glücklich wirkte. Unweigerlich musste sie lächeln. Familie war doch nicht so schlimm.

„Sind sie weg?" Herr Büyüktürk kam aus seinem Haus, als sie dem wegfahrenden Auto hinterherwinkte.

„Ja, sie sind wieder abgereist."

„Gut, dann können Sie sich jetzt wieder voll und ganz auf unser Projekt konzentrieren."

Frau Appeldorn sah ihn verdutzt an. „Welches Projekt meinen Sie?"

„Na, die Lesung von Herrn Meister natürlich." Herr Büyüktürk sandte ihr einen tadelnden Blick. „Ich habe gerade mit ihm telefoniert. Es gibt spannende Neuigkeiten."

„Ach ja?" Frau Appeldorn überlegte, welche spannenden Neuigkeiten wohl von einem älteren Schriftsteller kommen könnten, der seit Jahrzehnten nichts mehr veröffentlicht hatte.

„Er schreibt an einem neuen Werk." Herr Büyüktürk sprach den Satz so triumphierend aus, als ob er sagen würde, man hätte Leben auf dem Mond gefunden.

„Tut er das nicht schon seit mehr als zwanzig Jahren?"

„Ein Schriftsteller schreibt immer", ignorierte der Nachbar den Sarkasmus. „Wollen Sie nicht wissen, was er schreibt?"

Frau Appeldorn zuckte mit den Schultern. „Den großen zeitgenössischen Roman zur aktuellen Weltlage, nehme ich an."

„Papperlapapp. Nein, er schreibt einen Kriminalroman." Wieder zeigte der Gesichtsausdruck des Germanistikprofessors, dass dies eine Sensation sein musste.

„Ach ja?"

„Ja." Er machte eine bedeutungsschwangere Pause. „Und ich habe ihn dazu inspiriert." Man sah förmlich seine Brust anschwellen.

„Wie das?", fragte sie, immer noch rätselnd, worauf der Nachbar hinauswollte.

„Ich habe ihm von unserer Aufklärung des Mordfalles erzählt, und er fand es faszinierend."

„Wir haben den Mordfall doch noch gar nicht aufgeklärt."

„Nein, nicht diesen. Den Letzten natürlich."

„Und jetzt möchten Sie, dass ich mit Herrn Meister spreche, um ihm meine Sicht der Dinge dazu zu schildern?"

„Nein, eigentlich nicht. Ich habe ihm schon alles erzählt." Wieder machte er eine Pause, die sich wie der Anlauf zu einer unangenehmen Nachricht anfühlte.

„Aber er möchte uns heute Nachmittag besuchen und uns bei den aktuellen Ermittlungen begleiten."

Das Gefühl hatte sie nicht getäuscht. Es war eine unangenehme, um nicht zu sagen, geradezu desaströse Nachricht.

„Wie soll das denn gehen?", konnte sie nur herausbringen, während sie versuchte, sich zu sammeln.

„Nun, er wird später zu mir kommen. Sie stoßen dazu, und wir tauschen uns über den Stand der Dinge aus. Dann überlegen wir gemeinsam, wie wir weiter vorgehen. Herr Meister wird sich Notizen für sein Werk machen. Ist das nicht phänomenal? Wir werden Vorbilder für Ermittlerfiguren, die garantiert in die literarische Geschichte eingehen werden." Sein Blick ging in den Himmel. „Ich sehe schon die Verfilmungen. Welcher Schauspieler könnte mich wohl spielen?" Er sah sie fragend an.

Frau Appeldorn schüttelte den Kopf. „Wie stellen Sie sich das vor? Wir können doch nicht die ganze Zeit einen alten Schriftsteller mitschleppen."

„Jetzt seien Sie doch nicht so diskriminierend gegenüber älteren Mitmenschen. Sie sind schließlich auch nicht mehr die Jüngste."

„Ja, Sie haben recht. Entschuldigen Sie. Aber ich halte es dennoch für keine gute Idee."

„Ich werde Herrn Meister auf keinen Fall absagen." Er verschränkte die Arme vor der Brust und wirkte in diesem Moment trotz der ausgebeulten Cordhose und seiner grauen Haare wie ein störrisches Kind.

„Ist ja schon gut. Wir können ihn treffen, und dann sehen wir weiter."

Er nickte. „Genau."

„Da sind Sie ja endlich", raunte Herr Büyüktürk ihr zu, als er die Tür öffnete. Frau Appeldorn hatte sich absichtlich Zeit gelassen, um ihrem Auftritt mehr Gewicht zu verleihen. „Kommen Sie, kommen Sie!" Er winkte hektisch.

„Mache ich ja schon." Sie folgte ihm in sein Wohnzimmer.

Auf der Couch saß ein älterer Herr halb hinter einem Stapel Bücher verborgen, von denen er eines in der Hand hielt.

„Eine beachtliche Sammlung haben Sie da, Herr Büyüktürk", sagte der Mann und sah auf, als sie das Zimmer betraten.

„Das ist meine Nachbarin, Frau Appeldorn", stellte der Nachbar sie vor.

Der Mann legte das Buch ab und erhob sich. Überraschend schnell, wie Frau Appeldorn bemerkte. Sie ging auf ihn zu und ergriff die Hand, die er ihr entgegenhielt.

„Es ist mir eine Ehre, Sie kennenzulernen, Herr Meister."

Der Schriftsteller lächelte. „Die Ehre ist ganz auf meiner Seite. Herr Büyüktürk hat mir ja bereits von Ihren beeindruckenden Erfolgen berichtet."

„Ach, das war doch nichts." Sie winkte ab.

„Setzen wir uns doch", forderte der Gastgeber sie auf und alle nahmen Platz.

„Nein, nein", fuhr Herr Meister fort. „Wie Sie den Mörder dingfest gemacht haben. Chapeau, gnädige Frau, Chapeau!"

Frau Appeldorn spürte, wie ihr die Röte ins Gesicht stieg, und räusperte sich. Mehr als ein Lächeln war ihr als Antwort momentan nicht möglich.

„Wir freuen uns sehr, dass Sie bei uns lesen werden", übernahm Herr Büyüktürk das Gespräch.

Frau Appeldorn hörte nicht zu, sondern betrachtete den Gast genauer. Er wirkte drahtig, und seine achtzig Lebensjahre waren ihm nicht anzusehen. Er trug keine Brille, seine blau-grauen Augen strahlten Energie und Lebensfreude aus, und seine Haut war braungebrannt. Seine Kleidung bestand aus einer gut sitzenden Stoffhose in Anthrazit, einem sportlichen Hemd, das leicht geöffnet war, und modischen Schuhen. Ergänzt wurde das Outfit von einer leuchtenden Smartwatch am Arm. Es schien, als käme er gerade aus einem langen und aktiven Urlaub. Er sah gar nicht so aus, wie sie sich einen älteren Schriftsteller vorgestellt hatte. Die beiden Männer unterhielten sich angeregt. Die Leidenschaft, die ihr Nachbar für das Werk des Autors entwickelte, kannte sie ja schon. Aber dass sein Gegenüber diese spiegelte und nun ebenfalls mit leuchtenden Augen diskutierte, faszinierte sie.

„Was meinen Sie?", hörte sie den Schriftsteller sagen, der sich nun an sie wandte. „Was sollte der nächste Schritt in Ihren Ermittlungen sein?"

Sie schreckte auf. „Ich denke ..." Sie machte eine Pause, um ihre Gedanken zu sortieren. „Wir müssen überprüfen, welche der bisher bekannten Personen die Gelegenheit hatte, dem Bademeister eine Schaufel auf den Kopf zu schlagen."

Herr Meister schürzte die Lippen und nickte anerkennend. „So denken wahre Ermittlerinnen."

Frau Appeldorn musste sich konzentrieren, um nicht den Faden zu verlieren. „Die Frage ist also, wer zum Tatzeitpunkt an der Wiese am Schwimmbad war."

„Und wie finden wir das heraus?" Herr Büyüktürk sah sie fragend an.

„Ja, wie?", ergänzte der Schriftsteller.

„Wir werden uns das Umfeld des Tatorts ansehen und die Menschen dort befragen." Frau Appeldorn beglückwünschte sich innerlich dafür, dass sie es in all den Jahren im Beruf gelernt hatte, auch unter Druck immer noch strategisch und klar zu denken.

„Aber heute, am Sonntag, ergibt das keinen Sinn. Wir müssen morgen ungefähr zur Tatzeit dort sein, um zu sehen, wer üblicherweise da vorbeikommt", fuhr sie fort.

Friedrich Meister nickte heftig. „Sie haben vollkommen recht. Sollten wir dann vielleicht die Reihe der Verdächtigen zusammenstellen, damit wir alle auf dem gleichen Stand sind?"

„Das ist eine gute Idee", stimmte der Nachbar zu.

„Gerne", erklärte sich auch Frau Appeldorn dazu bereit. Sich alles noch einmal genau vor Augen zu führen, könnte sicherlich helfen.

„Nun, da ist für mich an erster Stelle die Mädchenclique um Hanna", begann sie und nahm wahr, wie der Schriftsteller einen Block aus einer am Boden stehenden Tasche nahm, um Notizen zu machen.

„Warum ist dies Ihre Nummer eins?", hakte er nach.

„Sie haben ein Motiv. Das Opfer hatte sie des Bades verwiesen. Außerdem wurden sie am Tatort gesehen, und sie machten auf mich den Eindruck, dass sie dazu fähig wären."

Herr Meister nickte und schrieb emsig auf seinem Block. „Wer noch?", fragte er, als er wieder von seinem Blatt aufsah.

„Die Trainerin muss auf jeden Fall auf die Liste", schaltete sich Herr Büyüktürk ein. Er suchte Frau Appeldorns Blick. Sie verzog den Mund und nickte dann schwach. „Ja, auch wenn es mir nicht gefällt und ich Janina nicht so einschätze, dass sie zu einer solchen

Tat in der Lage wäre, entlastet sie das noch nicht. Sie scheint auf jeden Fall ein Motiv zu haben. Mehr aber auch nicht."

Wieder nickte Herr Meister und machte Notizen. „Gibt es sonst noch jemanden?"

„Der Ehemann ist mir suspekt", warf Frau Appeldorn ein.

„Hat er ein Motiv?", hakte der Schriftsteller nach.

„Vielleicht." Sie dachte nach. „Er war nicht glücklich darüber, dass das Opfer seinen Job als Bademeister nicht aufgeben wollte. Ob das ein ausreichendes Motiv für einen Mord ist, weiß ich nicht. Vielleicht ist einfach nur ein Streit eskaliert. Wir sollten prüfen, ob er vielleicht am Tatort war. Wenn nicht, dann können wir ihn immer noch streichen."

„Drei Verdächtige. Das ist überschaubar", konstatierte Herr Büyüktürk.

„Ich weiß nicht. Ich werde das Gefühl nicht los, dass wir etwas übersehen."

„Was meinen Sie?" Der Schriftsteller sah sie fragend an.

„Nun, wir wissen überhaupt noch nicht, warum der Bademeister überhaupt auf der Wiese außerhalb des Schwimmbades war. Ich meine, bis auf Hanna müssten alle anderen Verdächtigen dort erst einmal hinkommen. Warum sollten sie sich ausgerechnet an diesem Ort mit dem Opfer treffen?"

„Eine berechtigte Frage", bestätigte Herr Meister.

„Eine Frage, der wir morgen auch unbedingt nachgehen müssen."

Die Männer nickten, und sie hatte den Eindruck, dass in den Blicken des Schriftstellers so etwas wie Bewunderung mitschwang.

„Was ist eigentlich mit dem Team vom Gartenbauamt?" Alle sahen zu Herrn Büyüktürk.

„Was soll damit sein?", hakte Frau Appeldorn nach.

„Die Gartenarbeiter waren definitiv am Tatort. Hat mal jemand überprüft, ob es irgendeine Art Beziehung zwischen dieser Frau Schreiber und dem Opfer gibt? Vielleicht kannten sie sich ja."

„Sehr scharfsinnig gedacht." Der Schriftsteller schnalzte mit der Zunge, und Herr Büyüktürk schien in seinem Sessel zu wachsen.

Herr Meister notierte noch etwas und ließ seinen Stift auf das Blatt fallen. „Da haben wir morgen eine spannende Aufgabe zu lösen."

„Ach, wir haben noch gar nicht bedacht, dass Sie dann morgen wieder herkommen müssen", warf Herr Büyüktürk ein.

Der Schriftsteller lächelte. „Lieber Herr Büyüktürk – oder darf ich Sie Alican nennen?"

„Natürlich", bestätigte der Nachbar beflissen, und Frau Appeldorn sah ihn verblüfft an.

„Nun, lieber Alican", fuhr Herr Meister fort. „Ich heiße Friedrich." Die beiden Männer nickten sich kurz zu, und Herr Meister erläuterte weiter: „Ich habe mir schon gedacht, dass ich länger bleiben muss, um Sie beide in Aktion erleben zu dürfen. Daher habe ich mir bereits für die kommende Woche ein Zimmer im Hotel zur Post gemietet. Am nächsten Donnerstag muss ich sowieso zur Lesung hier sein. Passt also perfekt. Lassen Sie uns morgen die Tatpersonen einkreisen. Ich freue mich schon sehr darauf."

Er packte seine Notizen in die Aktentasche, die er vom Boden vor sich aufnahm und die aussah, als trüge er sie seit seiner Geburt mit sich. Dann erhob er sich, während die beiden anderen jede seiner Bewegungen mit einer Mischung aus Erstaunen und Bewunderung verfolgten. Aber dies schien ihm nicht aufzufallen, oder er war es einfach gewohnt, so angesehen zu werden.

„Daher werde ich mich jetzt verabschieden. Lassen Sie uns eine Zeit ausmachen, wann wir morgen die Ermittlungen vor Ort beginnen werden. Bis dahin werde ich mir die Stadt ansehen und mit den Planungen für mein Projekt beginnen."

Herr Büyüktürk und Frau Appeldorn waren aufgesprungen, und sie schüttelten sich zum Abschied die Hände. Der Nachbar geleitete den Schriftsteller zur Tür, während Frau Appeldorn noch überlegte, was hier gerade geschehen war.

Als ihr Nachbar wieder zurückkam, sah sie ihn an. „Alican?"

Sie musterte seine Reaktion, aber konnte sie nicht einordnen. „Ich meine, sollen wir auch …" Sie ließ den Gedanken in der Luft hängen, und es brauchte einen Moment, bis sie eine Reaktion bei ihrem Nachbarn erkennen konnte.

„Nein", riefen beide gleichzeitig aus, schüttelten die Köpfe und lachten.

„Dann sehen wir uns morgen, lieber Herr Büyüktürk." Sie betonte den Namen besonders.

„Sehr gerne, liebe Frau Appeldorn", machte er es ihr nach und lachte noch, als er die Haustür hinter ihr schloss.

Sie rückte den Hut zurecht, als es an der Haustür klingelte. Der letzte kontrollierende Blick in den Spiegel bestätigte, dass alles so saß, wie es sollte. Dann öffnete sie die Tür.

„Kommen Sie", drängte der Nachbar, und die Ungeduld drang aus allen Poren. „Friedrich ist schon vor Ort."

„Wieso fährt er nicht mit uns? Woher weiß er überhaupt, wo der Tatort ist?"

„Ich habe ihm den Weg dorthin natürlich beschrieben."

„Sie sollten nicht zu mitteilsam sein", hörte sich Frau Appeldorn sagen, während sie in den Mercedes des Nachbarn stieg. Sie wusste selbst nicht, wieso sie es gesagt hatte.

Als sie an der Wiese ankamen, entdeckten sie Herrn Meister sofort. Er stand auf dem Bürgersteig vor dem Fundort der Leiche und war umringt von einigen älteren Damen.

Herr Büyüktürk parkte den Wagen, und sie beeilten sich, zu ihrem Mitermittler zu gelangen.

„Hallo Alican", wurde der Nachbar begrüßt, bevor sich Herr Meister ihr zuwandte. „Es ist mir eine Freude, Frau Appeldorn." Es hätte sie nicht überrascht, wenn er ihr die Hand geküsst hätte. Sie fand, er übertrieb es mit der Höflichkeit.

„Haben Sie schon etwas erfahren?", antwortete sie daher etwas brüsk, wie sie selbst bemerkte.

„Nun", begann er langsam und schien den Moment auskosten zu wollen. „Diese reizenden Damen haben mir berichtet, dass das Opfer hier gelegentlich gesehen wurde. Sie fanden ihn im Übrigen äußerst sympathisch. Er sei immer höflich und hilfsbereit gewesen."

„Danke, das wussten wir schon. Haben sie auch etwas dazu gesagt, warum der Bademeister sich hier aufhielt?"

„Immer auf den Fall fokussiert, liebe Frau Appeldorn. Das gefällt mir. Gefällt mir sehr."

„Ja, und? Haben sie jetzt etwas dazu gesagt oder nicht?"

„Nein, leider. Warum er hier war, konnten die Damen auch nicht sagen. Es war aber wohl so eine Art Rundgang."

„Danke, Friedrich", schaltete sich der Nachbar ein. „Das ist schon gute Vorarbeit."

„Ach, das ist doch nur eine Kleinigkeit." Der Angesprochene winkte ab.

„Wie wollen wir nun weiter vorgehen?" Frau Appeldorn blickte sich auf der Straße um. „Ich schlage vor, wir teilen uns auf und befragen die Passanten, ob sie am Tattag hier vorbeigekommen sind und ob sie etwas gesehen haben."

„Sehr gut", bestätigte der Schriftsteller. „Kommst du, Alican", wandte er sich an den Nachbarn. „Wir gehen auf die andere Straßenseite. Du nach rechts und ich nach links. In Ordnung?" Er sah Frau Appeldorn fragend an.

„Ja, geht klar", bestätigte diese. Die beiden Männer nickten und gingen über die Straße.

Frau Appeldorn sah sich wieder um. Immer wieder ging ihr eine Frage durch den Kopf. Was hatte der Bademeister hier zu tun? Warum war es sogar regelmäßig hier gesehen worden?

Sie betrat die Wiese und dankte dafür, dass der Boden nach dem letzten Regen wieder trocken und fest war. Langsam trottete sie bis zum Fundort der Leiche. Mittlerweile war nichts mehr zu sehen, was darauf hinwies, was hier passiert war. Sie blickte sich wieder um. Auf der einen Seite konnte man bis auf die Straße sehen, die von einigen Wohnhäusern, vereinzelten Büros und nur wenigen Geschäften gesäumt wurde. Gegenüber war der Dönerimbiss, in dem sie letztens das Gartenbauteam angetroffen hatten. Etwas weiter links davon gab es eine Bäckerei mit einigen Stehtischen. Ansonsten schien es eine ruhige Straße zu sein, auf der nur gelegentlich ein Auto entlangfuhr.

Sie drehte sich zur anderen Seite und erblickte dort nur hohe Sträucher und ein paar Bäume. Sie machte einige Schritte darauf zu. Nun konnte man hinter den Sträuchern einen Zaun erkennen. Sie musste einige Büsche zur Seite drücken, um klarer zu erkennen, um welchen Zaun es sich handelte. Der Duft, der zu ihr herüberschwappte, verriet es aber schon, bevor sie es sah. Es war der Zaun um die Liegewiese des Schwimmbades.

Natürlich, sie hatten gewusst, dass die Wiese an das Bad grenzte. Das erklärte doch, warum der Bademeister hier gelegentlich seine Runden gedreht hatte. Wahrscheinlich wollte er den Zaun überprüfen. Womöglich kletterten Jugendliche gerne mal darüber, um unerlaubt in das Bad zu gelangen. Unvermittelt musste sie an die Mädchenclique denken. Ob es das gewesen war, was sie ihr nicht sagen wollten? Hatte der Bademeister sie erwischt, sie zur Rede gestellt, und dann war die Situation eskaliert?

Sie drehte sich um und ging wieder zurück auf die Wiese. Auf der Straße gegenüber sah sie den Nachbarn aus der Bäckerei kommen. Er winkte ihr zu. Vom Schriftsteller war nichts zu sehen.

Sie ging in Richtung Straße, und Herr Büyüktürk kam ihr entgegen.

„Ich habe interessante Neuigkeiten", rief er, als er noch einige Meter von ihr entfernt war.

„Was denn?"

„Raten Sie mal, wer sich in der Bäckerei regelmäßig ein Brötchen holt?" Er sah sie herausfordernd an, als er bei ihr eintraf.

„Nun sagen Sie schon."

„Die Trainerin Janina. Die Verkäuferin kennt sie, weil sie in ihrem Kurs im Fitnessstudio ist."

„War sie denn auch am Tattag hier?"

„Das ist es ja, was die Info so besonders macht. Die Verkäuferin erzählte mir, dass Janina einmal ziemlich aufgelöst gewesen sei und sagte, dass sie dringend einen Kaffee bräuchte. Und das war an dem besagten Tag."

„Das ist nicht gut."

„Wir müssen wohl nochmal mit ihr reden, oder?"

Sie spürte, wie der Nachbar sie musterte.

„Ja, sieht so aus." Sie sah sich wieder um. „Haben Sie eine Ahnung, wo sich Meister herumtreibt?"

Er suchte auch die Straße mit Blicken ab. „Nein, er ist nach links gegangen, und ich nach rechts. Danach habe ich ihn nicht wieder gesehen."

„Na, super. Jetzt können wir auch noch einen verloren gegangenen Schriftsteller suchen."

„Also, auf mich macht er nicht den Eindruck, dass er so leicht verloren gehen könnte." Herr Büyüktürk grinste.

„Jetzt ist er jedenfalls weg."

„Er wird schon wieder auftauchen."

„Aber ewig warte ich hier nicht."

VIII

Laute Männerstimmen waren zu hören. „Verschwinden Sie! Und lassen Sie sich nie wieder blicken, sonst rufen wir die Polizei", tönte es über die Straße.

Frau Appeldorn und ihr Nachbar sahen in die Richtung, aus der das Geschrei zu kommen schien. Vor einem der Bürogebäude auf der linken Seite waren zwei Männer zu sehen, die einen dritten gepackt hatten und ihn hinaus auf den Bürgersteig schleiften.

„Ist das ...?" Frau Appeldorn traute ihren Augen nicht.

„Aman Allahım", war der Nachbar zu vernehmen, und schon war er auf dem Weg zu dem Tumult. Frau Appeldorn beeilte sich, ihm zu folgen.

Als sie vor dem Gebäude ankamen, waren die beiden Männer bereits wieder in dem Büro verschwunden. Herr Meister grinste.

„Wow, so eine Ermittlung macht riesigen Spaß."

„Was zur Hölle ist geschehen?", warf ihm Frau Appeldorn entgegen.

Er sah in Richtung des Gebäudes. „Wir sollten erst einmal von hier verschwinden." Er gab ihr mit einem leichten Tippen an die Schulter zu verstehen, dass sie ihm folgen sollten.

Sie gingen in Richtung des Autos, immer wieder über die Schulter schauend, ob jemand aus dem Büro kam, um ihnen zu folgen. Als sie einige Entfernung zwischen sich und den Ort des Tumults gebracht hatten, hielt es der Nachbar nicht mehr aus. „Nun erzähl schon!"

Wieder grinste der Schriftsteller. „Ich habe aufregende Neuigkeiten." Sein Gesicht leuchtete bei den Worten. Er sah aus wie ein kleines Kind, das gerade sein Lieblingsspielzeug bekommen hat.

„Jetzt lassen Sie sich doch nicht alles aus der Nase ziehen." Frau Appeldorn konnte nicht verhehlen, dass sie die ganze Situation unerträglich fand.

„Jawohl, gnädige Frau." Wieder lachte Herr Meister auf.

Frau Appeldorn verengte ihre Augen zu Schlitzen und fixierte ihn.

„Ist schon gut", offenbar hatte er es verstanden. „Ich erzähle es ja schon." Er sog theatralisch Luft ein.

„Also, ich bin, wie mit meinem Freund Alican abgesprochen, die Straße nach links abgegangen. Es kam mir nur ein junger Mann entgegen, der aber nicht mir reden wollte. Daher habe ich mir die Gebäude näher angesehen. Bei einem der Büros fiel mir etwas auf. Auf dem Schild wird angegeben, dass dort ein Büro einer großen Unternehmensberatung ansässig ist. Da habe ich mich gefragt, ob der Ehemann des Opfers vielleicht dort gewesen sein könnte. Als Führungskraft im Finanzwesen könnte er doch durchaus mit dieser Beratung in Kontakt stehen. Also bin ich hinein." Er machte eine Pause und musterte seine Zuhörer. Als er sich vergewissert hatte, dass sie ihm aufmerksam zuhörten, fuhr er fort: „Dummerweise sitzt dort am Empfang eine Dame, die Ihnen in nichts nachsteht, liebe Frau Appeldorn. Mir war klar, ich musste mir auf der Stelle eine glaubhafte Geschichte ausdenken, um von ihr oder irgendwem sonst an Informationen zu kommen. Also stellte ich mich als Unternehmer vor, der Beratung in Sachen Nachfolgeregelung benötigte. Man fand es zwar unorthodox, dass ich keinen Termin vereinbart hatte, nahm sich dennoch einige Minuten Zeit für mich. So konnte ich mit dem Leiter des hiesigen Büros sprechen. Ein sehr netter Mann, der aber sicherlich nicht hier in dieser kleinen Außenstelle sitzt, weil er besonders gut in seinem Job ist. Als ich erwähnte, dass ich die Empfehlung von Thorben Michels bekommen hätte, berichtete er bereitwillig, dass dieser häufiger zu Gesprächen dort sei. Durch mein geschicktes Nachfragen habe ich erfahren, dass dies auch am letzten Mittwoch, dem Tattag, der Fall war." Wieder kontrollierte er, ob seine Nachricht bei der Zuhörerschaft verstanden wurde. „Dummerweise rief Herr Michels gerade in diesem Moment an, und als mein Gesprächspartner ihm von meiner Anwesenheit berichtete, flog meine Geschichte auf. Daraufhin wurde ich von zwei sehr robusten Kerlen hinausbegleitet."

„Na toll." Frau Appeldorn konnte ihren Unmut nicht verbergen. „Jetzt weiß der Ehemann, dass wir nachforschen. Das haben Sie ja ganz prima hingekriegt."

„Aber dafür wissen wir jetzt auch, dass er hier war", versuchte sich der Schriftsteller zu rechtfertigen.

Herr Büyüktürk sprang ihm bei. „Ja, jetzt ist klar, dass wir ihn noch nicht von der Liste streichen können. Es war sehr mutig von dir, Friedrich."

Der Genannte lächelte.

„Es war idiotisch." Frau Appeldorn war nicht gewillt, diese verrückte Aktion zu beschönigen. „Aber geschehen ist geschehen. Wenn Sie uns allerdings weiter begleiten wollen, verzichten Sie in Zukunft bitte auf riskante Aktionen."

„Jawohl, gnädige Frau", ließ Herr Meister vernehmen, aber sie war sich nicht sicher, ob er sie ernstnahm.

„Nun gut. Im Grunde genommen sind wir kein Stück weiter. Wir wissen nur, dass wir niemanden von unserer Liste streichen können."

„Und was machen wir jetzt?" Herr Büyüktürk sah fragend in die Runde.

„Ja, was nun?", ließ der Schriftsteller vernehmen.

„Was weiß ich? Die Herren könnten ruhig auch mitdenken." Sie sah auf die Uhr. „Wir sollten in den Park gehen."

Herr Meister sah sie verwundert an. „Wollen Sie jetzt Enten füttern?"

Frau Appeldorn schüttelte nur den Kopf. „Erklären Sie es ihm", forderte sie den Nachbarn auf.

Der sah sie unsicher an. „Was denn genau?"

„Denkt denn keiner von Ihnen mit?" Frau Appeldorn konnte nicht vermeiden, dass sie die beiden tadelte wie zwei Schuljungen. „Dort werden wir hoffentlich Hanna und ihre Clique antreffen. Sie sind für mich immer noch die Hauptverdächtigen, und daher beginnen am besten auch bei ihnen."

„Ach ja, natürlich." Herr Büyüktürk tippte sich an den Kopf.

Herr Meister nickte. „Okay, wo ist der Park?"

Der Nachbar erklärte es ihm, und der Schriftsteller bestätigte, dass er sie dort treffen würde.

„Aber keine verrückten Alleingänge mehr", gab ihm Frau Appeldorn mit auf dem Weg.

„Wo bleibt er denn?" Frau Appeldorn sah sich um, aber Herr Meister war nirgends zu sehen. „Haben Sie ihm den richtigen Weg erklärt?"

Der Nachbar nickte heftig. „Ja, habe ich."

Sie standen am Eingang zum Park, und Frau Appeldorn sah in Richtung des großen Teiches. „Er wird doch nicht schon hineingegangen sein?"

„Nein, bestimmt nicht."

„Würden Sie Ihre Hand dafür ins Feuer legen?"

Herr Büyüktürk verzog das Gesicht.

„Wusste ich es doch", konstatierte Frau Appeldorn und suchte die Anlage mit den Augen ab. „Hach", rief sie aus und zeigte in Richtung der Bäume hinter dem Teich.

„Was ist?" Der Nachbar sah in die angezeigte Richtung.

„Da, ist das nicht Meister?"

„Nein, das ist er nicht."

„Natürlich ist er das. Ein erwachsener Mann, der sich da auffällig schnell durch den Park bewegt."

„Die Statur passt nicht."

„Was gibt es denn dort zu sehen?"

Die beiden drehten sich erschrocken um und sahen in das fragende Gesicht des Schriftstellers.

„Ich sagte doch, er ist es nicht", stellte Herr Büyüktürk zufrieden fest.

„Er ist was nicht?" Herr Meister musterte sie.

„Wir dachten, Sie wären doch schon ohne uns in den Park gegangen, und wir hätten Sie dort in den Büschen gesehen."

„Aber nicht noch. Keine Alleingänge. Ich habe es versprochen."

„Das ist gut. Dann können wir ja jetzt los." Frau Appeldorn schritt voraus, und die beiden Männer folgten ihr.

Als sie sich der hinter den Büschen verborgenen Bank näherten, erkannten sie, dass die Mädchenclique sich auch dieses Mal wieder dort versammelt hatte.

„Was wollen Sie denn schon wieder hier?", begrüßte sie die Anführerin, als sie um das schützende Gebüsch herumgingen. „Und Sie heute haben Sie gleich noch einen alten Mann mitgebracht."

„Nett und zuvorkommend, wie immer. Wir haben da nur noch ein paar Fragen."

Die Mädchen rückten zusammen und starrten sie an, als ob sie jeden Moment über sie herfallen wollten. Vielleicht wollten sie dies sogar, aber Frau Appeldorn war nicht gewillt, sich einschüchtern zu lassen. Sie wollte gerade zu einer Erwiderung ansetzen, als der Schriftsteller einen Schritt an ihr vorbei auf die Mädchen zu machte. „Was bildet ihr Rotzlöffel euch ein? Zeigt gefälligst Respekt. Meint ihr, ich würde nicht mit euch fertig?"

Die Mädchen und auch Hanna wirkten einen Moment tatsächlich beeindruckt, aber schnell fanden sie wieder zu ihrer ursprünglichen drohenden Haltung zurück.

„Was willst du denn, alter Mann? Sollen wir Nachlaufen spielen und riskieren, dass du auf halber Strecke einen Herzinfarkt bekommst?"

Der Schriftsteller richtete sich auf. „Ich laufe den Marathon, du dumme Göre."

Die Körper der Mädchen zitterten vor Anspannung. Einige tuschelten kurz, und Hanna machte einen Schritt auf ihn zu. Die Gruppe folgte ihr dichtauf.

„Wen nennst du hier eine Göre?", zischte sie.

„Stopp! Stopp!", rief Frau Appeldorn und schob den Schriftsteller zur Seite. „So kommen wir hier doch nicht weiter. Wir wollen nur reden."

„Quatsch. Sie wollen uns den Mord an dem Bademeister anhängen, soviel ist klar. Aber das war keine von uns." Hanna sah sie forschend an, und Frau Appeldorn musste sich eingestehen, dass es ehrlich auf sie wirkte.

„Aber ihr wisst etwas über den Mord. Glaubt mir, ich spüre es, wenn man mir etwas verschweigt."

Herr Büyüktürk tippte ihr von hinten auf die Schulter. „Schauen Sie." Er wies auf die Bank hinter den Mädchen. Dort lagen mehrere weiße Kartons und Verpackungen.

Frau Appeldorn nickte leicht und machte dann ebenfalls eine kurze Bewegung in Richtung von Hanna. „So, so, schicke neue IPhones habt ihr da. Von wem sind die denn?"

Die Gesichter der Mädchen zeigten deutlich, dass sie sich ertappt fühlten.

„Geht dich gar nichts an."

„Für dich immer noch Sie. Ihr habt jemanden erpresst, oder?"

132

„Wir sagen gar nichts mehr."

„Ich glaube, das müsst ihr auch nicht."

„Das müssen sie nicht?", raunte ihr der Schriftsteller zu.

Frau Appeldorn gab ihm mit einem kurzen Nicken zu verstehen, dass sie wusste, was sie tat.

„Ich wüsste nur einen, der es sich leisten könnte, euch mal eben ein paar IPhones zu kaufen." Sie musterte jede Reaktion der Anführerin. „Ihr habt ihn am Tatort gesehen, und nun erpresst ihr ihn. Könnt ihr ruhig zugeben. Wir verraten es nicht."

Wieder war Getuschel zu vernehmen.

„Okay. Ja, an dem Tag hat der Bademeister sich heftig mit seinem Mann gestritten. Das haben wir mitbekommen. Wir haben ihm gesagt, wir würden es der Polizei erzählen, wenn er uns nicht die IPhones kauft."

Frau Appeldorn nickte. „Und eben war er hier und hat sie euch gebracht, nicht wahr?"

Die Mädchen nickten.

„Habt ihr denn sonst noch jemanden gesehen, den ihr erpressen wollt?"

„Nein, natürlich nicht. Nur ihn."

„Na gut. Dann viel Spaß mit den Handys." Sie drehte sich zu den Männern um. „Lasst uns gehen."

„Wir melden sie nicht der Polizei?", raunte ihr der Schriftsteller zu, als sie ein paar Meter gegangen waren.

„Wenn der Ehemann tatsächlich den Bademeister umgebracht hat, sind diese paar Telefone doch wirklich nebensächlich."

Er grinste. „Sie sind eine wahre Inspiration."

„Quatsch", murrte sie und beschleunigte ihre Schritte hinaus aus dem Park.

Frau Appeldorn legte den Hut in die Schachtel und stellte sie an ihren Platz. Sie betrachtete sich im Spiegel. Ihre Wangen waren leicht gerötet. Sie überlegte, ob es an der Anstrengung lag, die es bedeutete, mit diesen beiden Männern auf Mörderjagd zu sein. Dann musste sie sich selbst innerlich widersprechen. Nein, auch wenn es anstrengend war, mit den beiden unterwegs zu sein, das hatte sie nicht so erhitzt. Dafür war vielmehr das Gefühl verantwortlich, sich einer unbekannten Herausforderung zu stellen. Es war keine der Aufgaben, die sie so oder ähnlich schon tausende Male bewältigt hatte. Dies hier hatte nichts mit den Beschäftigungen gemein, mit denen sie sonst die Zeit totschlug. Herauszufinden, wer den Bademeister umgebracht hatte, das war eine richtige Herausforderung. Eine, deren Ende sie nicht absehen und bei der sie nichts kontrollieren konnte. Sie musste jederzeit auf der Hut sein und sich den Gegebenheiten neu anpassen.

Schon der Gedanke daran löste ein Kribbeln in ihr aus, und sie musste automatisch ihr Gesicht im Spiegel anlächeln. Sie fühlte sich lebendig.

Als es klingelte, sah sie erschrocken auf die Uhr und ließ die Zeitung auf den Frühstückstisch fallen. Eilig ging sie zur Tür und öffnete sie.

„Guten Morgen, Frau Nachbarin", begrüßte sie Herr Büyüktürk und wirkte ungewohnt dynamisch, obwohl sein übliches Tweedsakko diesen Eindruck konterkarierte. Aber für diesen ungewohnten Schwung war wohl seine Begleitung verantwortlich.

„Guten Morgen, gnädige Frau." Friedrich Meister grinste sie breit an. „Wir dachten, wir holen Sie ab, um unsere Nachforschungen fortzusetzen."

„Ja", ergänzte der Nachbar. „Friedrich und ich haben diskutiert und halten es für das Beste, dem Ehemann einen Besuch abzustatten."

Frau Appeldorn musterte die beiden Männer. „Jetzt?"

Beide nickten heftig. „Genau", konstatierte der Schriftsteller. „Er ist nun sicher an seinem Arbeitsplatz anzutreffen. Wir konfrontieren ihn dort, wo es ihm womöglich unangenehm ist, und erzeugen so den größtmöglichen Druck." Sein Gesicht sagte deutlich, dass es seine Idee gewesen war und dass er sie für raffiniert hielt.

„Wollen Sie wieder rausgeschmissen werden?"

„Natürlich nicht. Wenn wir zu dritt mit Ihnen, gnädige Frau, dort auftauchen, wird man sich sicher zu benehmen wissen."

Die beiden Männer sahen sie an, als ob sie ihnen erlauben sollte, mit der neuen Modelleisenbahn zu spielen.

Sie überlegte, was der ideale Weg wäre, die Wahrheit von Thorben Michels zu erfahren. Hatte Meister recht, und sein berufliches Umfeld würde den Druck verstärken? Oder wäre es besser, es am Abend in seinem Haus zu versuchen? Sie wusste es nicht. Aber es hatte einen Vorteil, dem Plan der Männer zu folgen. Sie würden nicht so lange auf Antwort warten müssen.

„Na gut", sagte sie daher. „Lassen Sie es uns versuchen. Geben Sie mir ein paar Minuten."

Die Gesichter der Männer strahlten. Sie ging an ihre Garderobe und zog sich an. Als sie den Hut aufsetzte und noch einmal alles im Spiegel kontrollierte, fiel ihr wieder die leichte Röte ihrer Wangen auf, und sie musste schmunzeln.

Gemeinsam gingen sie zum Mercedes des Nachbarn. Friedrich Meister öffnete die Beifahrertür und war im Begriff einzusteigen.

Frau Appeldorn tippte ihm auf die Schulter, und als er zu ihr sah, schüttelte sie sanft den Kopf.

„Oh", ließ er nur verlauten und machte einen Schritt zur Seite, damit sie einsteigen konnte.

Er ging nach hinten und setzte sich auf die Rückbank, während Herr Büyüktürk den Motor startete.

Die Fahrt in die Stadt verlief nicht ohne obligatorischen Stau, den Herr Meister damit überbrücken wollte, dass er über seine diversen Abenteuerurlaube und sportlichen Aktivitäten berichtete. Herr Büyüktürk lauschte andächtig, während Frau Appeldorn nicht umhinkonnte, einige Male die Augen zu verdrehen.

„Und wann schreiben Sie mal wieder etwas?"

Der Schriftsteller stoppte in seinem Bericht über eine Bootsfahrt auf dem Amazonas. „Wenn mich die Muse küsst."

„Also nie." Frau Appeldorn grinste. „Ich habe in der Biographie von Thomas Mann gelesen, dass wahre Schriftsteller wie andere auch jeden Tag ihrem Beruf nachgehen und schreiben. Man könne nicht darauf warten, dass es eine Eingebung gibt. Man muss sie sich erarbeiten."

„Nun, das mag für Thomas Mann so gewesen sein. Ich benötige Inspiration aus dem Leben, um die echten, wahren Geschichten schreiben zu können."

„Ihren Erzählungen nach, müssten Sie in den letzten Jahren ausreichend Material gesammelt haben. Warum schreiben Sie dann nicht?"

„Sie sind unerbittlich, gnädige Frau."

„Nun, ich will Sie nicht bedrängen, aber es fällt schon sehr auf, dass Sie seit Ihrem großen Erfolg kein weiteres Werk veröffentlicht haben."

Es kam keine Antwort von der Rückbank, und Frau Appeldorn drehte sich um. In dem Gesicht von Herrn Meister erkannte sie zum ersten Mal Unsicherheit. Echte, authentische Unsicherheit.

„Ja, verdammt", schimpfte er. „Sie haben recht." Seine Stimme schien zu brechen. „Aber wissen Sie, was es heißt, wenn jeder das nächste Meisterwerk erwartet und Sie es einfach nicht hinkriegen? Wenn Sie bei jedem Versuch, etwas zu schreiben, daran denken, dass die Kritiker sich wie die Geier darauf stürzen werden, und Sie daher jeden verdammten Satz unendlich oft hin und her wenden, damit er auch wirklich meisterlich ist?"

Er wirkte verzweifelt, und plötzlich hatte Frau Appeldorn Mitleid mit ihm.

„Ja, das kann ich nachvollziehen. Muss schwer sein."

„Allerdings. Aber hier …" Er stockte. „Ihre Ermittlungen. Sie beide. Das ist echt. Das ist Leben. Das inspiriert mich, und ich habe die letzten Abende bereits mehr geschrieben als während der ganzen Jahre zuvor." Wieder sog er Luft ein. „Ich brauche Sie", sagte er leise.

Frau Appeldorn schenkte ihm ein Lächeln und spürte plötzlich eine unerwartete Verbundenheit mit ihm. Ging es ihm etwa so wie ihr? Brauchte er diese Herausforderung der Mördersuche ebenso, wie sie mit jeder Faser des Körpers danach lechzte? „Also gut", sagte sie. „Dann lassen Sie uns gemeinsam den Mörder überführen."

„Jawohl", bestätigte Herr Büyüktürk, und seine Augen suchten den Schriftsteller im Rückspiegel. Der nickte vorsichtig.

Herr Büyüktürk parkte den Wagen an der Straße. „Wie wollen wir denn vorgehen?", fragte er, während er den Motor stoppte.

„Wir gehen hinein und fragen nach Herrn Michels. Ganz einfach", meldete sich der Schriftsteller zu Wort.

Die beiden anderen drehten sich zu ihm.

„Und dann?", fragte Herr Büyüktürk.

Frau Appeldorn überlegte. „Wir könnten behaupten, dass wir wegen weiterer Kulturprojekte kommen, für die wir um Förderung durch die Bank bitten. Die Bank sponsert doch regelmäßig Kultur in unserer Stadt."

„Aber wir haben keinen Termin", warf der Nachbar ein.

„Wir sagen, dass wir den überraschenden Besuch von Herrn Meister nutzen wollten, und es ein spontaner Gedanke war."

„Was ziemlich nahe an der Wahrheit wäre." Friedrich Meister grinste.

„Ja, Sie haben recht." Frau Appeldorn schüttelte den Kopf. „Wir haben keinen Plan. Wir sind hier, um diesen Banker des Mordes zu beschuldigen. Ich habe keine Ahnung, wie wir das planen könnten. Aber nun sind wir hier. Also lassen Sie uns da hineingehen und sehen, was passiert."

Die Männer sahen sie an.

„Wow", ließ Herr Meister vernehmen. „Sie sind wirklich die geborene Anführerin." Er klopfte Herrn Büyüktürk auf die Schulter. „Los, mein Freund. Nehmen wir die Bank im Sturm!"

Nun musste auch Frau Appeldorn lachen. „Sie sind ein Spinner."

Dann stiegen sie aus und marschierten auf das Bankgebäude zu.

Am Schalter stand nur eine Kundin, die ein Formular ausfüllte. Frau Appeldorn ging zu einer Mitarbeiterin, die in einen Computer tippte.

„Entschuldigen Sie bitte. Können Sie mir sagen, ob Herr Michels zu sprechen ist?"

Die Frau blickte von ihrer Tastatur auf. „Haben Sie einen Termin?"

„Nein, leider nicht. Aber wir hatten gehofft, er hätte vielleicht ein paar Minuten Zeit für uns."

„Worum geht es denn?"

„Mein Name ist Mareike Appeldorn, und wir sind vom Kulturverein aus Herrn Michels' Heimatstadt. Er unterstützt dankenswerterweise unsere Arbeit, und wir wollten ihm nur kurz Herrn Meister vorstellen." Sie zeigte auf den Schriftsteller, der sofort lächelte.

„Moment, ich rufe Herrn Michels an." Sie nahm den Telefonhörer in die Hand und wählte eine Nummer. Es war zu vernehmen, wie sie mit jemandem sprach und das weitergab, was Frau Appeldorn ihr erzählt hatte. Dann legte sie auf.

„Herr Michels hat kurz Zeit für Sie." Sie wies mit der Hand zu einer Treppe. „Dort bitte hoch. Sie werden in Empfang genommen."

„Danke." Frau Appeldorn gab den Männern das Signal, ihr zu folgen, und gemeinsam stiegen sie die Stufen hinauf.

Am Treppenabsatz kam ihnen eine junge Frau entgegen und gab ihnen mit einer Handbewegung das Zeichen, ihr zu folgen.

Sie führte sie zu einem Büro, dessen Tür offenstand. Die Frau lugte hinein.

„Ihr Besuch, Herr Michels", sagte sie. Dann drehte sie sich zu ihnen. „Sie können eintreten."

Frau Appeldorn ging als Erste, und die Männer folgten ihr. Nach ihnen kam die junge Frau herein. „Kann ich sonst noch etwas tun, Herr Michels?"

Der Angesprochene schüttelte den Kopf. „Nein, danke, Nadine. Schließen Sie bitte die Tür."

Nadine nickte, verließ den Raum und schloss die Tür hinter sich.

Thorben Michels saß im Hemd hinter seinem Schreibtisch. Sein Sakko war über einen Stuhl gehängt. Langsam erhob er sich, ging um den Schreibtisch herum auf Frau Appeldorn zu.

„Was fällt Ihnen ein, hier so einfach aufzutauchen?", zischte er.

Herr Meister machte den Ansatz, Frau Appeldorn zu Hilfe eilen zu wollen, doch Herr Michels hob warnend die Hand. „Wagen Sie es nicht, irgendetwas zu sagen, wer immer Sie auch sind."

Er drehte sich wieder zu Frau Appeldorn und funkelte sie an. „Nicht nur, dass Sie mich seit Tagen malträtieren. Sie haben auch noch die Dreistigkeit, Ihren Vasallen zu unserem Beratungspartner zu schicken, und ihn über mich auszufragen."

„Wen meinen Sie mit Vas…" Der Schriftsteller kam nicht weiter.

„Sie sollen verdammt nochmal die Schnauze halten", schimpfte Michels. Der Ehemann des Mordopfers war offensichtlich gereizt. „Wer sind Sie überhaupt?"

„Das ist Herr Friedrich Meister, der preisgekrönte Schriftsteller, dessen Lesung am kommenden Wochenende Ihre Bank mitfinanziert." Frau Appeldorn grinste.

Einen Moment sah es so aus, als ob es dem Banker peinlich wäre, dann schien er sich aber wieder zu fangen.

„Was für eine schräge Nummer ziehen Sie hier ab?"

„Wir wollten nur mit Ihnen sprechen und Ihnen Herrn Meister vorstellen."

Thorben Michels starrte sie wortlos an.

Der Schriftsteller nahm die Gelegenheit wahr und meldete sich zu Wort. „Aber natürlich wollten wir auch von Ihnen wissen, warum Sie Ihren Partner erschlagen haben."

Frau Appeldorn drehte sich abrupt zu ihm und sandte ihm einen wütenden Blick.

„Nein, nein, der Herr Schriftsteller übertreibt", beschwichtigte sie. „Aber es gibt schon ein paar Fragen, die sich uns aufgedrängt haben."

Das Gesicht von Herrn Michels färbte sich rot. „Wenn Sie nicht sofort hier verschwinden, rufe ich die Polizei", presste er zwischen den schmalen Lippen hervor und wirkte dabei, als würde er jeden Moment explodieren.

„Das ist natürlich Ihr gutes Recht." Frau Appeldorn ließ sich nicht aus der Ruhe bringen, während sie den nervös dreinblickenden Herrn Büyüktürk zu beruhigen versuchte, indem sie die Hand auf seinen Arm legte. „Nur sollten Sie dies vielleicht noch einmal überdenken. Wir müssten dann nämlich den Beamten auch davon berichten, dass Sie Zeugen bestochen haben, nichts davon zu erzählen, dass sie am Tattag am Tatort gesehen wurden. Ich bin mir sicher, dass dies die Polizei sehr interessieren würde."

Das Gesicht von Herrn Michels schien sich nun blau zu färben, und es hätte niemanden im Raum überrascht, wenn Dampf aus seinen Ohren entweiche.

„Sie verdammtes Miststück", raunte er.

„Hey, so spricht man nicht mit einer Dame", warf sich jetzt sogar Herr Büyüktürk verbal vor sie, und sie sah ihn verwundert an.

„Keine Angst", beruhigte sie ihn. „Die Dame hat schon ganz andere Ausbrüche abgewehrt." Dann wandte sie sich wieder dem verdächtigen Ehemann zu, der mittlerweile etwas in sich zusammengesackt war und sich auf der hinteren Schreibtischkante abstützte.

„Lassen Sie uns doch vernünftig sein. Erzählen Sie uns, was an dem Tag passiert ist und was Sie dazu bewogen hat, Zeugen zu bestechen."

IX

Herr Michels hob den Kopf. Die Wut war reiner Verzweiflung gewichen. „Ich würde alles dafür geben, es
ungeschehen zu machen." Er nahm die Hände vor das
Gesicht, und ein deutliches Schluchzen war zu vernehmen.

Die Männer sahen zu Frau Appeldorn.

„Hat er wirklich seinen Mann erschlagen?", flüsterte
Herr Büyüktürk ihnen zu.

„Nein, das habe ich nicht." Herr Michels zeigte, dass
er die Äußerung dennoch gehört hatte.

„Aber was bereuen Sie dann so sehr?" Frau Appeldorn musterte ihn.

„Ich war an dem Tag zum Gespräch bei unseren
Beratern. Das wissen Sie ja schon", begann er stockend.
„Als ich aus dem Büro kam, lief mir Fabian über den
Weg. Ich war überrascht und fragte ihn, was er da
mache. Ich dachte, er arbeitete im Bad." Der Ehemann
sah in die Runde. „Fabian erzählte mir, dass er die
Runde machen müsse, weil es Vorfälle mit einem Span-
ner gegeben hätte."

„Ein Spanner?", fragte Friedrich Meister nach.

Thorben Michels nickte. „Ja, anscheinend. Aber mich
interessierte das gar nicht. Ich habe nur eine abfällige
Bemerkung gemacht, dass das es ja ein toller Job sei,
wenn man sich um so einen Mist kümmern müsse. Ein
Wort gab das andere, und wir hatten den dicksten

Streit. Dann kam diese Mädchenclique dazu und beschimpfte Fabian auch noch. Ich sagte ihm, dass ich nicht verstünde, warum er sich das antue, wo er doch alle Chancen hatte, eine angesehene Position als Anwalt zu bekleiden. Dann habe ich ihn stehen gelassen und bin gegangen." Er schluchzte auf und hob wieder die Hände vor das Gesicht. „Das war das Letzte, was er von mir gehört hat."

Frau Appeldorn fühlte Mitleid mit ihm. In einem Reflex machte sie einen Schritt auf ihn zu und legte ihm die Hand auf die Schulter. Sie spürte, wie sein Körper bebte. „Er hat sicher gewusst, dass Sie ihn geliebt haben", versuchte sie zu trösten, während die beiden Männer unangenehm berührt hinter ihr standen.

Thorben Michels beruhigte sich, und Frau Appeldorn rückte etwas von ihm ab, als er die Hände wieder senkte. „Ich bin sicher, dieser Spanner hat etwas mit Fabians Tod zu tun."

„Wissen Sie denn, wer das ist?" Nun war auch Friedrich Meister wieder aufmerksam bei der Sache.

Herr Michels schüttelte nur den Kopf. „Nein, Genaueres weiß ich nicht. Es hat mich ja auch nicht interessiert."

Es klopfte an der Tür, und Herr Michels wischte sich schnell durch das Gesicht. „Ja, bitte", ließ er vernehmen, und Nadine lugte herein. „Ihr Termin, Herr Michels, die Herrschaften sind jetzt da."

„Danke, Nadine. Begleiten Sie sie schon mal in den Besprechungsraum. Ich komme gleich."

Nachdem Nadine die Tür wieder geschlossen hatte, erhob er sich aus seiner zusammengekauerten Haltung und fand wieder zu dem üblichen arroganten Ausdruck zurück, den alle von ihm kannten.

„Sie haben es gehört: Ich muss los. Wenn Sie jetzt bitte gehen würden."

Frau Appeldorn nickte nur und gab den anderen zu verstehen, dass sie sich zurückziehen sollten.

„Frau Appeldorn?", war von Herrn Michels zu hören, als sie fast aus der Tür waren. Sie drehte sich zu ihm und sah ihn fragend an.

„Lassen Sie mich wissen, wenn Sie herauskriegen, wer Fabian erschlagen hat?"

Sie nickte. „Sie werden es als Erster erfahren." Dann folgte sie den anderen die Treppe hinunter. Gemeinsam durchquerten sie die Halle und verließen die Bank.

„Wie finden wir heraus, wer dieser Spanner ist?", fragte Herr Büyüktürk in die Runde, als er die Wagentür öffnete.

„Den gibt es bestimmt gar nicht", warf der Schriftsteller ein. „Das hat sich Michels nur ausgedacht, um uns von ihm als Verdächtigen abzubringen."

„Seine Trauer wirkte echt auf mich", meldete sich Frau Appeldorn zu Wort.

Friedrich Meister winkte ab. „Pah, das war alles nur gespielt." Er stieg hinten im Wagen ein, und Frau Appeldorn setzte sich auf den Beifahrersitz.

„Dennoch müssen wir dem nachgehen."

„Wohin jetzt?", fragte Herr Büyüktürk.

Sie sah zu ihm und drehte sich dann nach hinten. „Ich denke, wir sollten noch einmal mit der Kollegin im Schwimmbad sprechen. Wenn es wirklich einen Spanner gab, dann müsste sie es doch wissen."

„Von mir aus", brummte es von der Rückbank. „Aber ich weiß jetzt schon, was dabei herauskommen wird."

Herr Büyüktürk startete den Motor und fuhr los.

Die Frau an der Kasse im Schwimmbad sah Frau Appeldorn überrascht an. „Sie kommen aber oft vorbei in letzter Zeit."

„Ob wir wohl nochmal die Bademeisterin sprechen könnten?"

Die Kassenfrau nickte. „Moment, ich rufe sie mal an." Die drei warteten ab, bis die Frau kurz gesprochen hatte, den Hörer auflegte und sich dann wieder ihnen zuwandte. „Sie kommt."

„Ihr Schützling ist heute nicht zufällig wieder beim Training?" Frau Appeldorn sah zu Herrn Büyüktürk. Der schüttelte den Kopf.

„Ich weiß es nicht."

„Ich dachte nur, er hat vielleicht etwas von einem Spanner gehört, wenn er so oft hier trainiert."

Der Nachbar schürzte die Lippen. „Das könnte natürlich sein. Ich werde heute Nachmittag bei ihm nachfragen, wenn das hier nichts bringt."

„Von wem sprichst du?", meldete sich der Schriftsteller zu Wort, aber Herr Büyüktürk kam nicht mehr dazu zu antworten, weil die Bademeisterin erschien.

„Ach, Sie sind es", ließ sie verlauten, als sie auf die Besucher zukam. „Recherchieren Sie etwa immer noch für Ihren Artikel?"

Frau Appeldorn nickte. „Ja, und wir haben einen Hinweis erhalten, den wir gerne von Ihnen verifiziert hätten. Uns wurde gesagt, dass es im Bad einen oder mehrere Vorfälle mit einem Spanner gegeben haben soll. Stimmt das?"

„Einen Spanner?" Sie schien nachzudenken. „Also, es gibt immer mal wieder Leute, die insbesondere weibliche Gäste besonders innig beobachten. Aber so einen richtigen Spanner, davon weiß ich nichts."

„Habe ich doch gesagt", zischte der Schriftsteller von hinten, und Frau Appeldorn gab ihm mit einem Handzeichen zu verstehen, ruhig zu sein.

„Kann es sein, dass Ihr Kollege in einem solchen Fall nachgeforscht hat, ohne Ihnen davon zu erzählen?"

Sie zuckte mit den Schultern. „Klar, auszuschließen ist es nicht."

„Haben Sie eine Idee, warum Ihr Kollege an dem Tag dort draußen auf der Wiese vor dem Bad gewesen ist?"

„Ehrlich gesagt, habe ich mich das auch schon gefragt."

„Könnte es nicht sein, dass er dort war, um eben einen solchen Spanner zu ertappen?"

„Dort?" Sie sah Frau Appeldorn verwundert an. „Sie meinen, da hinten am Zaun hätte sich jemand auf die Lauer gelegt und die Gäste beobachtet oder vielleicht sogar gefilmt?"

„Könnte doch sein?"

Die Bademeisterin schüttelte den Kopf. „Das hätte er mir doch gesagt."

„Aber möglich wäre es?"

„Ja, theoretisch schon. Aber davon hätte ich bestimmt gehört."

Frau Appeldorn spürte, wie der Schriftsteller hinter ihr zu platzen drohte.

„Ja, ich weiß, Herr Meister. Sie haben es gleich gewusst", raunte sie ihm zu. Dann drehte sie sich wieder zur Bademeisterin. „Danke, dass Sie Zeit für uns hatten."

„War's das jetzt?"

Frau Appeldorn nickte. „Ja, ich denke schon."

Die Bademeisterin drehte auf dem Absatz um und verschwand in Richtung des Bades.

„Der Ehemann war es", triumphierte der Schriftsteller. „Ich weiß es."

„Scheint so", murmelte Frau Appeldorn. Hatte sie sich tatsächlich so getäuscht? Die Trauer und die Reue des Ehemanns waren ihr so echt vorgekommen. Sie drehte sich zum Gehen, als sie gerufen wurde.

„Frau Appeldorn!"

Die Angesprochene drehte sich zu der Kassenfrau um, die sie gerufen hatte.

„Ja?" Sie machte einen Schritt auf sie zu. „Was ist?"

„Entschuldigen Sie, aber ich habe ein paar Dinge mitbekommen, von denen Sie eben gesprochen haben."

„Ach ja? Haben Sie Informationen dazu?"

„Es ging um einen Spanner, oder?"

Frau Appeldorn nickte.

„Es gab da mal etwas. Vielleicht hat es damit zu tun."

„Erzählen Sie."

Die Kassenfrau lehnte sich in ihre Richtung. „Sie haben doch von dieser Hanna und ihrer Clique gehört, die Fabian rausgeschmissen hat?" Sie machte eine Pause und vergewisserte sich, dass ihr die ungeteilte Aufmerksamkeit gehörte. Dann fuhr sie fort. „Die Mädchen haben randaliert, weil Fabian ihnen angeblich nicht geglaubt hat. Sie haben nämlich behauptet, dass ein Kerl mit Kamera in den Büschen sitzen und sie fotografieren würde."

„Und dem ist Herr Hochmüller nicht nachgegangen?"

„Doch, natürlich. Aber er konnte nichts entdecken. Die Mädchen fühlten sich unverstanden und haben derart rumgepöbelt, dass er nicht anders konnte, als sie des Bades zu verweisen."

„Danke, dass Sie es mir gesagt haben. Das hilft uns sehr weiter."

Die Kassenfrau sah besorgt aus. „Meinen Sie, dieser Spanner hat Fabian umgebracht?"

„Bis jetzt wissen wir nicht einmal, ob es ihn wirklich gab. Wir werden Nachforschungen anstellen."

Die Frau nickte zögerlich.

„Danke nochmal", verabschiedete sich Frau Appeldorn und gab den Männern das Zeichen, hinaus zu gehen.

„Alles Quatsch", beharrte der Schriftsteller. „Der Ehemann war es ganz sicher."

Herr Büyüktürk meldete sich zu Wort. „Lieber Friedrich, in einem guten Kriminalroman sollte man sich nie zu früh auf einen Verdächtigen festlegen. Das kann ziemlich in die Hose gehen."

Der Angesprochene lachte. „Da hast du auch wieder recht, lieber Alican."

Frau Appeldorn betrachtete die beiden und schüttelte den Kopf. „Mir scheint, wir müssen ein weiteres Mal mit Hanna reden."

Sie sah auf die Uhr. „Ob wir sie jetzt an der Schule finden?"

„Einen Versuch ist es wert", konstatierte Herr Büyüktürk und öffnete die Wagentür.

„Wenn ihr meint", raunte der Schriftsteller und stieg wieder ein. „Aber es war bestimmt der Ehemann."

„Wissen wir!", riefen Frau Appeldorn und Herr Büyüktürk unisono. Dann sahen sich überrascht an und lachten laut auf.

„Wie wollen wir sie hier denn finden?" Herr Büyüktürk betrachtete die unzähligen Kinder und Jugendlichen, die vor der Schule herumliefen.

Frau Appeldorn öffnete die Wagentür. „Wir fragen uns einfach durch." Dann stieg sie aus, und die anderen folgten ihr.

Sie gingen auf den Schulhof und sahen sich um.

„Dort die Gruppe scheint in Hannas Alter zu sein", bemerkte der Schriftsteller und zeigte auf eine Gruppe Jugendlicher, die am Rand des eingezäunten Basketballplatzes stand. Die jungen Männer stockten in dem, was sie taten, und musterten die Herankommenden.

Friedrich Meister preschte vor. „Hallo Boys." Er hob die Hand und lächelte.

Die Gruppe Jugendlicher brach in schallendes Gelächter aus. „Was sind Sie denn für einer?"

Der Schriftsteller war sichtlich irritiert und wusste nicht mehr weiter. Frau Appeldorn tippte ihm auf die Schulter. Dann ging sie an ihm vorbei und sprach die Jugendlichen direkt an. „Entschuldigt bitte. Wir sind auf der Suche nach Hanna und ihrer Clique. Habt ihr eine Idee, wo wir sie finden können?"

Es gab Gemurmel in der Gruppe, und der offensichtliche Wortführer wandte sich ihr wieder zu. „Was wollen Sie denn von ihr?"

„Wir haben nur ein paar Fragen. Sie kennt uns schon."

„Okay." Er zuckte mit den Schultern und zeigte mit der Hand an ihnen vorbei auf das Schulgebäude. „Die finden Sie da hinten. Einmal um die Ecke, hinter dem Gebäude."

„Danke." Sie nickte den Jugendlichen zu und drehte sich dann zu ihren Begleitern. „Da lang", befahl sie.

Sie gingen am Gebäude vorbei und trafen nur noch vereinzelt auf Grüppchen von Jugendlichen. Weiter hinten erkannten sie die Mädchengruppe, in der Zigaretten herumgereicht wurden.

„Das solltet ihr gar nicht erst anfangen", mahnte Frau Appeldorn, als sie nahe genug angelangt waren. Die Mädchen schreckten auf.

„O Mann, lassen Sie uns doch endlich in Ruhe", schimpfte die Anführerin und trat aus der Gruppe auf sie zu, demonstrativ eine qualmende Zigarette in der Hand haltend.

„Solltest du wirklich lassen. Krebs ist nämlich kein Vergnügen."

„Was geht Sie das an?" Sie sog kräftig an dem Glimmstängel und pustete den Qualm in ihre Richtung.

Frau Appeldorn wedelte kurz mit der Hand. „Es ist dein Leben. Sag nur nicht, ich hätte dich nicht gewarnt."

„Sind Sie jetzt hier, um uns zu nerven?"

„Nein, wir sind hier, weil wir noch eine Frage haben."

„Ich habe Ihnen alles gesagt."

„Warum hattet ihr den Streit mit dem Bademeister?"

„Wir haben dem Bademeister nichts getan. Das habe ich Ihnen doch schon gesagt. Warum geben Sie nicht endlich Ruhe?"

„Darum geht es gar nicht. Hattet ihr Streit mit Fabian Hochmüller, weil ihr einen Spanner gesehen habt, gegen den er nichts unternommen hat?"

Die Mädchen, die hinter Hanna standen, nickten heftig mit ihren Köpfen. „Sag's ihr!", raunte eine der Anführerin zu.

„Ja, da saß ein Kerl im Gebüsch und hat Fotos gemacht oder so. Das haben wir dem Bademeister gesagt, aber das Arschloch hat uns nicht geglaubt. Da wäre nichts, hat er gesagt. Aber wir haben den Perversen gesehen. Wir alle." Sie zeigte mit dem Arm auf die Gruppe hinter ihr und alle nickten bestätigend.

„Wie hat dieser Kerl denn ausgesehen?"

„So genau haben wir ihn nicht erkennen können. Er war hinter dem Gebüsch verborgen und eigentlich haben wir nur das Handy bemerkt. Emily hat ihn noch am deutlichsten gesehen." Sie zeigte auf eine junge Frau hinter ihr, die zögerlich nickte.

Frau Appeldorn wandte sich ihr zu. „Kannst du den Mann beschreiben?"

Emily schüttelte den Kopf. „Er sah normal aus. Älter eben."

„Welche Haarfarbe hatte er denn? Trug er eine Brille, einen Bart oder irgendetwas?"

„Ich weiß es nicht. Ich habe ihn nur kurz gesehen, weil sein Handy das Licht reflektiert hat. Dadurch haben wir ihn ja erst entdeckt.."

„Was meinst du damit?"

„Mir war so ein Lichtreflex aufgefallen. Als wir dann alle in die Richtung geschaut haben, erkannten wir erst, dass da ein Mann war. Er hat uns dann aber bemerkt und war verschwunden, bevor wir ihn besser sehen konnten."

„Würdest du ihn denn wiedererkennen, wenn du ihn siehst?"

„Vielleicht", murmelte das Mädchen.

Frau Appeldorn sandte ihr ein verständnisvolles Lächeln. „Und der Bademeister hat nichts gemacht, als ihr es ihm gesagt habt?"

„Doch. Angeblich hätte er nachgesehen, aber nichts gefunden. Der Perverse war längst über alle Berge", schaltete sich Hanna wieder ein.

„Danke, ihr habt uns sehr geholfen."

Die Mädchen sahen zu ihr, und zum ersten Mal kamen sie ihr wie verunsicherte Kinder vor. Sie schenkte ihnen ein weiteres Lächeln und drehte sich dann wieder zu den Männern, die die Befragung still beobachtet hatten.

„Das heißt noch gar nichts", murrte der Schriftsteller.

„Ich fand die Mädchen schon glaubwürdig", meldete sich Herr Büyüktürk zu Wort, und Frau Appeldorn wunderte sich, dass er Herrn Meister widersprach.

„Da muss ich meinem Nachbarn recht geben. Ich glaube auch, dass es den Spanner gegeben hat. Auf jeden Fall müssen wir dem nachgehen."

Friedrich Meister verzog den Mund. „Von mir aus. Und wie?"

Frau Appeldorn zuckte mit den Schultern. „Ich habe keine Ahnung."

X

Frau Appeldorn ließ sich auf ihren Bürostuhl sinken und betrachtete das Telefon vor ihr. Seit sie ihre Begleiter verabschiedet hatte, grübelte sie darüber nach, wie man herausfinden könnte, ob es diesen Spanner wirklich gegeben hatte und wer es sein könnte. Diese Frage schien ihr entscheidend für die Auflösung des Falles zu sein.

Sie nahm das Telefon in die Hand und wollte gerade den gewünschten Kontakt anklicken, als es an der Haustür klingelte. Sie hatte kaum das Telefon weggelegt und sich erhoben, als es erneut und ausdauernd läutete.

„Ich komme ja schon", brummte sie vor sich hin und beeilte sich, zur Tür zu kommen. Als sie öffnete, stand Herr Büyüktürk vor ihr. „Was um aller Welt ist so dringend, dass Sie so einen Lärm machen müssen?"

Der Nachbar strahlte sie an. „Er hat tatsächlich angerufen."

„Wer hat angerufen?"

„Der Redakteur der Zeitung. Er will ein Interview mit mir machen, um einen Bericht zu unserer Veranstaltung zu schreiben."

Frau Appeldorn konnte sich ein Lächeln nicht verkneifen. „Das freut mich. Wann werden Sie sich mit ihm treffen?"

„Schon heute Nachmittag. Er kommt zu mir."

„Oh, dann kann ich leider nicht dabei sein. Ich habe später ein Treffen mit dem Kulturverein."

„Warum sollten Sie dabei sein?"

„Ich dachte ..."

„Ich mache das schon", versicherte der stolze Nachbar.

„Aber natürlich", beeilte sich Frau Appeldorn zuzustimmen. „Sie kennen ja alle Details zur Veranstaltung. Vergessen Sie nicht, auf die Restkarten an der Abendkasse hinzuweisen."

„Natürlich nicht. Ich werde Ihnen berichten, wie es war."

„Ja, das wäre schön."

Der Nachbar nickte ihr zu und verschwand wieder in Richtung seines Hauses. Frau Appeldorn sah ihm kurz nach und schloss dann die Tür. Die Lesung von Herrn Meister würde auf jeden Fall gut besucht sein. Und sie gönnte ihrem Nachbarn die Aufmerksamkeit. Dieses Projekt hatte sie also augenscheinlich wieder erfolgreich gemeistert. Würde sie dies doch auch nur zu dem Mordfall sagen können, bei dem sie das Gefühl hatte, einfach nicht von der Stelle zu kommen. Sie ging wieder in ihr Arbeitszimmer, nahm das Telefon und klickte auf den gewünschten Namen.

„Frau Appeldorn. Sie wollen mir hoffentlich sagen, dass Sie neue Informationen haben", meldete sich der Oberkommissar.

„Hallo, Herr Walther. Ich denke, die habe ich."

„Sehr schön. Dann schießen Sie mal los!"

„Na, nicht so schnell mit den jungen Pferden." Sie lachte.

Die Stimme am Telefon klang ungehalten. „Ach, jetzt machen Sie doch nicht schon wieder irgendwelche Spielchen. Was ist?"

„Zuerst eine Frage an Sie: Der harte, flache Gegenstand, mit dem der Bademeister erschlagen wurde, könnte das eine Gartenschaufel gewesen sein?"

„Wie kommen Sie darauf?"

„Nur so ein Gedanke."

„Ja, in diese Richtung ermitteln wir auch schon."

„Es war doch eine Gruppe vom Grünflächenamt vor Ort, die dann später auch die Leiche gefunden hat. Haben Sie deren Geräte überprüft?"

„Natürlich haben wir das."

„Und?"

„Nichts und. Wenn wir etwas gefunden hätten, wären wir ein dickes Stück weiter. Nach dem ungefähren Todeszeitpunkt, der ermittelt werden konnte, ist auch nicht sicher, ob die Gärtner zu der Zeit überhaupt schon am Ort waren."

„Was bedeutet dies denn jetzt?"

„Es gibt keine eindeutigen Spuren an der Leiche, die konkret auf eine Schaufel hinweisen. Es könnten also

160

auch viele andere flache und harte Dinge benutzt worden sein. Wir stehen praktisch wieder am Anfang."

„Die Tatperson hätte die Schaufel aber auch einfach reinigen können."

„Ja, sicher. Die Schaufeln der Gartenarbeiter wurden alle nach der Arbeit abgespritzt. Dabei wären kleinere Spuren sicher auch entfernt worden. Und das Grünflächenamt sagt, dass nichts fehlt."

„Mist. Also eine Sackgasse, oder?"

„Sieht so aus. Es sei denn, Sie haben noch weitere Erkenntnisse gewonnen."

Frau Appeldorn dachte nach, was Sie ihm mitteilen wollte.

„Was ist jetzt?", klang es ungeduldig aus dem Telefon.

„Ist ja schon gut. Gab es in letzter Zeit Meldungen, dass hier bei uns ein Spanner sein Unwesen treibt und junge Mädchen oder Jungen unangemessen beobachtet oder gar fotografiert?"

Der Kommissar antwortete nicht sofort, und Frau Appeldorn stellte sich vor, wie er gerade das Gesicht verzog. So, wie er es immer tat, wenn er nachdachte und nach den passenden Worten suchte.

„Mir ist nichts bekannt", sagte er schließlich.

„Könnten Sie sich bei den Kolleginnen und Kollegen umhören?"

„Hat das etwas mit dem Mord am Bademeister zu tun?"

„Vielleicht."

„Jetzt lassen Sie sich doch nicht alles aus der Nase ziehen. Raus damit!"

„Mal anders gefragt: Haben Sie in Ihren Ermittlungen festgestellt, warum das Opfer überhaupt dort an der Wiese hinter dem Schwimmbad gewesen ist?"

„Man hat uns gesagt, dass er dort regelmäßig einen Rundgang gemacht hat. Wissen Sie mehr?" Bevor Frau Appeldorn antworten konnte, meldete er sich aber wieder zu Wort. „Moment mal! Meinen Sie, dass er dort einen Spanner gesucht hat?"

„Sie sind nicht umsonst Oberkommissar." Frau Appeldorn grinste vor sich hin. „Es gibt Hinweise darauf. Aber bisher sind diese noch nicht definitiv bestätigt. Daher meine Frage an Sie."

„Ich werde dem sofort nachgehen. Ist Ihre Theorie, dass das Opfer dort auf diesen Spanner getroffen ist und dieser ihn dann erschlagen hat?"

„Könnte doch sein."

„Ja, klar. Könnte so sein. Danke für den Hinweis. Schließlich ist es ja nicht selbstverständlich, dass Sie mir die Wahrheit sagen."

Frau Appeldorn starrte auf das Telefon und nahm es dann wieder ans Ohr. „Was wollen Sie denn damit sagen? Ich lüge doch nicht." Sie hoffte, dass die Empörung bei ihm ankam.

„Lügen vielleicht nicht. Aber Sie verraten mir auch nicht alles."

Sie wollte zu einer Erwiderung ansetzen, aber er kam ihr zuvor. „Überlegen Sie sich gut, was Sie jetzt sagen. Wir haben nämlich zwischenzeitlich von dem Streit zwischen dem Opfer und Ihrer Trainerin erfahren. Ich weiß, dass Sie dies verheimlicht haben."

„Also …", setzte sie an.

„Ja, ja", fiel er ihr wieder ins Wort. „Ich hoffe, wir sind uns einig, dass dies das letzte Mal war und Sie von nun an offen und ehrlich zu mir sind."

„Ja, ist gut", brummte sie. „Haben Sie Janina vernommen?"

„Haben wir."

„Und?"

„Sie meinen, ob wir sie verdächtigen?"

„Ja, natürlich. Kommen Sie schon!"

„Vom Haken ist sie nicht, falls Sie das meinen. Wissen Sie denn noch etwas?" Er ließ die Frage in der Luft schweben, und Frau Appeldorn rang mit sich. Wenn herauskäme, dass Sie ihm erneut eine wichtige Information verschwiegen hatte, würde dies womöglich zum endgültigen Bruch führen. Das galt es zu vermeiden. Aber natürlich war ihr ganzes Bestreben, die Trainerin zu entlasten, und nicht, sie tiefer ins Schlamassel zu reiten.

„Sie wissen noch etwas, oder?", fragte der Kommissar nach.

Sie musste es tun. Die Indizien würden sich später sicher alle in Luft auflösen. „Ja, es gibt da etwas, was wir herausgefunden haben", stammelte sie.

„Und was?"

„Die Trainerin war wohl um den Tatzeitpunkt in der Bäckerei gegenüber des Tatorts."

„Wann wollten Sie mir das denn sagen?" Er lachte ins Telefon. „Ach, lassen wir das! Aber danke, dass Sie nun ehrlich sind."

„Hm." Mehr konnte sie nicht antworten und benötigte einen Moment, bevor sie eine Frage anschließen konnte. „Geben Sie mir Bescheid, wenn Sie mehr in Erfahrung bringen?"

Wieder lachte er auf. „Ich werde sehen."

„Jetzt stellen Sie sich nicht so an", schimpfte sie.

„Ja, ja, ist schon gut. Ich melde mich." Dann beendete er das Gespräch, und Frau Appeldorn legte das Telefon auf den Schreibtisch. Sie lehnte sich zurück in den Stuhl. Was könnte sie jetzt noch tun? Janina war eindeutig in den Fokus der Polizei geraten. Genau das war geschehen, was sie eigentlich verhindern wollte. Das Gefühl, in einer Sackgasse festzustecken, wurmte sie. Dann kam ihr ein Gedanke, und sie griff wieder zum Telefon

„Hatice Dammer", meldete sich die Citymanagerin am Telefon, nachdem Frau Appeldorn ihre Telefonnummer auf der Webseite der Stadt ermittelt und dann gewählt hatte.

„Hallo, hier ist Mareike Appeldorn. Entschuldigen Sie, dass ich Sie überfalle, Frau Dammer, aber ich habe da nochmal eine Bitte."

„Was kann ich denn für Sie tun?"

„Nun, dank Ihrer Hilfe haben Ihr Vater und ich mit der Mitarbeiterin des Grünflächenamtes, Frau Schreiber, sprechen können. Nur habe ich dummerweise vergessen, mir ihre Kontaktdaten für Nachfragen geben zu lassen. Meinen Sie, dass Sie Ihre Kollegin noch einmal danach fragen könnten?"

„Frau Appeldorn, Sie bringen mich in Teufels Küche. Das sind persönliche Daten, die ich nicht einfach herausgeben darf."

„Das verstehe ich." Sie überlegte, wie sie Frau Schreiber anderweitig wieder kontaktieren könnte. Dann kam ihr ein Gedanke. „Dann machen wir es doch andersherum. Könnten Sie Ihre Kollegin fragen, ob sie Frau Schreiber meine Daten zukommen lassen und sie bitten kann, mich einmal kurz anzurufen?"

„Ja, das lässt sich bestimmt machen."

„Prima." Frau Appeldorn gab ihre Telefonnummer durch. Dann verabschiedeten sie sich.

Sie sah auf die Uhr, und ihr wurde bewusst, dass sie sich für das Treffen des Kulturvereins fertigmachen musste. Hoffentlich meldete sich die Gärtnerin bald.

„Er ist schon in der Stadt?" Ute sah sie verwundert an.

„Und du sagst uns nichts davon?", schloss sich Elisabeth an, als sie alle rund um ihren Wohnzimmertisch Platz genommen hatten.

„Es gab irgendwie keine Gelegenheit dazu", versuchte Frau Appeldorn sich zu entschuldigen. Die Gastgeberin hielt ihr Smartphone hoch. „Es gibt WhatsApp."

„Du weißt doch, dass ich mich damit schwer tue."

Ute schaltete sich wieder ein. „Dann erzähle nun wenigstens: Wie ist er denn so?"

Frau Appeldorn zuckte mit den Schultern. „Schwer zu sagen. Auf jeden Fall anders, als ich ihn mir vorgestellt hatte."

„Was soll das denn heißen?" Elisabeth saß gespannt auf der Sesselkante und beugte sich vor.

„Na, bei einem achtzigjährigen Schriftsteller habe ich mir einen behäbigen alten Mann vorgestellt."

„Und Meister ist das nicht?"

„Kann man so sagen."

Elisabeth schlug mit der Hand auf den Tisch. „Nun sag doch schon! Wie ist er denn nun?"

Frau Appeldorn versuchte, die richtigen Worte zu finden, um Friedrich Meister zu beschreiben. „Er ist sportlich, körperlich überraschend fit, fast drahtig. Eigentlich das völlige Gegenteil von meiner Vorstellung."

Die Frauen sahen sich an. „Und was macht er hier?", fragte Ute.

„Herr Büyüktürk hat ihm von dem Mord an dem Bademeister erzählt und dass wir in dem Fall ermitteln. Da wollte er uns unbedingt begleiten, um daraus einen Kriminalroman zu machen."

Elisabeths Augen waren weit geöffnet. „Was? Er schreibt ein Buch über dich?"

„Nein, nein", winkte Frau Appeldorn ab. „Nicht über mich. Er lässt sich von dem Fall inspirieren. So habe ich es verstanden."

„Unsere Mareike kommt im nächsten Buch von Friedrich Meister vor." Ute schüttelte ungläubig den Kopf.

„Nein, ich sagte doch ..."

Elisabeth unterbrach sie. „Doch, so ist es. Wie toll."

Frau Appeldorn gab den Widerstand auf und ließ sich tiefer in das Sofa sinken. „Wenn ihr meint."

„Kaffee?" Elisabeth hielt die Kanne hoch, und alle nickten.

„Habt ihr denn schon herausgefunden, wer den lieben Fabian umgebracht hat?", fragte sie, als sie einschenkte.

Frau Appeldorn gab ihr mit einem Handzeichen zu verstehen, dass die Tasse voll war. „Nein, leider nicht. Es gibt verschiedene Hinweise, denen wir nachgehen." Sie rührte Zucker in ihren Kaffee. „Sagt mal, habt ihr irgendwas gehört, dass es in der Stadt einen Spanner geben könnte?"

„Wie meinst du das?" Ute nahm ihre Tasse und trank einen Schluck.

„Wir haben einen Hinweis, dass womöglich ein Spanner am Schwimmbad die Mädchen und Jungen beobachtet und vielleicht sogar fotografiert haben soll."

Elisabeth stockte in ihrer Bewegung und ließ die Kaffeekanne über den Tisch schweben. „Echt? So ein Perversling hier bei uns?"

„Wie gesagt, bis jetzt gibt es nur einen Hinweis und keine Bestätigung. Wenn ihr also irgendetwas gehört habt, was darauf hinweisen könnte, dass da etwas dran ist, dann wäre das hilfreich."

Elisabeth setzte die Kanne ab und ließ sich dann in den Sessel fallen. „So ein Schwein", stöhnte sie.

Ute verzog das Gesicht.

„Weißt du was?", fragte Frau Appeldorn.

„Ich bin mir nicht sicher, aber ich meine, da wäre vor einem oder zwei Jahren mal etwas gewesen. Erinnert ihr euch nicht? Stand damals in der Zeitung. An dem Kinderspielplatz im Park soll mal ein Mann gesehen worden sein, der die Kinder beobachtete und fotografierte. Man sollte sich melden, wenn man Hinweise hatte."

„Ja, ich erinnere mich", warf Elisabeth ein. „Danach hat man aber nichts mehr davon gehört, soweit ich weiß. Meinst du, das könnte derselbe Kerl gewesen sein?"

Frau Appeldorn zuckte mit den Schultern. „Kann ich nicht sagen, aber möglich wäre es."

„Moment mal", rief Elisabeth aus, sprang auf und erschien wenige Minuten später wieder mit einem Laptop in der Hand. „Hier ist der Artikel von damals. Kann man auf der Seite der Zeitung noch finden." Sie drehte den Bildschirm so zu ihnen, dass sie ihn einsehen konnten.

„War erst letztes Jahr", konstatierte sie und las dann aus dem Artikel.

„Viel steht ja nicht darin", stellte Frau Appeldorn fest, nachdem die Freundin geendet hatte. „Gibt es noch andere Artikel zu dem Thema?"

Elisabeth tippte auf dem Gerät und schüttelte dann den Kopf. „Ich kann nichts entdecken."

„Okay, druckst du mir den Artikel aus?"

„Ich kann dir den Link schicken."

Frau Appeldorn schürzte die Lippen. „Drucken wäre mir lieber."

Elisabeth verdrehte die Augen. „Ich gucke mal, ob ich noch Tinte im Drucker habe." Dann stand sie auf und verließ das Wohnzimmer.

„Könnte also etwas dran sein an der Spannertheorie", stellte Ute fest.

„Aber wir wissen es immer noch nicht."

Elisabeth kam zurück und hielt ihr zwei Blätter hin. „Tut mir leid, dass es so blass geworden ist. Die schwarze Tinte ist ziemlich leer."

Frau Appeldorn nahm die Blätter entgegen und betrachtete sie. „Ist alles zu erkennen." Dann faltete sie die Seiten und steckte sie in die Handtasche.

„Morgen ist die Beerdigung", warf Ute ein.

„Von wem?", fragte Elisabeth, während sie sich setzte.

Ute verdrehte die Augen. „Na, von wem schon? Vom Bademeister natürlich."

„Oh, natürlich. Wolltest du dahin gehen?" Sie sah zu Frau Appeldorn.

„Darüber habe ich noch gar nicht nachgedacht. Sollte ich?"

„Wir haben morgen wieder Aqua-Fit", merkte Ute an.

Elisabeth zog die Stirn in Falten. „Findet das überhaupt statt?"

„Ich habe nichts Gegenteiliges gehört", ließ Frau Appeldorn wissen. „Aber ich denke, ich sollte zur Beerdigung gehen. Kommt ihr mit?"

Die Freundinnen sahen sich an und nickten dann beide.

„Gut, dann wäre das geklärt. Nun lasst uns mal prüfen, was wir für die Lesung noch vorbereiten müssen."

Frau Appeldorn saß am Frühstückstisch, als sich ihr Handy im Arbeitszimmer bemerkbar machte. Sie erhob sich und ging nach nebenan. Die angezeigte Nummer kam ihr nicht bekannt vor und schien auch nicht unter ihren Kontakten zu finden zu sein. Sie tippte auf den grünen Hörer und meldete sich.

„Guten Morgen, Frau Appeldorn", meldete sich eine weibliche Stimme. „Ich bin Sandra Schreiber. Wir haben uns letztens gesprochen und Sie haben um Rückruf gebeten."

„Oh, Frau Schreiber. Vielen Dank, dass Sie anrufen."

„Geht es immer noch um den toten Bademeister?"

„Ja, darum geht es. Es sind noch Fragen aufgekommen, und ich hoffe, Sie können mir vielleicht weiterhelfen."

„Ich kann es versuchen."

„Danke." Sie formulierte die Frage im Kopf genau vor. „Sie sagten, als Sie das Opfer gefunden haben, lag da keine Schaufel oder irgendetwas anderes bei ihm, richtig?"

„Ja, nicht, dass ich wüsste. Warum fragen Sie?"

„Nun, die Polizei sagt, der Bademeister sei mit einem harten und flachen Gegenstand erschlagen worden. Sie selbst haben zuletzt vermutet, dass es eine Schaufel gewesen sein könnte. Wenn Ihre Vermutung stimmt, habe ich mich gefragt, wieso mit einer Schaufel? Woher hatte die Tatperson diese? Kann es sein, dass Gerätschaften von Ihnen längere Zeit unbeobachtet dort lagen?"

„Nein, wir lassen unser Werkzeug nicht einfach herumliegen." Der Unmut über diese Vermutung war deutlich zu hören.

„Natürlich nicht. Wo bewahren Sie denn Ihre Geräte auf, wenn Sie an einem solchen Ort arbeiten?"

„Wenn wir sie nicht aktuell benötigen, lagern wir sie auf unserem Pritschenwagen."

„Sind sie da immer eingeschlossen?"

Es war zu spüren, dass die Gefragte nachdachte. „Nein. Es ist ein offener Pritschenwagen."

„Dies bedeutet, es wäre möglich, dass sich jemand eine Schaufel heruntergenommen und damit den Bademeister erschlagen hat."

„Rein theoretisch wäre es wahrscheinlich möglich. Die Polizei hat aber doch alles untersucht und nichts gefunden, soweit ich weiß."

„Ja, das stimmt."

„Das würde ja auch bedeuten, dass der Mord geschehen ist, während wir vor Ort waren. Das wäre uns doch aufgefallen."

Diese Schlussfolgerung war überzeugend. „Ja, da haben Sie recht", stimmte Frau Appeldorn daher zu. „Ich nehme mal an, dass Sie festgestellt hätten, wenn eine Schaufel fehlen würde."

„Ja, natürlich. Jeder achtet auf seine Geräte."

„Es würde also auch bemerkt werden, wenn jemand seine Schaufel austauscht?"

„Ja, ich denke schon. Was wollen Sie damit andeuten?"

„Gar nichts. Wirklich nicht. Ich versuche nur die Dinge zu verstehen. Wie lange waren Sie denn schon dort, bevor sie den Toten gefunden haben?"

„Vielleicht zwei Stunden", schätzte die Gärtnerin.

„Danke, Frau Schreiber. Sie haben mir sehr geholfen. Darf ich Sie noch einmal anrufen, wenn sich noch Fragen ergeben?"

„Wenn es sein muss", murrte die Angesprochene. „Ich muss jetzt auch wieder los."

„Ja, natürlich", beeilte sich Frau Appeldorn zu beschwichtigen. „Danke, dass Sie sich die Zeit genommen haben." Doch bevor sie den Satz beendet hatte, war das Gespräch beendet. Sie speicherte die Nummer und drehte das Telefon in ihrer Hand hin und her, während sie über das gerade Gehörte nachdachte. Die Tatperson könnte sich also die Schaufel vom Pritschenwagen des Gartenteams genommen und sie nachher wieder zurückgelegt haben. Und das, ohne dabei gesehen zu werden. Doch warum hatte dann die Polizei keine Spuren gefunden? Es musste zwar so gewesen sein, aber es passte dennoch nicht zusammen. Nur konnte sie nicht sagen, wo sie einen Denkfehler machte.

XI

„Schicker Hut", raunte Elisabeth ihr zu, als der Tross der Trauergäste dem Sarg aus der Friedhofskapelle folgte.

„Mein roter Hut erschien mir für eine Beerdigung nicht angemessen, daher habe ich heute das dunkelgraue Exemplar gewählt", erläuterte Frau Appeldorn.

„Ich habe dich da drinnen vermisst."

„Ich dachte, ich halte mich besser im Hintergrund."

„Da bist du ja." Ute gesellte sich zu ihnen. „Ich hatte schon befürchtet, dass du uns versetzt hast."

Frau Appeldorn sandte den Freundinnen einen Blick, der Unverständnis darüber ausdrücken sollte, dass sie ihr Unzuverlässigkeit zutrauten.

„Schon klar." Ute bestätigte, dass die Botschaft angekommen war, und grinste.

Die letzten Personen der Trauergemeinde kamen an ihnen vorbei, und sie schlossen sich dem Marsch an.

„Der Ehemann hat eine sehr bewegende Rede gehalten", flüsterte Elisabeth, während sie darauf achtete, nicht mit den Absätzen in der Friedhofswiese einzusinken.

„Janina ist nicht da, oder?" Frau Appeldorn blickte sich suchend um.

„Nein, habe ich nicht gesehen." Ute schüttelte den Kopf.

Die Menschen gruppierten sich um ein ausgehobenes Grab, und die Sargträger hängten den Sarg in eine Vorrichtung darüber.

„Sind das seine Eltern?" Frau Appeldorn wies mit dem Kinn auf ein älteres Paar, das neben Thorben Michels stand.

Elisabeth nickte. „Ist sonst noch wer hier, den wir kennen?"

Frau Appeldorn stupste sie an. „Da hinten steht die Kollegin von Fabian." Sie musterte die weiteren Personen. „Dort stehen die Kollegen vom Ehemann. Ich habe einige von ihnen schon mal beim Fußball gesehen. Sonst erkenne ich aber niemanden mehr", stellte sie fest.

„Frau Appeldorn. Wieso überrascht es mich nicht, Sie hier anzutreffen", erklang eine männliche Stimme hinter ihnen, und alle drehten sich abrupt um.

„Ach, Herr Kommissar", begrüßte ihn Frau Appeldorn. „Ich dagegen hatte Sie hier schon vermisst."

Er lachte auf und erntete einen missmutigen Blick einer Dame, die weiter rechts stand. Er entschuldigte sich mit einem Nicken in ihre Richtung.

„Und? Hat hier jemand Ihr besonderes Interesse?" Frau Appeldorn grinste ihn an.

„Wenn das so wäre, würde ich es Ihnen nicht sagen."

Der Pfarrer beendete sein Gebet, und der Sarg wurde hinabgelassen. Die ersten Trauergäste gingen einzeln zum Grab, warfen eine Rose oder etwas Erde in die

Grube, verharrten kurz und zogen dann an den Eltern und dem Ehemann vorbei.

Frau Appeldorn überlegte, ob sie sich wieder entfernen sollte, aber entschied sich dann, dem Opfer die letzte Ehre zu erweisen.

Nachdem sie ebenfalls kurz am Grab innegehalten hatte, sprach sie den Eltern ihr Beileid aus. Der Ehemann funkelte sie an, als sie bei ihm angelangte. „Was fällt Ihnen ein, hier aufzutauchen?", presste er zwischen den Zähnen hervor.

„Ich wollte Ihrem Mann nur die letzte Ehre erweisen." Sie nickte ihm kurz zu und beeilte sich dann, zu den Freundinnen zu gelangen.

„Was wollte er von dir?", raunte Ute ihr zu.

„Ach, nichts", winkte sie ab. Sie sah sich um. „Der Kommissar hat sich verdünnisiert?"

Die Freundinnen nickten.

Die letzten Gäste hatten ihr Beileid ausgesprochen, und die Gesellschaft löste sich auf. Der Ehemann und die Eltern wandten sich zum Gehen, als die Mutter ausscherte und auf sie zukam.

„Entschuldigen Sie. Ich habe mitbekommen, was mein Schwiegersohn zu Ihnen gesagt hat. Sie müssen ihm verzeihen. Es ist eine schwere Zeit für uns alle."

„Selbstverständlich. Das verstehe ich völlig. Machen Sie sich keine Sorgen."

Die Mutter lächelte schwach. „Ich habe erfahren, dass Sie versuchen, denjenigen zu finden, der meinem Jungen dies angetan hat."

Frau Appeldorn nickte vorsichtig.

„Würden Sie wohl so nett sein und uns Bescheid geben, wenn Sie etwas herausfinden? Wissen Sie, die Polizei hüllt sich in Schweigen, und wir müssen einfach wissen, wie so etwas geschehen konnte."

„Aber natürlich. Das mache ich gerne", beeilte sich Frau Appeldorn, den Wunsch zu bestätigen. „Hat Ihr Sohn Ihnen etwas über seine Arbeit erzählt? Hatte er Probleme?"

„Er hat seine Arbeit geliebt. Er sagte immer, dort würde er die ganz normalen Menschen kennenlernen. Sie wissen, dass er Anwalt hätte sein können?"

Frau Appeldorn nickte.

Die Mutter fuhr fort: „Aber im Studium und im Referendariat hat er gemerkt, dass ihm die Klientel, mit der er dann sein Leben lang zu tun gehabt hätte, einfach nicht lag. Wir haben es zwar bedauert, dass er stattdessen den viel schlechter bezahlten Job als Bademeister gewählt hat, aber wenn es unseren Jungen glücklich machte, dann sollte es uns recht sein."

„Und er war glücklich?"

„Ich glaube schon. Obwohl er zuletzt erzählte, dass es irgendwelche Schwierigkeiten gegeben haben soll. Was es genau war, hat er nicht gesagt. Aber es schien ihn zu belasten. Er meinte, er müsse etwas dagegen tun."

„Mutter, kommst du?", war Thorben Michels zu vernehmen.

„Ich muss los", entschuldigte sie sich. „Sie melden sich, ja?"

„Mache ich", bestätigte Frau Appeldorn, bevor die Mutter sich umdrehte und zu den anderen ging.

„Ich mag mir nicht vorstellen, wie schwer es sein muss, sein einziges Kind zu verlieren." Ute sah der Mutter nach und beobachtete mit den anderen, wie Thorben Michels sie ausfragte.

„Bei dem hast du dir aber keinen Freund gemacht", stellte Elisabeth fest.

„Ich frage mich die ganze Zeit, wie das bei den beiden funktioniert hat. So, wie ich Fabian Hochmüller erlebt habe, und nach allem, was man mir über ihn erzählt hat, scheint er wirklich ein netter, ehrlicher und bodenständiger Kerl gewesen zu sein. Das passt so gar nicht zu dem arroganten Bankschnösel dort."

„Gegensätze ziehen sich an", konstatierte Ute trocken.

„Aber es hat gekriselt zwischen ihnen. Das steht fest." Frau Appeldorn sah ihnen nach, als die Familie um die Ecke verschwand. „Hoffentlich muss ich nicht irgendwann der Mutter erzählen, dass der Schwiegersohn etwas mit dem Tod ihres Kindes zu tun hat."

„Hat die Mutter nicht gerade erzählt, dass Fabian Probleme im Job hatte?" Elisabeth sah in die Runde.

„Stimmt. Gut gemerkt", lobte Frau Appeldorn.

„Könnte doch mit dem Spanner zusammenhängen", ergänzte Ute.

„Könnte sein. Nur ist seine Existenz nicht bestätigt, und die Mordwaffe ist auch noch nicht gefunden."

„Dann wird es Zeit, dass du beide Dinge erledigst."

Frau Appeldorn sah Ute verblüfft an. „Jawohl. Ich werde mich bemühen." Alle lachten auf und ernteten wieder ungehaltene Blicke.

Nachdem sie den Friedhof verlassen hatten, verabschiedete sich Frau Appeldorn von den Freundinnen und ging zu ihrem Auto. Gerade als sie einsteigen wollte, hörte sie jemanden ihren Namen rufen.

„Mareike, einen Moment bitte."

Sie drehte sich um. „Janina? Du bist doch hier? War heute kein Aqua-Fit?"

„Nein, habe ich abgesagt, weil ich mich von Fabian verabschieden wollte. Aber ich habe mich im Hintergrund gehalten."

„Wie geht es dir?"

„Nicht so gut. Deshalb ist es schön, dass ich dich hier treffe. Ich wollte mich bei dir entschuldigen."

„Wofür?"

„Dass ich so unhöflich zu dir war, als du zu mir gekommen bist. Jetzt weiß ich, dass du mir einfach nur helfen wolltest. Es tut mir sehr leid."

Frau Appeldorn winkte ab. „Ach, mach dir keine Sorgen. Es ist alles vergeben und vergessen. Die Polizei hat dich befragt, oder?"

Sie nickte. „Ja, genau, wie du es vermutet hattest."

„Ich befürchte, dass sie dich jetzt noch einmal befragen werden."

„Warum das?" Sie hatte die Augen erschrocken geweitet.

„Weil sich herausgestellt hat, dass du um den Tatzeitpunkt in der Nähe des Tatorts warst."

Janina sah sie verwundert an. „Nein, wie kommen die denn darauf?"

„Warst du nicht an dem Tag in der Bäckerei?"

Die Trainerin griff sich mit der Hand an die Wange und dachte nach. „Da gehe ich öfter hin", murmelte sie.

„An dem Tag warst du später dran als normal, und du warst ziemlich aufgewühlt, wie es heißt."

Die Angesprochene verzog das Gesicht. „Ja, kann schon sein."

„Durch den Streit, den du mit dem Bademeister hattest, hast du ein Motiv. Da du in der Nähe des Tatorts warst, hattest du auch die Gelegenheit. Damit stehst du ganz klar auf der Liste der möglichen Verdächtigen."

„O Gott", stöhnte sie und schlug die Hände vor das Gesicht.

Frau Appeldorn berührte sanft ihren Arm. „Ich glaube nicht, dass du es getan hast. Wir werden die wahre Tatperson finden."

„Ich hoffe es", seufzte die Trainerin.

„Du kannst mir vielleicht helfen. Als du an dem Tag in der Bäckerei gewesen bist: Ist dir da irgendetwas aufgefallen?"

Sie schüttelte den Kopf. „Nein, nichts."

„Wenn du ungefähr zu der Zeit dort warst, als die Tat geschehen ist, müsstest du Fabian vielleicht gesehen haben."

„Nein, daran würde ich mich erinnern."

„Hast du sonst wen gesehen?"

„Ich weiß es nicht." Tränen drangen aus ihren Augen. „Ich weiß es wirklich nicht."

„Beruhige dich, liebe Janina." Frau Appeldorn tätschelte ihre Schulter. „Ganz ruhig. Denke einfach an diesen Nachmittag. Du warst wütend auf Fabian und hattest es bis dahin nicht geschafft, dir ein Brötchen zu holen, wie du es sonst immer tust. Du hast das Bad verlassen und bist zu dem Bäcker um die Ecke gegangen. Stimmt das soweit?"

Sie nickte.

„War da niemand auf der Straße?"

Sie zuckte mit den Schultern. „Doch, sicher. Da fuhren ein paar Autos. Aber niemand, den ich kennen würde."

„Woran kannst du dich sonst erinnern? Waren vielleicht Gartenarbeiter bei der Arbeit zu sehen?"

Janina hob den Kopf und sah sie an. „Ja, doch. Stimmt, da waren welche, glaube ich."

„Kannst du dich erinnern, ob du den Pritschenwagen vom Grünflächenamt gesehen hast?"

Sie nickte heftig. „Ja, ja, den habe ich gesehen."

„War jemand an diesem Wagen?"

Sie zog die Stirn in Falten. „Ich weiß nicht."

„Macht nichts. Lasse es einfach etwas sacken, und wenn dir doch noch etwas einfällt, sagst du mir Bescheid."

Sie nickte wieder. „Danke, dass du mir hilfst." Sie machte einen Schritt auf Frau Appeldorn zu und umarmte sie.

„Äh, ja, kein Problem. Mache ich doch gerne", stammelte diese und überlegte, wie sie die Geste erwidern sollte. Dann löste sich Janina aber schon wieder von ihr.

„Bitte, finde den, der das getan hat."

Frau Appeldorn nickte. „Das werde ich."

„Wo waren Sie?" Herr Büyüktürk kam aus seinem Haus, als sie den Wagen abstellte.

„Ich war auf der Beerdigung von Fabian Hochmüller."

„Warum haben Sie denn nichts gesagt? Ich hätte Sie begleitet." Aus seinem Gesicht sprach Enttäuschung.

„Oh, es tut mir leid. Es war eine spontane Entscheidung, und ich wollte Sie nicht stören."

Er zog den Mundwinkel nach oben. „Seit wann nehmen Sie denn Rücksicht auf mich?" Er grinste.

„Schon gut. Wird nicht wieder geschehen." Sie musste ebenfalls lachen. „Was macht denn unser Herr Schriftsteller?"

Der Gesichtsausdruck vom Nachbarn änderte sich schlagartig und zeigte Besorgnis. „Ich weiß es nicht. Ich habe mehrfach versucht, ihn zu erreichen, aber er geht nicht ans Telefon."

„Waren Sie denn mal in seinem Hotel?"

„Nein, bisher nicht. Wäre das nicht zu aufdringlich?"

„Eine einfache Nachfrage nach seinem Befinden sollte möglich sein." Sie betrachtete den Wagenschlüssel in ihrer Hand. „Was meinen Sie? Sollen wir einfach mal dort vorbeischauen?"

„Jetzt?" Seine Augen weiteten sich.

„Ja, warum nicht?"

„In Ordnung. Ich ziehe eben andere Schuhe an." Er verschwand in seinem Haus, und Frau Appeldorn stieg wieder in ihr Auto.

Es dauerte nicht lange, und der Nachbar kletterte auf den Beifahrersitz.

Als sie auf die Hauptstraße einbogen, meldete sich Herr Büyüktürk wieder zu Wort. „Haben Sie denn neue Erkenntnisse zum Tod vom Bademeister gewonnen?"

„Nichts Grundlegendes. Die Mutter des Toten hat mich noch beiseite genommen und mich gebeten, ihr unsere Erkenntnisse zu berichten, und ich habe noch etwas nachgeforscht, was es mit der vermeintlichen Tatwaffe auf sich haben könnte."

„Was meinen Sie?"

„Es soll sich laut dem Kommissar um eine flache, harte Tatwaffe handeln. Beim Gespräch mit der Gärtnerin haben wir vermutet, dass es sich um eine Schaufel oder etwas Ähnliches handeln könnte. Nun habe ich mich gefragt, wie die Tatperson an eine solche Waffe gekommen sein könnte. Und wo ist sie hin?"

„Es liegt nahe, dass die Waffe von den Gartenarbeitern stammt."

Sie nickte, während sie den Wagen nach links in eine Seitenstraße lenkte. „Ja, das stimmt. Aber hätte dann das Gartenteam nicht etwas bemerken müssen? Die Tat müsste dann auch geschehen sein, während die Gartenarbeiter dort waren. Sie haben aber nichts davon mitbekommen, wie sie sagen. Und es fehlt keines ihrer Geräte. Theoretisch hätte sich aber jemand die Tatwaffe vom offenen Pritschenwagen nehmen, den Bademeister erschlagen und sie dann wieder zurücklegen können. Doch in dem Fall hätte doch jemand etwas sehen oder hören müssen. Und warum sollte jemand dies ausgerechnet dort tun? Er hätte schließlich wissen müssen, dass der Bademeister gerade an diesem Ort ist. Es ergibt alles überhaupt keinen Sinn." Sie suchte den Straßenrand nach einer Parkmöglichkeit ab.

„Hm", ließ Herr Büyüktürk vernehmen. „Es sei denn …"

Sie setzte den Blinker, um rückwärts in eine Lücke zu rangieren. „Was meinen Sie?"

Er drehte sich zu ihr, während sie im Seitenspiegel kontrollierte, wann sie das Lenkrad einschlagen musste. „Es sei denn …", wiederholte er. „Vielleicht gibt es noch weitere Personen, die wir bisher gar nicht im Blick haben."

Sie kurbelte am Lenkrad und nahm zufrieden wahr, dass der Wagen perfekt in der Lücke stand. Sie drückte auf den Ausschalter. „Aber wer soll das sein? Wir haben überhaupt keine Hinweise darauf. Käme höchstens noch jemand rund um das Gartenbauteam infrage, aber die Teamleiterin Frau Schreiber kam mir nicht vor wie jemand, der etwas zu verbergen hat."

Er nickte. „Stimmt. War auch nur so ein Gedanke."

Sie stiegen aus, und Herr Büyüktürk ging voraus zu dem kleinen Hotel, dessen Eingang zwischen einem Friseursalon und einem Handyshop kaum bemerkbar war. Er hielt ihr die Tür auf, und sie schritt hinein. Sie kamen in einen schmalen Eingangsbereich, an dessen rechter Seite eine winzige Rezeption untergebracht war. Personal war keines zu sehen, und so schlug Herr Büyüktürk beherzt auf die Glocke, die dort stand. Ein lautes Klingeln schallte durch den Raum, und sie warteten, ob sich etwas tat. Als nach gefühlten Minuten immer noch niemand zu sehen war, ließ der Nachbar seine Hand erneut herabsausen. Dieses Mal haute er mit mehr Kraft auf das golden glänzende Instrument.

Nun war Bewegung wahrzunehmen, und eine Frau kam eine Treppe hinunter, die am Ende des Eingangsbereichs nach oben führte. Sie hielt einen Putzlappen in der Hand und wirkte gestresst. Mit einer Hand wischte sie sich eine Haarsträhne aus dem Gesicht.

„Entschuldigen Sie", keuchte sie und trat hinter den Schalter. „Was kann ich für Sie tun?"

„Wir möchten zu Herrn Meister. Könnten Sie uns die Zimmernummer nennen."

Die Frau schüttelte den Kopf. „Das kann ich natürlich nicht. Aber soweit ich weiß, ist Herr Meister auf seinem Zimmer. Ich rufe ihn kurz an. Wen darf ich ihm melden?"

Frau Appeldorn nannte ihre Namen, und die Frau wählte eine Nummer. Es dauerte etwas, bis jemand abnahm. Sie hörten, wie die Rezeptionistin ihren Besuch ankündigte. Dann legte sie auf. „Herr Meister kommt herunter", teilte sie mit.

Herr Büyüktürk bedankte sich. Die Frau ließ einen kurzen Laut der Entschuldigung vernehmen und hetzte wieder die Treppe hinauf.

Es dauerte nicht lange, und der Schriftsteller erschien. „Hallo Alican", begrüßte er den Nachbarn und nickte Frau Appeldorn zu. „Gnädige Frau."

„Ist alles in Ordnung, Friedrich?", erkundigte sich der Nachbar.

„O ja. Die Inspiration sprudelt nur so." Er lächelte. „Gibt es denn neue Erkenntnisse?"

Frau Appeldorn gab dem Nachbarn mit einem kaum merklichen Kopfschütteln zu verstehen, dass er nichts sagen sollte. Herr Büyüktürk schien zu verstehen. „Nein, wir treten auf der Stelle."

„Dann ist es ja gut, dass ich hier bin." Der Schriftsteller ließ seine Brust sichtbar anschwellen. „Mir ist nämlich ein Gedanke gekommen, der euch den Fall aufklären könnte."

„Ach ja?" Frau Appeldorn konnte nicht verhindern, dass in ihrem Tonfall deutliche Zweifel mitschwangen.

„Ja, absolut", erwiderte Friedrich Meister. „Warum so skeptisch, liebe Frau Appeldorn?"

Sie rümpfte die Nase. „Woran denken Sie denn?"

Er lächelte triumphierend. „Was ist", begann er und musterte seine Zuhörer, um zu überprüfen, ob sie ihm auch aufmerksam lauschten. „Was ist, wenn der Mörder einer von den Gartenarbeitern war?" Seinem Gesicht war anzusehen, dass er mit überschwänglichen Lobeshymnen rechnete.

„Darauf waren wir auch schon gekommen", ließ Frau Appeldorn möglichst emotionslos vernehmen. Das Gesicht des Schriftstellers fiel in sich zusammen und zeigte, dass es ihr gelungen war, ihn von seinem hohen Ross zu schubsen.

„Warum sagen Sie dann nichts?", murrte er.

„Hätten wir sicher noch", log sie.

Er rollte mit den Augen. „Natürlich. Dann haben Sie sicher auch schon eine Idee, wie wir diesen Verdacht erhärten können?"

Frau Appeldorn überlegte, ob sie einfach irgendetwas sagen könnte, um nicht zugeben zu müssen, dass sie absolut keine Idee hatte. Aber der Nachbar meldete sich zu Wort. „Nein, lieber Friedrich, so weit waren wir noch nicht. Hast du denn einen Vorschlag?"

Das Gesicht des Schriftstellers hellte sich wieder auf. „Gut, dass du fragst, lieber Alican." Er kostete die Situation genüsslich aus. „Nun, ich habe überlegt, dass wir zuallererst mehr über die verschiedenen Gartenarbeiter erfahren müssen."

„Das ist logisch", murrte Frau Appeldorn. „Die entscheidende Frage ist doch, wie wir dies tun können. Wir kennen doch nicht einmal deren Namen, außer dem von Frau Schreiber, und die halte ich nicht für die Täterin."

„Seien Sie doch nicht so argwöhnisch, gnädige Frau." Der Schriftsteller lächelte. „Können Sie Frau Schreiber kontaktieren?"

Sie nickte.

„Gut, dann rufen Sie sie einfach an, fragen, wo sie gerade arbeitet, und dann fahren wir dorthin. Schon können wir sehen, wer in ihrer Gruppe ist."

„Das wäre ein möglicher Weg", musste sie zugeben.

„Wissen Sie einen besseren?"

„Eine sehr gute Idee, lieber Friedrich", schaltete sich Herr Büyüktürk ein. „Das können wir sicher so machen, nicht wahr?" Er sah zu Frau Appeldorn, die zögerlich nickte.

„Ja, dann gehen wir so vor."

Die Männer sahen sie auffordernd an.

„Jetzt?"

„Ja, warum nicht? Lassen Sie uns den Fall aufklären." Der Schriftsteller strahlte, und Frau Appeldorn hätte es nicht gewundert, wenn er herausfordernd die geballte Faust erhoben hätte.

Sie seufzte, holte ihr Handy hervor und klickte die Telefonnummer der Gärtnerin an. Es dauerte eine Weile, bis sie sich meldete.

Frau Appeldorn entschuldigt sich für die erneute Störung und erkundigte sich nach dem aktuellen Einsatzort ihres Teams.

„Ich würde nur gerne etwas überprüfen. Dauert auch nicht lange, versprochen."

„Wenn es sein muss", ließ die Stimme am Telefon verlauten und erklärte, wo sie aufzufinden waren.

„Na, dann los", verkündete Frau Appeldorn, als sie das Gespräch beendet hatte.

Wenige Minuten später lenkte sie den Wagen zu dem genannten Ort. Friedrich Meister hatte sich auf die Rückbank gesetzt. „Sie fahren elektrisch", stellte er fest. „Sehr fortschrittlich."

„Für die kurzen Strecken, die ich fahre, genügt die Reichweite, und ich kann dann abends in der Garage laden", erläuterte sie.

„Sie überraschen mich immer wieder, gnädige Frau", hörte sie von hinten, während sie an einer roten Ampel stehenblieb.

„Ach, das ist doch nichts", rutschte ihr heraus, und sie schimpfte innerlich mit sich, dem Reflex nicht widerstanden zu haben, ein offensichtliches Kompliment zu relativieren.

Sie erreichten den Ort, den Frau Schreiber genannt hatte, und erkannten auch gleich den Pritschenwagen mit den Gartengeräten am Straßenrand. „Halten Sie dahinter", forderte der Schriftsteller sie auf, und sie musste dagegen ankämpfen, sich jede Form der Einmischung von ihm zu verbitten. Stattdessen hielt sie den Wagen wortlos hinter dem städtischen Fahrzeug an.

Sie stiegen aus, und Frau Appeldorn suchte die Straße nach den Gartenarbeitern ab. Bevor sie etwas sagen konnte, waren die beiden Begleiter zum vor ihnen stehenden Transporter gegangen und inspizierten die Gerätschaften.

„Sehen alle gesäubert aus", stellte Herr Büyüktürk fest, bevor ein ohrenbetäubender Lärm, ähnlich dem eines startenden Düsenjägers, alles übertönte.

Sie wandten sich alle in die Richtung, aus der dieser Krach zu kommen schien.

„Dort!" Der Schriftsteller wies mit der Hand die Straße entlang. Es war eine Person mit einem Laubbläser zu erkennen. Als sie näher kamen, bemerkten sie, dass es einer der Männer aus dem Team von Frau Schreiber war. Frau Appeldorn erkannte den muskulösen Kerl und musste schmunzeln. *Der passt zu diesem Krachmacher*, schoss es ihr durch den Kopf, und sie musste schmunzeln. Weiter hinter ihm konnten sie die anderen Arbeiter und Frau Schreiber sehen. Letztere war an ihrem Pferdeschwanz eindeutig zu erkennen.

Insgesamt waren es vier Personen. So viele waren es auch, die sie in dem Imbiss bei ihrer Mittagspause angetroffen hatten.

„Der Laubbläser", murmelte Frau Appeldorn vor sich hin.

Herr Büyüktürk sah zu ihr und schrie fast: „Was?"

Sie schrak aus ihren Gedanken. „Der Laubbläser", wiederholte sie und zeigte auf den Muskelprotz mit der Quelle des Lärms.

„Was ist damit?"

„Das könnte der Grund gewesen sein, warum niemand etwas von der Tat mitbekommen hat." Sie musste die Stimme ebenfalls verstärken, um verstanden zu werden.

Friedrich Meister sah zu ihnen, und seinem Gesicht war anzusehen, dass er von ihrer Unterhaltung nichts verstanden hatte.

Frau Appeldorn winkte mit der Hand. „Später", formte sie mit ihren Lippen.

Frau Schreiber hatte sie zwischenzeitlich kommen sehen und kam auf sie zu. Sie trug Schallschutzkopfhörer und winkte dem Kollegen mit dem Laubbläser zu. Der stoppte unverzüglich seine Arbeiten. Sie zog die Kopfhörer herunter, so dass sie ihr um den Hals hingen.

„Was ist denn schon wieder?"

„Es dauert nicht lange", antwortete Frau Appeldorn. „Sagen Sie, haben Sie an dem Tag, bevor Sie den Toten gefunden haben, auch den Laubbläser eingesetzt?"

Sie sah zu dem Kollegen, der das Gerät auf den Boden abgestellt hatte, und verschränkten Armen darauf wartete, seine Arbeit fortsetzen zu können.

„Sicher, warum fragen Sie?"

„Ach, nur so. Welcher der Kollegen hat denn mit dem Gerät gearbeitet?"

Sie zeigte auf den Mann. „Karl macht das immer. Aus irgendeinem Grund liebt er dieses lärmende Ding. Ist wohl so eine Männersache." Sie schmunzelte.

„Wo waren denn zu diesem Zeitpunkt die anderen Kollegen?"

Sie runzelte die Stirn. „Das kann ich Ihnen doch jetzt nicht mehr sagen."

„Bitte denken Sie nach. Es ist sehr wichtig."

„Wieso?" Sie musterte Frau Appeldorn und dann die beiden Männer an ihrer Seite, die sie durchdringend ansahen. „Was geht hier ab?"

„Gar nichts, liebe Frau Schreiber. Wirklich nichts. Wir möchten nur genau rekonstruieren, wie es an dem Tag war."

Sie zuckte mit den Schultern. „Also, ich habe wirklich keine genaue Erinnerung daran. Andy war, glaube ich, dabei, die Blumenbeete zu wässern." Sie zeigte auf den Mann mit dem braven Haarschnitt. „Mike wollte die

Büsche beschneiden. Aber genau weiß ich es wirklich nicht mehr", fuhr sie fort.

„Danke, das hilft uns schon." Sie sah sich um. „Wo sind die beiden jetzt?"

Frau Schreiber zeigte hinter sich, wo in etwas Entfernung die beiden Arbeiter zu sehen waren.

Frau Appeldorn bedankte sich und gab den Männern das Signal, ihr zu folgen.

Frau Schreiber zog die Kopfhörer wieder hoch und nickte dem Kollegen mit dem Laubbläser zu. Sofort war der Lärm des Geräts wieder überall.

Sie gingen auf die beiden Arbeiter zu, die sich über ein Beet bückten.

„Entschuldigen Sie", meldete sich Frau Appeldorn zu Wort. Dann stellte sie fest, dass ihre Worte im Lärm des Laubbläsers untergingen. Sie machte einen weiteren Schritt in Richtung der Arbeiter und verstärkte ihre Stimme. „Entschuldigen Sie", rief sie, aber es kam keine Reaktion. Daher bückte sie sich zu Andy, dem verhinderten Banker, hinunter und tippte ihm auf die Schulter. Der Mann schreckte auf und hätte sie fast umgestoßen. Der Nachbar packte sie von hinten und gab ihr so genug Halt, damit sie sich wieder aufrichten konnte. Der Arbeiter sah sie erschrocken an.

„Oh", formten seine Lippen, ohne dass ein Laut ihre Ohren erreichte.

„Können wir kurz ein Stück weiter weg gehen?", rief ihm Frau Appeldorn zu, und Andy nickte. Dann ging er einige Schritte weiter vom Krach weg.

„Was ist denn?", fragte er, als das Geräusch leise genug war.

„Sagen Sie, wo waren Sie an dem Tag, als der tote Bademeister gefunden wurde?"

Der Mann zuckte mit den Schultern. „Bei den Beeten. Sonja und Mike haben ihn gefunden und uns dann gerufen."

„Und Ihnen ist wirklich niemand aufgefallen, der dort herumlief?"

Er schürzte die Lippen und schüttelte den Kopf. „Nö", sagte er kurz.

Frau Appeldorn sah zurück zu dem Kollegen, der weiter in dem Beet arbeitete. „Das ist Mike, oder?"

Der Kollege nickte.

„Wissen Sie, ob er jemanden gesehen hat?"

„Nö, da war keiner."

Sie sah zu ihren Begleitern, die beide die Gesichter verzogen und ihr zu verstehen gaben, dass sie sonst keine Fragen hatten.

Frau Appeldorn wandte sich wieder an den Arbeiter. „Danke. Sie haben uns sehr geholfen."

Der Mann brummte etwas und ging dann wieder zurück zu dem Blumenbeet.

„Jetzt sind wir kein bisschen schlauer", ließ Friedrich Meister verlauten. „Was machen wir denn jetzt?"

„Wenn ich das wüsste." Frau Appeldorn sah zu ihnen. „Wenn ich das nur wüsste", wiederholte sie mehr zu sich als zu den anderen.

XII

Sie schaute auf die Uhr. Jeden Moment würde es an der Haustür klingeln. Es konnte unmöglich noch lange dauern.

„Dachte ich es mir doch", bestätigte sie sich schmunzelnd, als die Türglocke erklang. Wie erwartet stand der Nachbar vor der Tür und hielt die Tageszeitung in der Hand. Sein Gesicht strahlte regelrecht. „Haben Sie es gelesen?"

„Natürlich, lieber Herr Büyüktürk. Ein sehr schöner Artikel. Kommen Sie doch herein."

Der Nachbar tat wie geheißen, und sie gingen in die Küche. Herr Büyüktürk lächelte, als er die aufgeschlagene Zeitung auf dem Küchentisch liegen sah, in der das Foto von ihm zu sehen war.

„Möchten Sie einen Kaffee?", bot sie ihm an, und er nickte, während er sich auf einen Stuhl setzte. „Was sagen Sie denn zu meinen Antworten auf die Interviewfragen?"

„Sie haben das sehr gut gemacht. Alle relevanten Informationen sind untergebracht, und man spürt deutlich Ihre Begeisterung. Wirklich sehr schön."

Sie stellte eine Tasse vor ihm hin und schenkte Kaffee ein. Dann setzte sie sich auf ihren Platz. „Das Foto ist auch gut geworden", schloss sie an.

Der Nachbar nahm einen Schluck Kaffee. „Ich sollte Friedrich den Artikel nachher zeigen."

„Vielleicht hat er ihn ja schon gelesen. Im Hotel liegt sicher auch die Zeitung aus." Sie überlegte, wann sie Herrn Büyüktürk je so freudestrahlend gesehen hatte. Was ein wenig Aufmerksamkeit doch ausmachte! Sie musste unweigerlich daran denken, wie sehr sie diese Art der Bestätigung vermisste. Aber sie freute sich für ihren Nachbarn.

„Es wäre gut, wenn Sie sich ein wenig um Herrn Meister kümmern würden. Damit er heute Abend mit guter Laune vor sein Publikum tritt. Ich denke, nach diesem Artikel dürften wir ein volles Haus haben."

Der Angesprochene leerte seine Kaffeetasse. „Ja, das ist eine gute Idee. Ich werde gleich zu ihm fahren und sehen, was ich tun kann. Sie können sich auf mich verlassen."

Sie lächelte. „Danke, lieber Herr Büyüktürk. Das weiß ich."

Einen kurzen Moment lang trafen sich ihre Blicke, und ein Gefühl der Vertrautheit durchströmte sie. Sie schüttelte sich leicht und verbarg ihre Unsicherheit durch ein Lachen, das der Nachbar spontan erwiderte.

„Dann werde ich mal", ließ er vernehmen und war schon auf dem Weg aus dem Haus.

Sie erhob sich, nahm die leere Tasse und stellte sie in die Spülmaschine. Dann sah sie sich um. In der Wohnung war alles in Ordnung, und sie hatte noch Zeit, bis sie am Nachmittag in die Stadtbibliothek fahren und bei den Vorbereitungen zur Lesung helfen musste. Es war also noch genügend Gelegenheit, sich um den Mordfall zu kümmern und endlich herauszubekommen, was sie die ganze Zeit an den bisher bekannten Fakten störte.

Sie sah automatisch in Richtung der Baumgruppe, hinter der sich normalerweise Hanna und ihre Clique vor neugierigen Blicken verbarg. Heute war sie aber nicht wegen ihnen im Park unterwegs. Sie bog nach links ab und steuerte auf den großen Spielplatz zu, der die eine Seite des Parks fast vollständig in Beschlag nahm. Die Laute der spielenden Kinder waren schon zu vernehmen, bevor Frau Appeldorn erkennen konnte, wer sich dort alles versammelt hatte. Auf einer Bank an der linken Seite des Platzes saßen drei jüngere Frauen. Frau Appeldorn vermutete, dass es sich um die Mütter handelte. Sie zählte die gleiche Zahl Kinder auf dem Platz. Es waren zwei Mädchen und einen Jungen. Zur rechten Seite grenzten Büsche und einige Bäume den Platz vom restlichen Park ab. Sie steuerte auf die Bank zu, woraufhin die Frauen zu ihr aufsahen.

„Guten Tag", rief sie in ihre Richtung, als sie nahe genug herangekommen war. Die Mütter musterten sie verwundert. Vom Platz her war das Aufheulen eines Kindes zu vernehmen, und die Frau, die ganz am rechten Rand der Gruppe gesessen hatte, sprang auf. „Malte, ich habe dir doch gesagt, du sollst dir den Sand nicht in den Mund stopfen." Sie rannte zu dem Jungen, der im Sand hockte, seine verdreckten Hände in die Luft hielt und aus seinem mit Sand umrahmten Mund schrie, was das Zeug hielt. Alle sahen zu, wie die Mutter ihren Sohn packte und ihm mit einem Papiertaschentuch Mund und Hände abwischte.

„Das macht Malte immer wieder", stellte die Mittlere der Mütter fest. „Eva-Laura, mach das bloß nicht nach", rief sie in die Richtung der Kinder.

„Guten Tag", machte Frau Appeldorn einen erneuten Anlauf, ihre Aufmerksamkeit zu erlangen. „Sind Sie häufiger hier?"

Die ihr am nächsten zugewandte Mutter sah sie an. „Eigentlich fast jeden Nachmittag, oder?" Sie sah zu der Mutter neben ihr, während Maltes Mutter sich ebenfalls wieder zu ihnen setzte.

„Dann könnten Sie mir vielleicht helfen. Im vorigen Jahr hat es hier doch einen Vorfall mit einem vermeintlichen Spanner gegeben, der die Kinder beobachtet und fotografiert haben soll. Wissen Sie etwas darüber?"

Maltes Mutter sah erschrocken auf. „Hier? Ist das wahr?"

Die mittlere Mutter nickte. „Ja, ich erinnere mich. Da war mal was. Aber man hat doch nie jemanden erwischt, oder?"

„Soweit ich weiß nicht", bestätigte Frau Appeldorn. „Ist Ihnen denn hier jemals etwas Komisches aufgefallen?"

Eva-Lauras Mutter riss die Augen weit auf. „Wollen Sie etwa sagen, dass sich hier ein Perverser herumtreibt?"

Die Frau, die direkt bei Frau Appeldorn links auf der Bank saß, tätschelte ihren Oberschenkel. „Nein, nein, das hätten wir doch bemerkt."

Frau Appeldorn betrachtete die gegenüberliegende Seite. „Die Büsche dort sind schon recht dicht. Ich denke schon, dass sich hier jemand verbergen könnte."

Maltes Mutter starrte wortlos in die Richtung der Büsche. Als ihre Nachbarin dies bemerkte, sprach sie sie an. „Was ist? Hast du etwas gesehen?"

Die Frau nickte kaum merklich. „Ich bin mir nicht sicher, aber vor ein paar Wochen, da hatte ich das Gefühl, da würde jemand zu uns herübersehen. Erinnert ihr euch? Ich hatte euch gefragt, ob ihr nicht auch das Gefühl habt, jemand beobachte uns."

Eva-Lauras Mutter nickte heftig. „Ja, ja, ich erinnere mich. Bist du nicht hinübergegangen und hast nachgesehen?" Sie sahen zu der dritten Frau, und sie nickte ebenfalls. „Ja, stimmt. Das ist aber schon ein paar Wochen her. Ich bin rüber und habe mal hinter die Büsche geguckt. Da war aber nichts."

„Warum fragen Sie uns das eigentlich? Ist da vielleicht doch etwas dran?" Maltes Mutter stand der Schrecken ins Gesicht geschrieben.

Frau Appeldorn winkte ab. „Nein, nein, ich wollte Sie nicht beunruhigen. Da war sicher nichts."

„Warum kommen Sie dann hierher und stellen uns diese Fragen?" Maltes Mutter fixierte sie mit ihrem Blick. „Wenn unsere Kinder hier in Gefahr sind, müssen Sie uns das sagen." Sie drehte sich in Richtung des Sandkastens. „Malte, komm bitte zur Mami."

„Eva-Laura, komm bitte sofort hierher", war von der entsprechenden Mutter zu hören.

„Marie, du bitte auch", rief die dritte Mutter. Alle hatten sich erhoben.

„Es tut mir leid", versuchte Frau Appeldorn, die Situation zu beruhigen, während die Kinder zu den Müttern trotteten und sie fragend ansahen.

„Müssen wir schon nach Hause?", fragte Eva-Laura nach.

„Sie brauchen nicht zu gehen. Es ist nichts." Frau Appeldorn wedelte mit den Händen.

Die Mütter drückten ihre Kinder an sich. „Erst tauchen Sie hier auf und machen uns Angst, und nun behaupten Sie, es wäre nichts. Das sollen wir Ihnen glauben?"

„Ich wollte wirklich nur nachhören, ob sie hier solche Vorfälle bemerkt haben. Ich schwöre, dass es keine mir bekannte aktuelle Gefahr für Ihre Kinder gibt."

„Kann ich wieder gehen?", wimmerte Malte. Die Mutter sah zu Frau Appeldorn, und diese nickte ihr zu.

Die Mütter tauschten Blicke aus.

„Du kannst wieder spielen gehen", erlaubte Maltes Mutter, und die anderen taten es ihr nach. Dann setzten sie sich wieder, während die Kinder zum Sandkasten liefen.

„Gestatten Sie mir nur noch eine Frage", machte Frau Appeldorn einen vorsichtigen Anlauf.

Der Unmut der Frauen war deutlich zu spüren.

„Geht ganz schnell", warf Frau Appeldorn zur Beschwichtigung ein. „Als Sie vor ein paar Wochen dachten, es würde Sie jemand beobachten, war da sonst noch jemand hier im Park?"

Die Mütter schüttelten die Köpfe.

„Frederike war nicht da, oder?" Maltes Mutter sah zu ihrer Nachbarin, und die schüttelte den Kopf.

„Nein, soweit ich weiß, waren nur wir drei hier", sagte die dritte Mutter.

„Danke für Ihre Hilfe. Und bitte entschuldigen Sie nochmal, dass ich Sie beunruhigt habe. Das war nicht meine Absicht." Sie wandte sich zum Gehen, als ihr ein Gedanke kam.

„Irgendwelche Arbeiter der Stadt waren an dem Tag nicht hier beschäftigt, oder?"

Die Frauen sahen sich an. „Nicht, dass ich wüsste", konstatierte Maltes Mutter.

Frau Appeldorn sandte ihr ein Lächeln. „Okay, danke." Gerade drehte sie sich zum Gehen, als Eva-Lauras Mutter noch etwas einfiel. „Doch, es könnte sein, dass Arbeiter hier waren. Ich erinnere mich, dass ich mit dem Kinderwagen nur schwer an so einem Wagen mit Gartengeräten vorbeikommen konnte."

Frau Appeldorn nickte ihr noch einmal zu und ging dann in Richtung des Parkausgangs. Es konnte natürlich ein Zufall sein, dass jemand vom städtischen Grünflächenamt an dem Tag im Park war. Wahrscheinlich waren hier häufiger Arbeiten zu machen. Es war ja nicht einmal sicher, ob es überhaupt einen Vorfall gegeben hatte. Aber dennoch ließ Frau Appeldorn der Gedanke nicht los, dass sie da etwas auf der Spur war.

Als sie den Wagen in ihre Einfahrt lenkte, staunte sie nicht schlecht. Vor der Tür des Nachbarn hatten sich mehrere Mädchen versammelt, von denen eines eindeutig lilafarbene Haare hatte. Sie stieg eilig aus.

„Was macht ihr denn hier?"

„Da ist sie!", rief eines der Mädchen, und alle drehten sich zu ihr. Hanna kam aus der Gruppe auf sie zu.

„Da sind Sie ja. Wir haben Sie überall gesucht."

„Was ist denn los? Und wie habt ihr mich gefunden?"

„Elsa hat heute das Foto von Ihrem Mann in der Zeitung gesehen. Die Adresse herauszufinden, war nicht schwer."

„Herr Büyüktürk ist nicht mein Mann. Wir sind Nachbarn. Aber warum habt ihr denn nach uns gesucht?"

Der Gesichtsausdruck von Hanna änderte sich schlagartig, und es war nichts mehr von dem rebellischen Teenager zu erkennen, den sie in den letzten Tagen immer wieder vor sich gehabt hatte. „Emily ist im Krankenhaus", hauchte das Mädchen, und es schien, als müsste sie gegen Tränen ankämpfen.

„Emily?"

Hanna nickte schwach. „Sie kennen sie. Die, die den Perversen genauer gesehen hat."

„Und was ist passiert?"

Hanna hielt ein Smartphone hoch. „Hier. Sie hat gestern getextet, dass sie den Perversen in der Stadt gesehen hat. Wir sollten sofort kommen." Sie drehte das Display so, dass Frau Appeldorn den Text lesen konnte. Der Inhalt entsprach dem, was Hanna sagte, außerdem nannte Emily eine Straße in der Stadt.

„Seid ihr dann dorthin?"

Die Mädchen nickten. „Ja, aber als wir dort ankamen, waren da schon Polizei und Krankenwagen. Emily war von einem Auto angefahren worden. Der Fahrer ist dann abgehauen."

„Das ist ja schrecklich. Wie geht es ihr denn?"

Hanna schluchzte leise, und man merkte ihr an, dass es sie sehr mitnahm. „Die Ärzte sagen, dass sie schwere Kopfverletzungen hat und die nächsten Tage entscheidend sind." Dann musste sie sich verstohlen eine Träne aus dem Augenwinkel wischen. „Das war bestimmt der Perverse", schloss sie an.

„Wie kommst du darauf?"

„Gucken Sie keine Krimis? Das ist doch offensichtlich. Sie hat ihn entdeckt, und der fährt sie mit dem Auto an, damit sie ihn nicht verrät."

„Was sagt denn die Polizei?"

„Sie sagen nur, dass es ein Unfall mit Fahrerflucht ist."

„Ich habe einen Kontakt bei der Polizei. Ich werde mal nachfragen. Kannst du mir deine Nummer geben?"

Hanna nickte. „Haben Sie ein Handy?" Frau Appeldorn ignorierte, dass die Frage so klang, als ob Hanna ihr dies nicht zutrauen würde.

„Natürlich", antwortete sie daher möglichst souverän und suchte in der Handtasche nach dem Ding.

Hanna forderte sie auf, es zu entsperren und ihr zu geben. Sie tippte etwas darauf und reichte es ihr wieder. „Ich habe meine Nummer eingespeichert. Fragen Sie nach und schicken uns eine WhatsApp?"

Frau Appeldorn betrachtete das Gerät in ihrer Hand und nickte. „Das mache ich."

Hanna nickte den anderen Mädchen zu, und sie verschwanden um die Straßenecke.

„Sind Sie noch bei der Arbeit?", fragte Frau Appeldorn, nachdem sich der Kommissar am Telefon gemeldet hatte.

„Natürlich. Was denken Sie? Dass ich mir hier einen lauen Lenz mache?"

„Nein, nein, das wollte ich auf keinen Fall damit sagen. Ich dachte nur, Sie sind Beamter, und es ist nach sechzehn Uhr …"

Der Kommissar unterbrach sie. „Kommen Sie zur Sache! Was wollen Sie dieses Mal?"

„Hatten Sie schon die Gelegenheit, meinem Tipp mit der Mädchenclique nachzugehen?"

„Sie meinen diese Hanna?"

„Ja, die meine ich."

„Ist mir ein schönes Früchtchen. Die ganze Familie ist bei uns allseits bekannt. Das Jugendamt hat sie immer wieder im Visier, weil es den Verdacht auf Kindesmissbrauch gab, der aber nie nachzuweisen war. Hanna hat es definitiv nicht leicht."

„Ich glaube mittlerweile nicht mehr, dass sie etwas mit dem Mord zu tun hat. Aber sie haben womöglich den entscheidenden Hinweis."

„Was meinen Sie?"

„Ich hatte Sie doch nach Vorfällen um einen möglichen Spanner gefragt, der Kinder beobachtet."

Herr Walther brummte etwas ins Telefon, was Frau Appeldorn als Zustimmung interpretierte. „Hanna und ihre Freundinnen behaupten, dass sie ihn im Schwimmbad gesehen haben. Eines der Mädchen, Emily, meint sogar, ihn wiedererkennen zu können."

„Aha. Und was heißt das jetzt?"

„Das liegt doch auf der Hand." Sie musste sich bemühen, nicht zu ungehalten zu klingen, weil der Kommissar nicht zu verstehen schien. „Das heißt, dass es diesen Spanner wirklich gibt, und dass der womöglich etwas mit dem Mord zu tun hat. Aber es kommt noch schlimmer." Sie machte eine Pause und wartete, dass am anderen Ende irgendein Laut des Verstehens gemacht wurde. Als der aber nicht kam, fuhr sie fort: „Genau diese Emily hat heute ihren Freundinnen geschrieben, dass sie den Spanner in der Stadt gesehen hat. Doch noch bevor die Mädchen bei ihr eintrafen, wurde sie von einem Auto angefahren. Der Fahrer ist flüchtig. Das kann doch kein Zufall sein?"

Sie konnte hören, wie der Kommissar atmete und offensichtlich nach den richtigen Worten suchte, um ihr zu erklären, dass dies alles reiner Zufall sein könne.

„Liebe Frau Appeldorn", begann er dann auch. „Sie sehen Zusammenhänge, wo keine sind."

„War mir absolut klar, dass Sie das sagen würden. Doch was ist, lieber Herr Kommissar, wenn sich herausstellte, dass es doch stimmt, und Sie haben meinen Hinweis darauf ignoriert?" Wieder hörte Sie nach, ob es eine spürbare Reaktion gab. „Es schadet doch sicher nicht, wenn Sie sich mal bei den Kollegen und Kolleginnen schlau machen und erfragen, was sie über den Unfall mit Fahrerflucht wissen."

„Frau Appeldorn ...", begann der Kommissar, aber die Angesprochene war nicht gewillt, locker zu lassen.

„Nein, Sie brauchen gar nicht drum herumzureden", fiel sie ihm ins Wort. „Sie können einfach mal nachfragen und sehen, ob sich was ergibt. Das schadet rein gar nichts."

„Ist ja schon gut", war aus dem Telefon zu hören. „Wenn Sie dann Ruhe geben, frage ich mal nach und sage Ihnen, was sich ergeben hat. Ist das okay?"

„Das ist sogar sehr okay."

Sie beendeten das Gespräch, und Frau Appeldorn sah auf die Uhr. Es war Zeit, sich für den Abend fertigzumachen. Ihr Nachbar hatte sich nicht mehr gemeldet. Kurz überlegte sie, ihn anzurufen und nachzufragen, ob alles in Ordnung sei. Aber dann entschied sie, ihm zu vertrauen und den Dingen einfach ihren Lauf zu lassen.

XIII

„Der macht uns wahnsinnig", wurde sie von Ute begrüßt, als sie in der Stadtbibliothek ankam.

„Friedrich Meister?"

Ute schüttelte heftig den Kopf. „Nein, der ist total nett. Ich meine deinen Nachbarn. Der rennt hier rum und meckert an allem rum."

Frau Appeldorn schenkte ihr ein beschwichtigendes Lächeln. „Ich spreche mal mit ihm."

Sie betraten den Saal, in dem die Lesung stattfinden sollte. Die Stühle waren in Reihen aufgestellt, und Elisabeth war an der vordersten Reihe dabei, die Reserviert-Schilder für die besonderen Gäste auf Plätze zu verteilen. Davor war ein leicht erhöhtes Podest aufgebaut, auf dem wiederum ein Tisch mit Stuhl standen. Auf dem Tisch war ein Mikrofon aufgebaut, und auch die obligatorische Wasserkaraffe mit Glas fehlte nicht. An der Seite türmte eine Frau, die wahrscheinlich die Vertreterin der hiesigen Buchhandlung war, Bücher von Friedrich Meister auf einen Tisch.

„Wo ist er denn?", fragte Frau Appeldorn, und Ute zeigte wortlos auf eine Tür an der linken Seite.

„Da sind Sie ja endlich", vernahm sie, als sie die Tür öffnete. Herr Büyüktürk durchbohrte sie mit einem Blick, und alles an ihm drückte Verärgerung aus.

„Was ist denn, lieber Herr Büyüktürk", flötete sie. „Sieht doch alles gut aus."

„Pah", stieß ihr Nachbar aus. „Nichts ist gut. Sehen Sie selbst!" Er schwenkte seinen Arm durch den Raum, an dessen einem Ende Friedrich Meister saß und die Szenerie grinsend beobachtete.

„Sie müssen mir helfen", antwortete Frau Appeldorn. „Sieht doch ganz ordentlich aus."

„Da merkt man mal wieder, wie sehr Sie meine Unterstützung bei der Organisation solcher besonderen Events benötigen. Es kommt darauf an, was Sie hier nicht sehen."

„Bitte, hören Sie auf mit den Ratespielchen. Was fehlt denn hier?"

„Sehen Sie hier irgendeine Art des Caterings?"

„Catering?" Frau Appeldorn musste sich eingestehen, dass sie tatsächlich keine Ahnung hatte, was ihr Nachbar meinte. Hatte er erwartet, dass sie hier ein Buffet aufbauen würden?

„Bei einem Star dieser Güte ..." Er wies mit der Hand auf den immer deutlicher grinsenden Schriftsteller. „Da muss es doch ein entsprechendes Catering angeboten werden. Aber hier gibt es nur ..." Wieder machte er eine Pause, als müsse er seine ganze Empörung in das nun folgende Wort legen. „Wasser", schleuderte er heraus.

Frau Appeldorn brauchte einen Moment, um die Situation zu begreifen und sich eine passende Antwort zurechtzulegen, aber dazu kam sie nicht, denn aus der Ecke erklang ein schallendes Lachen.

„Lieber Alican, du musst unbedingt mein Management übernehmen." Wieder lachte er auf. „Aber lass es gut sein! Mir genügt das Wasser vollkommen."

„Aber, Friedrich ...", wollte Frau Appeldorns sichtlich irritierter Nachbar einwenden, aber der Schriftsteller winkte ab.

„Ist schon gut, lieber Alican."

„Dann scheint ja doch alles geregelt zu sein", stellte Frau Appeldorn fest. Sie blickte auf ihre Uhr. „Wir lassen nun die Gäste herein. Benötigen Sie sonst noch etwas, Herr Meister?"

Der Schriftsteller nickte. „Ja, es gibt etwas, was ich unbedingt noch wissen muss."

Sowohl der Nachbar als auch Frau Appeldorn sahen ihn verwundert an.

„Nein, es geht nicht ums Catering." Er lachte auf. „Aber, gnädige Frau, gibt es Neuigkeiten in unserem Fall?"

Die Angesprochene benötigte einen Moment, um den Themenwechsel zu realisieren. Dann hob und senkte sie den Kopf zu einem langsamen Nicken. „Ja, es gibt tatsächlich etwas Neues." Sie erzählte von ihrem Besuch auf dem Spielplatz und von den Mädchen vor der Tür des Nachbarn. Herr Büyüktürk reagierte bestürzt darauf. „Sie haben bei mir vor der Tür herumgelungert?"

Frau Appeldorn nickte wieder. „Tut mir leid, lieber Herr Meister, aber der Ehemann rückt immer weiter aus dem Fokus. Ich denke, es gibt diesen besagten Spanner wirklich."

Friedrich Meister verzog das Gesicht. „Na gut, es scheint so zu sein. Aber als Schriftsteller weiß ich, dass man gerne Fährten auslegt, die sich dann im Verlauf als falsch herausstellen, um die Leser in die Irre zu führen."

„Aber hier handelt es sich nicht um eine Ihrer ausgedachten Geschichten. Das hier ist das echte Leben."

„Vielleicht gibt es da gar keinen Unterschied." Er zog die Mundwinkel zu einem kaum merklichen Lächeln nach oben. „Wenn dieser Spanner hier wirklich sein Unwesen treibt, wie können wir ihn finden? Die einzige Zeugin liegt im Krankenhaus."

„Wir werden uns etwas einfallen lassen müssen", konstatierte Frau Appeldorn.

Dem Gesicht des Schriftstellers war anzusehen, dass er nachdachte. Dann lächelte er wieder, doch bevor er ihnen von einer Idee berichten konnte, wurden sie durch Elisabeth unterbrochen, die den Kopf durch die Tür hereinsteckte. „Die Leute strömen in den Saal."

„Wir reden später weiter", teilte Frau Appeldorn mit. „Nun lassen wir Sie erst einmal in Ruhe, damit Sie sich auf Ihren Auftritt vorbereiten können."

Sie wartete keine Antwort ab, sondern folgte Elisabeth in den Saal, wo sie die Ehrengäste zu begrüßen hatte.

Der Abend verlief überraschend unterhaltsam. Frau Appeldorn war erstaunt, wie eloquent und abwechslungsreich Friedrich Meister von seinem Schaffen erzählte. Er las kaum aus seinem Werk. Vielmehr berichtete er dem Publikum, das ihm gebannt folgte, wie er sich an Stoffe heranarbeitete, worauf es ihm ankam und wie sein Schreibprozess ablief. Sie zuckte allerdings heftig zusammen, als der Autor begann, von einem neuen Projekt zu erzählen. Zwar machte er zuerst nur Andeutungen, aber Frau Appeldorn machte sich auf Komplikationen gefasst. Sie spürte, wie sich ihre Schultern verspannten.

„Es handelt sich um einen Kriminalroman, den ich nach wahren Begebenheiten erarbeite", kündigte er an, und ein Raunen ging durch den Saal.

Sie blickte zu Herrn Büyüktürk hinüber, der am anderen Ende der ersten Reihe saß und sehr konzentriert dem Geschehen folgte.

Der Schriftsteller genoss sichtlich die gesteigerte Aufmerksamkeit, die ihm entgegengebracht wurde. Dann begann er aus dem unveröffentlichten Manuskript zu lesen, das er nach eigenen Worten in den letzten Tagen hier vor Ort geschrieben hatte, und mit jedem Wort stieg das Blut höher in ihren Kopf. Was machte er da? Auch das Publikum schien sich diese Frage zu stellen, und man hätte eine Stecknadel im Saal fallen hören. Spätestens, als die Parallelen zum Fall des toten Bademeisters immer offensichtlicher wurden. Zwar waren die Namen verändert, aber Frau Appeldorn erkannte sofort, wenn Janina oder auch der Ehemann des Opfers in der Geschichte vorkamen. Immer wieder schaute sie sich um und musterte die Zuhörer im Publikum. Die Spannung stand allen ins Gesicht geschrieben und blieb auch noch bestehen, als Friedrich Meister auf der Bühne von seinem Text aufsah und seine Blätter auf den Tisch ablegte. Er erhob sich von seinem Stuhl, löste das Mikrofon aus seiner Halterung und ging an den vorderen Rand des Podestes. Sein Gesicht strahlte. Dann stockte er und betrachtete das Publikum genauer. Er nahm das Mikrofon zum Mund. „Meine Damen und Herren, ich sehe, die Spannung hat Sie gepackt. Seien Sie versichert: In meinem Roman werden Sie alle Details zu diesem Fall erfahren, und ich darf Ihnen heute mitteilen, dass ich den Täter zweifelsfrei entlarven werde." Er saugte das Aufhorchen im Publikum auf. „Freuen Sie sich auf eine aufregende Geschichte." Dann verneigte er sich, und tosender Applaus brauste auf.

Friedrich Meister war in seinem Element. Er hatte sich an einem Stehtisch direkt neben dem Bücherverkauf postiert, wo unzählige Menschen anstanden an, um sich ein Exemplar von ihm signieren zu lassen. Frau Appeldorn betrachtete das Schauspiel und musste den Kopf schütteln, als sie sich daran erinnerte, wie sie sich den Schriftsteller vorgestellt hatte. Sie war in großer Sorge gewesen, dass es ein zwar literarisch anspruchsvoller, aber eben auch sehr langweiliger Abend werden würde. Mit Erleichterung musste sie sich eingestehen, dass diese Befürchtung sich nicht bewahrheitet hatte. Das Gegenteil war der Fall. Sie musste Friedrich Meister eine faszinierende Ausstrahlung bescheinigen. Er konnte ein Publikum in seinen Bann ziehen. Dass er dafür aber Aussagen zu dem aktuellen Mordfall machte, die durch nichts zu erhärten waren, schmälerte diesen positiven Eindruck erheblich.

Sie beobachtete, wie er mit einer älteren Dame sprach, die regelrecht an seinen Lippen hing. Ihre Ohrhänger glitzerten im Licht und zeigten, dass es sich bei diesem Fan um eine Vertreterin der besserbetuchten Einwohnerinnen der Stadt handelte. Während sie darüber sinnierte, ob es sich bei den das Licht effektvoll reflektierenden Steinen an den Ohren der Dame um echte Edelsteine handelte, entwickelte sich ein anderer Gedankengang. Dieses Glitzern erinnerte sie an etwas, aber ihr wollte nicht einfallen, was es sein könnte.

Die Schlange der Bewunderer wurde immer kürzer, und schließlich signierte der Schriftsteller das letzte Buch. Die Buchhändlerin war bereits dabei, die letzten Exemplare in eine Transportkiste zu packen.

Ute kam zu ihr. „Hat sich der Herr Bürgermeister bei dir auch bedankt?"

Frau Appeldorn nickte. „Ja, er war ganz überschwänglich."

Ute grinste. „Das lag aber mehr an seiner Frau. Sie hat Meister regelrecht angehimmelt."

„Da war sie nicht die Einzige. Hast du Herrn Büyüktürk irgendwo gesehen?"

„Der steht noch am Ausgang und unterhält sich mit dem Landrat. Er ist voll in seinem Element."

„Wie schön. Ansonsten hätte er mir auch keine ruhige Minute gelassen."

Friedrich Meister kam zu ihnen. „Sind Sie zufrieden, gnädige Frau?"

Sie drehte sich zu ihm. „Ja, es war ein sehr schöner Abend. Ich hoffe, es war auch alles zu Ihrer Zufriedenheit."

Der Autor nickte heftig. „Absolut. Es war mir ein Fest."

„Ihre Behauptungen zu der Aufklärung des Mordfalls hätten Sie sich aber sparen können."

Er sah sie an, und sein Ausdruck sollte sicherlich Überlegenheit ausdrücken. Zumindest vermutete Frau

Appeldorn dies, was sie innerlich in Abwehrhaltung gehen ließ.

„Liebe Frau Appeldorn, ich bin mir sicher, wer der Täter ist. Ich sagte Ihnen bereits, ich halte den Ehemann für den Täter und werde es Ihnen auch beweisen."

„Und wie wollen Sie das anstellen?"

„Das ist nur eine Frage der Zeit. Die Faktenlage spricht eindeutig für ihn als den Schuldigen. Ich habe mich die letzten Tage intensiv damit beschäftigt."

„Sie meinen, weil er an dem Tag dort bei der Beratungsfirma war?"

„Ja. Dies, und dass der Weg von der Beratungsfirma zum Tatort geradewegs am Standort des Gerätewagens vorbeiführte. Er hätte also einfach nur dort entlanggehen, sich die Schaufel greifen und dann seinem Partner über den Kopf schlagen müssen. Anschließend hat er den gleichen Weg zurückgelegt, die Schaufel wieder an seinen Platz gestellt, und alles war so, als ob nichts geschehen wäre."

Herr Büyüktürk erschien bei ihnen. „Der Herr Landrat lässt noch einmal seinen Dank für den gelungenen Abend ausrichten", teilte er mit. Dann sah er von einem zum anderen. „Ist was geschehen?"

„Nein, lieber Alican", ergriff Friedrich Meister das Wort. „Ich habe nur gerade den Mordfall aufgeklärt."

„Oh", machte der Nachbar und sah Frau Appeldorn fragend an.

Die lächelte. „Das klingt alles schön, aber ich bin ziemlich sicher, dass es so nicht war."

„Ach ja? Und was lässt sie dies glauben?" Der Schriftsteller fixierte sie mit seinen Augen.

„Ich glaube, ich weiß, wer der Täter ist. Der Mörder ist unser Spanner."

Friedrich Meister verzog das Gesicht. „Diesen ominösen Spanner, den es wahrscheinlich gar nicht gibt."

„Es gibt ihn. Da bin ich mittlerweile sicher. Und ich glaube sogar, dass ich weiß, wer er ist."

Alle Umstehenden sahen sie gebannt an. „Und wer ist es?", sprach Ute aus, was alle wissen wollten.

„Ich muss erst noch Beweise finden, bevor ich jemanden anschwärze."

„Wusste ich es doch", tönte der Schriftsteller. „Sie haben keine Ahnung, wer er ist, weil es ihn gar nicht gibt."

„Doch, ich weiß es, und ich werde es Ihnen beweisen."

„Da bin ich dann aber gespannt", sagte Friedrich Meister und der provokative Unterton war für alle deutlich zu vernehmen.

„Nun, es wird mir ein Vergnügen sein, Ihnen die Auflösung mitzuteilen, wo immer Sie dann auch sein werden." Wenn er ein Kräftemessen haben wollte, würde sie sich nicht davor scheuen. Sie war schon ganz anderen Männern fertiggeworden.

„Denken Sie etwa, ich würde abreisen, bevor der Fall geklärt ist? Nein, ich bleibe Ihnen erhalten." Er grinste in ihre Richtung, und alle sahen zu ihr, in Erwartung einer Replik. Doch Herr Büyüktürk unterbrach die Spannung. „Oh, wie schön, Friedrich."

Alle sahen zu dem Sprechenden, und er erschrak über die plötzliche Aufmerksamkeit. „Was ist denn?", fragte er in die Runde, und alle mussten lachen.

Die Ankündigung von Friedrich Meister, den Mordfall aufzuklären, hatte bereits die Runde gemacht, als Frau Appeldorn am nächsten Vormittag ihre Einkäufe machte. Mehrfach wurde sie darauf angesprochen, ob er das wirklich ernstgemeint hätte. Sie konnte dies immer nur bestätigen. Er hatte es wirklich so gemeint, auch wenn Sie sich sicher war, dass er sein Versprechen nicht würde einhalten können.

Nachdem sie ihre Einkäufe verstaut hatte, ging sie zum Nachbarhaus. Sie war sich sicher, dass Herr Büyüktürk weiterhin in engem Kontakt zu dem Schriftsteller stand. Er könnte sie vielleicht informieren, was dieser vorhatte. Irgendwie ließ sie das ungute Gefühl nicht los, dass Friedrich Meister kurz davor stand, großen Blödsinn zu machen.

Herr Büyüktürk öffnete die Tür und trug, wie immer, seine Cordhose und Hausschuhe. „Oh, Frau Appeldorn. Ist was?"

„Haben Sie etwas von Herrn Meister gehört?"

Er schüttelte den Kopf. „Nein, Friedrich hat mir gesagt, dass er Termine hätte und sich beizeiten melden würde."

„Ich mache mir Sorgen, dass er sich in Schwierigkeiten bringt."

Der Nachbar schüttelte den Kopf. „Das wird er schon nicht."

„Ich wünschte, ich hätte Ihre Zuversicht."

„Lassen Sie ihn ruhig machen. Ich gönne es ihm, sollte er den Täter entlarven. Oder sind Sie etwa eifersüchtig?"

„So ein Quatsch. Natürlich nicht. Aber er wird niemanden entlarven, weil er auf der völlig falschen Spur ist."

„Ach ja, Sie wissen ja ebenfalls, wer der Täter ist, aber wollen nichts sagen. Wie wollen Sie Ihre Theorie denn nun beweisen?"

„Genau deshalb bin ich hier. Ich fürchte, wir müssen Ihre Tochter ein weiteres Mal um einen Gefallen bitten."

„Was benötigen Sie denn dieses Mal von ihr?"

„Sie muss uns die Adresse von einem Mitarbeiter besorgen."

Herr Büyüktürk machte eine abwehrende Bewegung. „Das kann Sie doch nicht tun. Sie bringen mein Kind damit in Teufels Küche. Am Ende verliert sie noch ihren Job. Nein, das werde ich nicht zulassen."

„Herr Bü…"

„Nein, nein. Auf keinen Fall werde ich Hatice weiter behelligen. Sie müssen einen anderen Weg finden, Ihre Theorie zu erhärten. Meine Tochter halten Sie gefälligst da heraus."

„Okay, ist ja schon gut", versuchte Frau Appeldorn zu beschwichtigen. „Dann muss ich mir einen anderen Weg einfallen lassen. Ich habe immerhin noch die Telefonnummer von Frau Schreiber."

„Die darf Ihnen auch keine personenbezogenen Daten geben." Die Empörung über diese möglichen Gesetzesbrüche stand Herrn Büyüktürk deutlich ins Gesicht geschrieben. „Warum wollen Sie diese Infos überhaupt haben? Die Arbeiter haben wir doch schon mehrfach befragt, und sie haben nichts gesehen, was uns weiterhilft."

„Es geht auch nicht darum, sie als Zeugen zu befragen." Sie sah ihm direkt in die Augen. „Genauer gesagt, geht es mir nur um einen von ihnen."

„Ach ja? Um wen denn?" Dem Nachbarn war anzumerken, dass er ihr nicht folgen konnte.

„Natürlich um den Mörder, lieber Herr Büyüktürk."

„Sie meinen, einer der Arbeiter ist der Mörder?"

Sie nickte. „Ich bin mir sogar ziemlich sicher."

„Und welcher von ihnen?"

„Der von ihnen, bei dem es glitzert." Sie lächelte.

„Glitzert?"

„Ja, bei einem blinkt und blitzt es, wenn Licht auf ihn fällt. Der ist unser Mann."

XIV

„Friedrich meldet sich nicht." Herr Büyüktürk stürmte an ihr vorbei und hielt sein Smartphone hoch. „Ich versuche seit Stunden, ihn zu erreichen."

Frau Appeldorn schloss die Haustür. „Vielleicht ist er unterwegs."

„Sie haben gesagt, ich soll darauf achten, dass er keine Dummheiten macht. Jetzt bin ich beunruhigt. Vielleicht ist längst etwas Schlimmes geschehen." Sein Gesichtsausdruck unterstrich die Besorgnis, die in seiner Stimme mitschwang.

„Es muss aber wirklich nichts zu bedeuten haben", machte sie einen weiteren Anlauf, den Nachbar zu beruhigen.

„Und wenn doch?" Er starrte auf das Gerät in seiner Hand. „Das würde ich mir nie verzeihen."

„Na gut. Wir können ja mal an seinem Hotel vorbeifahren und nachsehen. Nur um sicherzugehen."

„Ja, das machen wir." Der Nachbar hastete zur Haustür, riss sie auf und sah sich zu Frau Appeldorn um. „Dann kommen Sie!" Schon war er verschwunden.

Sie beeilte sich, ihre Sachen zu packen und ihm zu folgen. Als sie aus dem Haus trat, sah sie ihn in seinem gewohnten Tweedsakko neben seinem Mercedes stehen. Er winkte ihr ungeduldig zu.

„Ich komme ja schon", sagte sie mehr zu sich und eilte zu ihm.

Im Hotel fanden sie die winzige Rezeption wieder verwaist vor. Herr Büyüktürk schlug so heftig auf die Glocke, dass diese an die Wand flog und in unzählige Teile zersprang.

„Jetzt übertreiben Sie es aber", stellte Frau Appeldorn sachlich fest, als sich hinter der Theke eine Tür öffnete und die Frau erschien, die sie schon von ihrem letzten Besuch kannten. Sie betrachtete missbilligend die Einzelteile der Glocke vor ihren Füßen.

„Was ist denn hier los?"

„Tut mir leid", schaffte es der Nachbar noch auszudrücken, bevor die Panik vollends aus ihm herausbrach. „Wir müssen zu Herrn Meister. Sofort!"

Die Frau kniff die Augen zusammen und musterte ihn. „Was haben Sie denn eingenommen?" Sie runzelte die Stirn. „Herr Meister ist nicht hier."

„Wo ist er denn hin?" Herr Büyüktürk war nicht gewillt, so einfach lockerzulassen.

„Woher soll ich das wissen?" Die Körperhaltung der Hotelfrau zeigte eindeutig, dass sie nicht bereit war, irgendwelche Informationen herauszurücken.

„Bitte", schlug der Nachbar einen versöhnlicheren Ton an. „Wir müssen ihn wirklich sprechen. Es ist wichtig."

Die Frau zog einen Mundwinkel nach oben und signalisierte auf diese Weise, dass sie entgegenkommender gestimmt war. Sie zuckte mit den Schultern.

„Ich weiß wirklich nichts Genaues. Heute Morgen kam ein Freund von Herrn Meister an, und dann ist er mit ihm weggegangen."

Frau Appeldorn schaltete sich ein. „Ein Freund?"

Die Rezeptionistin nickte.

„Herr Meister hat hier keine Bekannten", hielt Frau Appeldorn fest und musterte den Nachbarn, der sie irritiert ansah.

„Nein, von einem Freund hier bei uns hätte er mir bestimmt erzählt", bestätigte er.

„Wie sah der vermeintliche Freund denn aus?"

Die Frau verzog das Gesicht. „So genau habe ich ihn mir nicht angesehen."

„Bitte", bohrte dieses Mal Frau Appeldorn nach. „Jedes Detail hilft uns weiter."

Wieder zuckte die Frau mit den Schultern. „Es war ein normaler Mann, vielleicht um die Vierzig, eher schlank", begann sie aufzuzählen. „Ach ja, er war tätowiert. Die ganzen Arme waren voll."

Frau Appeldorn schrak zusammen, und die Reaktion blieb auch dem Nachbarn nicht verborgen.

„Was ist?", fragte er. „Wissen Sie, wer das war?"

Sie drehte sich langsam zu ihm und nickte kaum merklich. „Ich befürchte, ich weiß wirklich, wer das ist."

Die aufgerissenen Augen von Herrn Büyüktürk forderten sie deutlich auf, ihre Vermutung auszusprechen.

Sie atmete tief ein. „Ich glaube, es ist der Mörder."

Es dauerte einen Moment, bis der Nachbar Reaktionen auf diese Aussage zeigte. Die Rezeptionistin kam ihm zuvor. „Was meinen Sie damit? Welcher Mörder?"

„Der Mörder des Bademeisters", wiederholte Frau Appeldorn.

„Wir müssen sofort die Polizei anrufen", rief Herr Büyüktürk aus, und sein Gesicht verfärbte sich bedrohlich.

„Beruhigen Sie sich!" Frau Appeldorn sah sich bemüßigt, ihn vor einem Herzinfarkt zu bewahren. „Wir fahren sofort dorthin."

Kaum hatten sie auf dem Parkplatz vor der Polizeiwache angehalten, stieg Frau Appeldorn aus und hetzte zum Eingang. Ein Polizist in blauer Montur sah sie fragend an.

„Ich muss sofort Herrn Kommissar Walther sprechen", rief sie ihm zu, noch bevor sie die Theke erreicht hatte. Herr Büyüktürk kam hinter ihr her, aber der Beamte machte keinerlei Anzeichen, die Dringlichkeit der Bitte ernstzunehmen.

„Worum geht es?", fragte er ohne jede Emotion.

Frau Appeldorn war bewusst, dass diese Beamten alle möglichen Katastrophen erlebt hatten und dafür geschult waren, in den ausweglosesten Situationen die Ruhe zu bewahren. Aber jetzt und hier war sie nicht in der Stimmung, dies zu akzeptieren. Sie baute sich direkt vor ihm auf, sog kräftig Luft ein und sprach so eindringlich, wie sie es in ihrem Berufsleben schon so oft erprobt hatte, um irgendwelchen Bossen Respekt einzuflößen.

„Wenn Sie nicht sofort den Kommissar herbeirufen, wird hier ein Sturm über Sie hereinbrechen, den Sie sich nicht vorstellen können."

Der Polizist zeigte zuerst immer noch keinerlei Regung, aber schien doch darüber nachzudenken. Dann verzog er das Gesicht und griff zum Telefonhörer.

„Was gibt es denn so Dringendes?", fragte der Kommissar, als er aus einer Seitentür in den Eingangsbereich trat. Dann erblickte er Frau Appeldorn und Herrn Büyüktürk. „Was ist hier los?"

„Herr Meister ist entführt worden", warf ihm der Nachbar gleich entgegen.

„Wer?" Der Kommissar sah zu ihm.

„Friedrich Meister, der Schriftsteller."

„Kenne ich nicht." Der Kommissar schüttelte den Kopf. „Kommen Sie erstmal mit." Er ging voraus durch die Tür, aus der er gekommen war, und sie folgten ihm. Sie erreichten seinen Schreibtisch, und er bot ihnen mit einer Handbewegung einen Stuhl an.

„Mein Nachbar hat wahrscheinlich recht. Herr Meister ist entführt worden."

Der Kommissar quittierte mit einem kurzen Zucken des Mundes, dass das Angebot, Platz zu nehmen, nicht angenommen wurde, und ließ sich in seinen Bürostuhl fallen. „Jetzt mal ganz langsam. Wer ist dieser Friedrich Meister, und wieso denken Sie, dass er entführt wurde?"

Herr Büyüktürk sah aus, als ob er Herrn Walther eine Moralpredigt darüber halten wollte, welch literarischer Banause er doch sei, dass er Friedrich Meister nicht kannte. Aber Frau Appeldorn gab ihm mit einem Handzeichen zu verstehen, dass er sich zurückhalten solle. Stattdessen ergriff sie das Wort. „Friedrich Meister ist ein berühmter Schriftsteller, der gestern in der hiesigen Stadtbibliothek eine Lesung hatte und dort auch von seinem aktuellen Projekt berichtet hat. Er hat angekündigt, dass er den Mord an unserem Bademeister aufklären und den Mörder schon bald entlarven würde."

Der Kommissar riss die Augen auf. „Er hat was?" Dann wartete er aber keine Antwort ab, sondern fuhr fort: „Wie kommt er denn dazu?"

„Herr Meister war schon einige Tage hier und hat mit uns Nachforschungen angestellt."

„Dann haben Sie ihm diesen Floh ins Ohr gesetzt?"

Frau Appeldorn schüttelte heftig den Kopf. „Nein, das habe ich ganz gewiss nicht getan. Ich bin sogar der absoluten Überzeugung, dass Herr Meister völlig falsch liegt mit seinen Vermutungen, wer den Bademeister ermordet hat."

„Okay, soll mir egal sein." Herr Walther machte ein Gesicht, als ob hätte sich seine Schwiegermutter dauerhaft bei ihm einquartiert. „Aber wie kommen Sie darauf, dass er entführt wurde?"

„Er ist nicht in seinem Hotel", rief Herr Büyüktürk dazwischen.

Wieder machte Frau Appeldorn eine Handbewegung, die ihn beruhigen sollte. „Er ist nach Aussage der Hotelbesitzerin von einem Freund abgeholt worden. Doch Herr Meister hat hier keine Freunde. Und …"

Sie neigte sich dem Kommissar entgegen. „Ich habe den begründeten Verdacht, dass es sich bei dem angeblichen Freund um den tatsächlichen Mörder des Bademeisters handelt."

Der Kommissar verdrehte die Augen. „Das ist ja eine abgedrehte Story. Haben Sie irgendwelche Beweise, die diesen Blödsinn belegen?"

„Das ist kein Blödsinn." Frau Appeldorn bemühte sich, ruhig zu bleiben. Herrn Büyüktürk war anzusehen, dass er sich kaum noch beherrschen konnte.

„Machen Sie etwas", quetschte er zwischen den Zähnen hervor.

„Seien Sie mir nicht böse, aber ein erwachsener Mann ist nicht in seinem Hotel. Sie haben mir keinerlei konkreten Hinweise auf eine Entführung genannt. Was soll ich denn Ihrer Meinung nach tun? Eine Großfahndung ausrufen mit Helikopter und Hundertschaft?" Er grinste.

„Sie können doch nicht einfach nichts tun?" Nun war der Nachbar nicht mehr zu halten. Seine Stimme hallte durch das ganze Büro und wurde wahrscheinlich noch vor dem Gebäude auf der Straße deutlich verstanden. „Einer der größten Schriftsteller unseres Landes ist entführt worden, und Sie lehnen sich hier in Ihrem Stuhl zurück und tun einfach gar nichts?" Sein Kopf war hochrot angelaufen.

Der Kommissar richtete auf. „Jetzt schreien Sie hier nicht so rum. Liefern Sie mir irgendeinen klaren Anhaltspunkt, dass es wirklich eine Entführung gegeben hat, und ich werde mit aller Kraft aktiv werden. Vorher sind mir die Hände gebunden."

Herr Büyüktürk schien kurz davor zu sein, wie eine Rakete durch den Raum zu schießen, doch Frau Appeldorn legte ihm die Hand auf die Schulter. „Lassen Sie mich kurz", hauchte sie ihm entgegen.

Dann wandte sie sich dem Kommissar zu. „Na gut, dann helfen Sie uns wenigstens dabei, diese Beweise aufzutreiben. Sie müssen mir dafür einige Namen und Adressen besorgen."

Der Kommissar verdrehte die Augen. „Wenn Sie mir dann diesen Wüterich vom Hals halten. Welche Namen benötigen Sie denn?"

„Sie haben die Personen sicherlich bei den Ermittlungen zum Tod des Bademeisters vernommen. Ich brauche die Namen und Wohnanschriften der Leute vom Grünflächenamt, die die Leiche gefunden haben."

„Was wollen Sie denn von denen?"

„Lassen Sie das mal meine Sorge sein. Geben Sie sie mir nun?"

„Ja, ja." Er wippte mit dem Kopf hin und her und begann dann, auf seiner Computertastatur zu tippen. Dann stand er auf und holte ein Blatt aus einem einige Meter entfernt stehenden Drucker. Er hielt ihr das Blatt hin. „Hier sind die Adressen. Versprechen Sie mir aber, keinen Blödsinn damit zu machen. Und wenn Sie wirklich Anzeichen für eine Entführung finden, rufen Sie mich sofort an. Verstanden?"

Sie nickte, während Herr Büyüktürk ihr das Blatt entriss und aus der Tür stürmte. „Kommen Sie schon!", rief er ihr zu, als er den Raum schon fast verlassen hatte.

Herr Büyüktürk drehte am Zündschlüssel, und der Motor des Mercedes blubberte los. „Welcher von denen ist es?"

Frau Appeldorn suchte den Sicherheitsgurt und beeilte sich, ihn einrasten zu lassen. Dann nahm sie das Blatt wieder an sich und betrachtete die aufgelisteten Namen und Adressen.

„Moment", sie nahm ihr Handy zur Hand. Nach kurzem Scrollen klickte sie eine Nummer an und wartete, bis sich die Stimme der Angerufenen meldete. „Hallo Frau Schreiber, hier ist Mareike Appeldorn. Bitte legen Sie nicht auf!"

„Was wollen Sie denn schon wieder?"

„Ich habe nur eine Frage: Welcher Ihrer Kollegen ist heute nicht zur Arbeit erschienen?"

„Woher wissen Sie …"

„Also habe ich recht. Es fehlt ein Kollege, nicht wahr?"

„Ja, Mike hat sich heute krankgemeldet."

„Danke. Sie haben uns sehr geholfen." Sie beendete das Telefonat, nahm das Blatt mit den Adressen hoch und tippte mit dem Finger auf einen der Namen. „Der ist es."

„Warum der?"

„Michael Kemper", las Frau Appeldorn vor. „Frau Schreiber hat den Kollegen Mike genannt. Michael, Mike, das ist der einzige Name, der passt."

„Okay, dann los!" Er gab Gas und lenkte den Wagen auf die Straße. „Was machen wir denn, wenn Meister nicht dort ist?"

„Das sehen wir dann."

Er gab Gas vor einer Ampel, die auf Rot zu springen drohte. „Vielleicht hat er ihn schon umgebracht."

„Solche Gedanken sollten Sie sich nicht machen. So, wie ich Friedrich Meister kennengelernt habe, ist er durchaus im Stande, sich zu wehren."

Herr Büyüktürk überholte einen Kleinwagen und scherte erst so spät wieder ein, dass ein Auto im Gegenverkehr wütend blinkte.

Frau Appeldorn musste sich innerlich eingestehen, dass Sie sich auch schon derartige Gedanken gemacht hatte. „Wenn Sie uns allerdings auf dem Weg dorthin umbringen, werden wir es nie erfahren."

„Wie hat dieser Kerl es überhaupt geschafft, dass Friedrich mit ihm gegangen ist?"

„Er hat ihn wahrscheinlich mit einer Waffe bedroht", mutmaßte Frau Appeldorn. „Das ist doch ein gutes Zeichen."

Herr Büyüktürk lenkte den Wagen so rasant um eine Kurve, dass sich Frau Appeldorn am Türgriff festklammern musste.

„Wieso soll das ein gutes Zeichen sein?", fragte er.

„Na, wenn der Entführer ihn hätte umbringen wollen, hätte er es doch gleich dort tun können."

Herr Büyüktürk schien nicht überzeugt und bremste den Wagen abrupt und mit quietschenden Reifen ab. „Hier muss es ein", verkündete er und war schon ausgestiegen.

Sie beeilte sich, ihm zu folgen, und gemeinsam gingen sie auf ein Einfamilienhaus zu. Der Vorgarten sah ungepflegt aus, die Pflanzen hatten schon länger kein Wasser mehr gesehen. Oder handelte es sich um gewuchertes Unkraut?

Sie erreichten die Tür, und Herr Büyüktürk betätigte die Klingel.

„Was sagen wir denn, wenn er hier ist?"

Frau Appeldorn zuckte mit den Schultern. „Das wird sich dann ergeben."

Von hinter der Tür waren Geräusche zu vernehmen, die klangen, als ob etwas Schweres über einen Boden geschleift würde. Sie sah ihren Nachbarn an, und er schien das Gleiche zu denken. Wurde da ein Körper beiseite geschleift? Herr Büyüktürk drückte hastig auf die Klingel und hielt den Finger länger darauf.

„Ich komme ja schon", meldete sich eine Stimme aus dem Haus, die nicht, wie erwartet, nach einem Mann mittleren Alters klang. Die Tür öffnete sich und machte die Sicht auf eine ältere Frau frei. Ihr Erscheinung erinnerte Frau Appeldorn an die Hexen aus den alten Geschichten, mit denen sie als Kind erschreckt worden war. Die Frau in dem Haus trug einen alten Kittel mit einem undefinierbaren Muster, hatte zottelige, graue Haare, die gewiss schon lange keinen Friseur mehr gesehen hatten, und ging gebückt, wie eben diese buckeligen Figuren aus dem Märchen. Es fehlte nur noch eine dicke, haarige Warze im Gesicht, um das Bild aus den Gruselgeschichten zu vervollständigen.

„Was wollen Sie?", knarzte die Frau, und Frau Appeldorn musste fast grinsen, weil die Stimme perfekt zu dem Bild in ihrem Kopf passte.

„Wir suchen Michael Kemper", antwortete sie. „Ist er da?"

„Was hat mein Junge jetzt schon wieder angestellt?"

„Nichts", log Frau Appeldorn. „Wir möchten nur mit ihm sprechen."

Plötzlich wirkte die alte Dame zerbrechlich, und ihr Blick bekam etwas Sanftes. „Mischa ist auf der Arbeit. Er arbeitet bei der Stadt", fügte sie an und klang stolz.

„Ja, das wissen wir. Wir haben auch schon versucht, ihn dort zu erreichen, aber er hat sich krankgemeldet."

Der Mutter war anzumerken, dass sie diese Nachricht überraschte.

Frau Appeldorn dachte, dass sie ihre Irritation ausnutzen könnte, um die Frau zu mehr Entgegenkommen zu bewegen. „Wir wollen nur verhindern, dass sich Ihr Sohn in eine schwierige Situation bringt. Wohnt er hier bei Ihnen?"

Sie nickte. „Ich habe das große Haus. Da muss er sich ja keine teure Wohnung suchen. Mein Mann ist schon abgehauen, als Mischa noch klein war." Sie schien in Gedanken zu dem verschwundenen Vater zu gleiten.

„Hat Ihnen Ihr Sohn nicht gesagt, was er vorhat?"

Sie schüttelte schwach den Kopf. „Er ist ganz normal aus dem Haus gegangen, wie jeden Morgen."

„Haben Sie seine Handynummer?"

Das Gesicht der Frau hellte sich wieder auf. „Ja, er hat sie mir in das Telefon getippt." Sie drehte sich um und ging zu einem Schränkchen, auf dem ein Telefon in seiner Ladestation stand. Sie nahm das mobile Teil in die Hand und drückte auf eine der Tasten. Dann hielt sie es sich ans Ohr und lauschte, ob sich jemand meldete. Nach einem kurzen Moment ließ sie Hand sinken. „Da kommt nur eine automatische Stimme."

„Würden Sie mir die Nummer Ihres Sohnes zeigen?", bat Frau Appeldorn, und die Mutter schlurfte zu ihr, um ihr das Telefon hinzuhalten.

Frau Appeldorn tippte die Nummer im Display in ihr Handy. „Danke. Haben Sie irgendeine Idee, wo Ihr Sohn sein könnte?"

Die Frau sah sie nur aufgerissenen Augen an und bewegte den Kopf nach links und rechts. „O Gott, in was ist mein Mischa nur wieder hineingeraten."

Sie tat ihr leid, wie sie da gebückt vor ihr stand und den Eindruck machte, schon eine Ewigkeit alle Last der Welt auf ihren schwachen Schultern tragen zu müssen.

„Hatte er denn schon öfter Probleme?"

„Seit sein Vater sich davongemacht hat, war es schwer für den Jungen. Ich musste arbeiten, um uns zu ernähren. Immerhin hatte ich das Haus von meinen Eltern geerbt, aber sie sind auch viel zu früh gestorben, und wir standen völlig alleine da."

„Was hat Ihr Sohn denn angestellt?"

„Die Kinder in der Schule haben ihn immer gehänselt. Er war ja auch so schmächtig." Sie schien in die Erinnerungen abzugleiten.

„Und was ist dann passiert?", holte Frau Appeldorn sie wieder in die Gegenwart zurück.

„Er hat sich nur gewehrt."

Frau Appeldorn nickte. „Natürlich."

„Er hat einen Mitschüler geschubst, und der ist unglücklich gestürzt. Mein Mischa hat das nicht gewollt."

„Was ist dann geschehen?", hakte Frau Appeldorn nach.

„Mischa musste die Schule wechseln und war dann immer der Außenseiter."

„Hat er eine Freundin?"

Die besorgte Mutter schien noch ein wenig mehr in sich zusammenzusinken. „Nein, die Mädchen wissen meinen Jungen nicht zu schätzen."

Frau Appeldorn kam ein Gedanke, und sie drückte ihn spontan aus. „Könnten wir wohl mal in sein Zimmer schauen? Vielleicht finden wir einen Hinweis, wo er sein könnte."

Die Frau sah sie mit großen Augen an. „Sie haben mir noch gar nicht gesagt, was Sie von meinem Jungen wollen."

„Wir möchten ihn nur sprechen."

„Lügen Sie mich nicht an!"

Herr Büyüktürk war anzumerken, dass er sich nicht mehr zurückhalten konnte. Frau Appeldorn wollte ihn noch mit einer Handbewegung bremsen, aber es war zu spät.

„Ihr Sohnemann hat Herrn Meister entführt", rief er der Mutter entgegen.

„Was? Sie sind doch verrückt. Wer soll das überhaupt sein?", protestierte die Frau.

Herr Büyüktürk war nicht gewillt, locker zu lassen. „Wo ist er?"

„Verschwinden Sie!" Sie machte den Ansatz, die Tür zu schließen.

Frau Appeldorn machte einen Schritt in das Haus, um die Tür mit dem Fuß zu blockieren. „Bitte, Frau Kemper, wir müssen Ihren Sohn finden. Es ist doch auch in Ihrem Interesse, dass Schlimmeres verhindert wird."

„Mein Mischa hat sowas nicht gemacht."

„Ja, vielleicht. Also lassen Sie uns ihn finden, um das festzustellen. Vielleicht entdecken wir gemeinsam Hinweise in seinem Zimmer, wo er sein könnte."

Die Mutter stockte in ihrer Bewegung und hörte auf, die Tür schließen zu wollen. Ihr war anzumerken, wie es in ihr arbeitete.

„Er benötigt womöglich Hilfe", versuchte Frau Appeldorn, den Druck zu erhöhen.

Frau Kemper sah sie an, und ihr Blick wirkte tiefbesorgt. Sie gab nach. Langsam öffnete sie die Tür so weit, dass die Besucher eintreten konnten.

„Mischas Zimmer ist oben", sagte sie und schlurfte voraus die Treppe hinauf.

Sie öffnete eine Zimmertür, und sie konnten in den Raum sehen.

„Wie alt ist Ihr Sohn?", sah sich Frau Appeldorn bemüßigt zu fragen, nachdem sie die Poster an den Wänden betrachtet hatte.

„Fünfunddreißig", grummelte die Mutter.

Herr Büyüktürk machte einige Schritte in das Zimmer und schüttelte nur den Kopf. Frau Appeldorn verstand, dass er ähnlich dachte wie sie, beim Anblick des Raumes. Sie hätte als Bewohner einen Teenager darin vermutet, der Hard Rock mochte. Es war offensichtlich, dass Michael Kemper in der Welt eines Jugendlichen hängengeblieben war.

Auf einem von oben bis unten mit Gothicmotiven bemalten Schreibtisch stand ein Laptop. Herr Büyüktürk klappte das Gerät auf, und der Anmeldebildschirm wurde angezeigt. „Kennen Sie sein Kennwort?", fragte er die Mutter, die nur den Kopf schüttelte, und dann begann, die Bettwäsche glattzustreichen.

„Mist", brummte der Nachbar und kramte in den Sachen auf dem Schreibtisch.

„Wo ist das?", fragte er unvermittelt und hob ein Foto hoch.

„Das kenne ich", meldete sich Frau Appeldorn zu Wort. „Ist das nicht die Grillhütte am See?"

„Welche Hütte?", fragte er nach.

„Am See ist doch diese Hütte, die man mieten kann, um dort zu grillen oder Feste zu feiern."

Die Mutter kam zu ihm, nahm das Foto in die Hand und betrachtete es. „Mischa liebt diese Hütte. Er geht immer mal dorthin, wenn er alleine sein möchte."

„Könnte er jetzt dort sein?", hakte der Nachbar nach.

Die Mutter nickte vorsichtig. „Vielleicht. Aber er hat bestimmt niemanden entführt."

„Da müssen wir hin", stellte Herr Büyüktürk fest.

Frau Appeldorn nickte. „Welches Auto fährt Ihr Sohn", wandte sie sich an die Mutter.

„Ich kenne mich nicht mit Autos aus. Ist ein Opel, glaube ich."

„Danke, Frau Kemper. Darf ich Ihnen meine Telefonnummer geben, und Sie rufen mich an, wenn sich Ihr Sohn wieder bei Ihnen meldet?"

Die Frau nickte, und Frau Appeldorn reichte ihr eine der Visitenkarten, die sie sich für die Arbeit im Kulturverein hatte drucken lassen, und bedankte sich bei der Mutter.

„Wir müssen los." Herr Büyüktürk winkte ihr zu und eilte zum Auto.

Der See lag außerhalb der Stadt, und Herr Büyüktürk beschleunigte den Wagen, als sie das Ortsausgangsschild passierten.

„Friedrich ist jetzt schon Stunden in den Händen dieses Verrückten", stellte er fest. Er überholte einen Traktor und raste die Straße entlang.

„Wir sind ja gleich dort."

Herr Büyüktürk lenkte den Wagen auf den Schotterweg, der direkt zum Parkplatz am See führte. Die Steine spritzten zur Seite, als er den Wagen abbremste. „Die Hütte ist da vorne."

Frau Appeldorn sah sich auf dem Platz um. „Es steht kein Auto hier."

Der Nachbar stieg aus, und sie tat es ihm nach.

„Meinen Sie, er ist nicht hier?"

Sie suchte auf den sandigen Boden des Parkplatzes nach Spuren. „Da könnte vor kurzem ein Auto gefahren sein", teilte sie ihm mit, während er bereits auf dem Weg zu der Hütte war.

„Friedrich", rief er. „Bist du da?"

Frau Appeldorn musste sich anstrengen, ihm zu folgen. „Seien Sie vorsichtig!", rief sie ihm hinterher, aber der Nachbar schien sie nicht mehr zu hören. Er rannte um die Hütte herum zum Eingang.

Als Frau Appeldorn auch dort angekommen war und die Hütte betrat, mussten sich ihre Augen erst an das schummrige Licht gewöhnen. Dann sah sie, dass der

Schriftsteller in der Ecke des Raumes kauerte. Herr Büyüktürk war schon damit beschäftigt, ihm das Klebeband vom Gesicht zu reißen.

„Ah, meine Helden", stöhnte Friedrich Meister, als sein Mund wieder frei war. „Ich wusste, dass ihr mich finden würdet."

Der Nachbar half ihm dabei, die weiteren Fesseln zu lösen. „Ist alles in Ordnung?"

Der Schriftsteller streckte die Beine aus und schüttelte die Handgelenke. „Ja, es geht mir gut." Er richtete sich mit der Hilfe von Herrn Büyüktürk auf. „Wie habt ihr mich gefunden?"

„Die Mutter des Entführers hat uns den Tipp gegeben. Was ist passiert?"

Friedrich Meister nahm wieder eine selbstbewusstere Haltung ein. „Er hat mich überrumpelt." Ihm war anzumerken, dass ihm dieser Umstand peinlich war.

„Wie konnte das denn passieren?", fragte Herr Büyüktürk auch schon nach.

Der Schriftsteller ließ sich auf eine Holzbank sinken, die durch die halbe Hütte ging. „Heute Morgen rief mich die Rezeption an und gab Nescheid, dass Besuch für mich da sei. Ich dachte zuerst, ihr wärt es, aber als ich dann hinunterkam, stand da dieser Mann und hielt mein Buch hoch. Er entschuldigte sich überschwänglich für die Störung, aber er wäre ein so großer Fan und hätte es nicht zu meiner Lesung geschafft. Daher wollte er mich bitten, ihm sein Buch zu signieren." Er sah zu ihnen. „Wie hätte ich ahnen können, was er vorhatte?" Er schien zu warten, dass ihm jemand beipflichtete. Als dies nicht geschah, fuhr er fort: „Ich habe ihn dann gebeten, mich nach oben zu meinem Zimmer zu begleiten, weil ich meinen Signierstift nicht dabeihatte."

„Da hat er dich dann überwältigt?", hakte Herr Büyüktürk ein.

Der Schriftsteller nickte schwach. „Ja, plötzlich zog er ein Messer, hielt es mir an den Hals und schrie mich an. Was ich über den Mord an dem Bademeister wüsste und dann faselte er etwas davon, dass er nicht ins Gefängnis gehen könne."

„Und dann?" Dem Nachbarn war die Anspannung deutlich anzusehen.

„Ich habe auf ihn eingeredet, um ihn zu überzeugen, dass er sich nur noch tiefer reinreitet, wenn er mich töten würde."

„Hat er konkret gesagt, dass er den Bademeister umgebracht hat?"

Friedrich Meister schüttelte den Kopf. „Nein, ich glaube auch nach wie vor nicht, dass er es war."

„Wie können Sie das sagen, nachdem er sie entführt hat?"

Der Schriftsteller sah sie an. „Er hat mich nicht verletzt. Auf mich wirkte er eher verzweifelt. Ist einfach ein Gefühl."

„Wenn er den Bademeister erschlagen hat und nun spürt, dass wir ihm auf der Spur sind, ist es nachvollziehbar, dass er verzweifelt ist."

„Auf jeden Fall machte er den Eindruck, dass ihm die Dinge entglitten sind."

„Haben Sie denn eine Idee, wo er hin sein könnte?"

Der Schriftsteller schüttelte den Kopf. „Er hat nur immer vor sich hingebrummelt, dass er seine Mutter nicht alleine lassen dürfe."

„Glauben Sie, er ist wieder zurück zu seiner Mutter gefahren?", meldete sich Herr Büyüktürk zu Wort.

„Ich weiß es nicht. Er muss eigentlich davon ausgehen, dass ihn jeder dort vermuten würde. Wir sollten auf jeden Fall den Kommissar alarmieren. Er muss nun aktiv werden." Sie kramte das Handy aus ihrer Tasche und wählte die Nummer.

„Hallo Herr Kommissar", meldete sie sich, als er das Gespräch angenommen hatte. „Herr Meister ist tatsächlich entführt worden, aber wir konnten ihn finden und befreien."

Der Kommissar fragte nach Details, und sie erklärte ihm die Umstände. „Sie müssen sofort zur Mutter des Täters fahren. Wir vermuten, dass er dort auftauchen wird, und es ist nicht auszuschließen, dass er sich und ihr etwas antun könnte."

Sie gab ihm die Adresse der Mutter, und der Kommissar sagte zu, sofort Beamte dorthin zu schicken. Dann beendete sie das Gespräch.

„Er schickt Beamte zu Frau Kemper, und wir sollen warten, bis weitere Beamte hier sind, um alles aufzunehmen."

Als sie wieder zuhause ankamen, dämmerte es bereits. Sie hatten den Schriftsteller an seinem Hotel abgesetzt, nachdem er ihnen versichert hatte, dass er am Abend lieber alleine sein würde. Frau Appeldorn musste sich innerlich eingestehen, dass es ihr recht war, ihn nun nicht den ganzen Abend betreuen zu müssen. Auch ihr Nachbar wirkte von den Geschehnissen des Tages erschöpft. Sie verabschiedeten sich wortlos und gingen jeder in sein Haus.

Als Frau Appeldorn den Hut in die Schachtel packte, bemerkte sie, dass das Lämpchen an ihrem Telefon leuchtete. Die Betätigung der entsprechenden Taste zeigte ihr an, dass ihre Schwester mehrfach versucht hatte, sie zu erreichen. Sie überlegte kurz, ob Sie sie zurückrufen wollte, aber entschied sich dann dagegen. Wenn Annemie auch nur Bruchteile der heutigen Geschehnisse erfahren würde, würde sie ihr zusätzlich die Hölle heiß machen. Sie trottete in ihr Wohnzimmer und ließ sich in ihren Lieblingssessel fallen.

Sie sah auf die Uhr. Der Kommissar hatte sich nicht mehr gemeldet, obwohl er versprochen hatte, ihr eine Rückmeldung zu geben, sobald der Täter festgenommen worden war. Sie überlegte, ob sie es wagen könnte, bei ihm nachzufragen. Dann griff sie entschlossen zum Handy.

Es dauerte eine Weile, bis sie die Stimme des Kommissars vernahm.

„Haben Sie ihn?"

„Er ist bisher nicht bei seiner Mutter aufgetaucht. Aber die Fahndung läuft."

„Ich bin sicher, dass er zu seiner Mutter zurückkehren wird. Sie haben eine sehr enge Beziehung."

„Das haben wir auch schon festgestellt. Es ist ein Wagen vor ihrem Haus postiert. Wenn er dort auftaucht, kriegen wir ihn."

„Hoffen wir nur, dass er in seiner Panik jetzt nicht irgendetwas anstellt."

Der Kommissar pflichtete ihr bei. „Wir haben übrigens den Wagen des Mannes überprüft. Er passt zu der Beschreibung, die wir zu dem Fahrzeug haben, das diese junge Frau angefahren hat."

„Sie meinen, Michael Kemper könnte der Unfallfahrer sein?"

„Einiges spricht dafür."

„Ja, es passt alles zusammen. Er versucht krampfhaft, Zeugen zu beseitigen. Ich wundere mich nur, wieso er Herrn Meister nicht umgebracht hat."

„Wir werden ihn erwischen und es dann erfahren." Er versprach, sie sofort zu informieren, wenn es Neuigkeiten geben würde.

Sie legte das Handy auf den Tisch vor ihr und betrachtete die Bilder an der Wand. Wo könnte jemand wie Michael Kemper hin, wenn nicht nach Hause? Es wollte ihr keine Antwort auf die Frage einfallen. Sie schaltete den Fernseher ein. Eine Nachrichtensprecherin erschien auf dem Bildschirm. Frau Appeldorn lehnte sich in ihrem Sessel zurück. Heute würde sie nichts mehr unternehmen können.

XV

Der Bergdoktor rettete gerade einer Patientin das Leben, als das Telefon klingelte. *Das ist bestimmt Annemie*, ging ihr durch den Kopf, und sie spielte kurz mit dem Gedanken, es einfach klingeln zu lassen. Dann erhob sie sich aber doch, ging in den Flur und nahm das Telefon in die Hand. Die Nummer auf dem Display war nicht die von ihrer Schwester. Sie betätigte die Taste mit dem grünen Hörer und meldete sich mit ihrem Namen.

„Sie müssen meinem Jungen helfen", keuchte es aus dem Telefon.

„Frau Kemper?"

„Ja, vor dem Haus steht die Polizei, und mein Junge ist geflohen. Ich habe Angst, dass er sich etwas antut. Bitte, helfen Sie ihm."

„Sie müssen mit der Polizei reden. Sie werden ihn finden."

Ein deutliches Schluchzen war zu hören. „Nein, nein, die verhaften meinen Jungen und stecken ihn ins Gefängnis. Das überlebt er nicht. Bitte, helfen Sie ihm!" Ihre Stimme wurde immer flehentlicher und Frau Appeldorn überlegte krampfhaft, wie sie die Frau davon überzeugen könnte, mit der Polizei zu reden.

„Aber …", machte sie einen erneuten Anlauf.

„Bitte, bitte, Sie müssen ihm helfen", fiel ihr die Mutter kaum noch hörbar ins Wort.

„Wissen Sie denn, wo ihr Sohn ist?"

„Ich habe ihm Ihre Karte gegeben."

„Was?" Frau Appeldorn sah erschrocken zu ihrer Haustür. „Sie meinen, er kommt zu mir?"

„Ich dachte, Sie könnten dafür sorgen, dass ihm nichts geschieht."

Frau Appeldorn rannte zur Haustür und öffnete sie. Erleichtert stellte sie fest, dass weit und breit kein verzweifelter Mann mit Messer zu sehen war.

„Er ist nicht hier", sagte sie ins Telefon. „Bitte, Frau Kemper, sprechen Sie mit der Polizei. Ich kann nichts für Sie tun." Dann beendete sie das Gespräch und ließ den Blick erneut über ihren Garten und die Straße schweifen. Welches Auto sollte Michael Kemper noch fahren? Sie betrachtete die Modelle, die an der Straße geparkt waren, aber Automarken sagten ihr nicht viel. Wie sah so ein Opel überhaupt aus? Warum hatte sie nicht nach der Farbe gefragt? Sie schloss die Tür und blickte auf die Uhr. Der Kommissar war sicher nicht mehr im Dienst, und um den Notruf zu alarmieren, erschien ihr die Situation nicht dringlich genug. Sie würde sicherstellen, dass alle Türen und Fenster gut verschlossen waren und den Kommissar gleich morgen früh informieren. Ein weiteres Mal prüfte sie, dass die Haustür doppelt abgeschlossen war, und machte sich auf den Weg zur Küche, um bei der Terrassentür nachzusehen. Ein Geräusch ließ sie innehalten. Waren das Schritte? Ihr Herz raste, und sie versuchte, sich durch kontrolliertes Atmen wieder zu beruhigen. Es war sicher nichts gewesen, sagte sie sich und ging weiter in die Küche. Fast hätte sie aufgeschrien, als sie um die Ecke kam und in das Gesicht des Mörders sah.

„Bitte nicht erschrecken", stammelte er und starrte sie mit großen Augen an. In der Hand hielt er ein Messer, und als er bemerkte, dass sie es wahrgenommen hatte, ließ er es erschrocken auf den Tisch fallen. „Bitte", flüsterte er. „Helfen Sie mir!"

„Wie sind Sie hier hereingekommen?"

Er zeigte auf das Messer und die geöffnete Terrassentür. „Sind leicht zu knacken."

„Was wollen Sie?" Immer noch raste ihr Herz, und die Gedanken wollten sich noch nicht zu logischen Konstrukten formen.

„Meine Mutter hat mir gesagt, dass Sie mir vielleicht helfen können. Ich war das nicht."

Alles in dem Mann vor ihr drückte Verzweiflung aus, auch wenn seine über und über mit Tattoos dekorierten Arme und Körperteile, soweit sichtbar, ihn eher bedrohlich erscheinen ließen. Sie betrachtete das Piercing an seiner Nase, das gelegentlich das Licht widerspiegelte, das darauf fiel.

„Sie waren der Spanner am Schwimmbad." Frau Appeldorn erschrak, als sie dies sagte. War es sinnvoll, den Mörder in ihrer Küche mit der Tat zu konfrontieren? Sie sollte ihn eher beschwichtigen und auf die Gelegenheit warten, den Notruf zu wählen.

Michael Kemper sank vor ihr auf einen Stuhl und schluchzte auf. „Ja, ich gebe es zu." Dann verbarg er sein Gesicht in seine ebenfalls tätowierten Hände und weinte hemmungslos.

Frau Appeldorn war sich unschlüssig, was zu tun war. Sollte sie die Gelegenheit wahrnehmen, zum Telefon rennen und die Polizei alarmieren? Stattdessen machte sie einen vorsichtigen Schritt auf die vor ihr kauernde Gestalt zu, schob das Messer von ihm weg und setzte sich auf den Stuhl neben ihm.

„Der Bademeister hat sie erwischt, nicht wahr?"

Der Mann nickte schwach, ohne die Hände von seinem Gesicht zu lösen.

„Was ist dann passiert?"

Er hob das Gesicht und Tränen rannen ihm die Wangen hinunter. „Er hat gesagt, er würde mich bei der Polizei anzeigen. Ich flehte ihn an, es nicht zu tun."

„Und dann?"

„Dann musste ich schnell wieder zu meinen Kollegen, sonst wäre es doch aufgefallen, dass ich …" Er stockte und suchte sichtlich nach Worten. „Dass ich mich habe ablenken lassen", murmelte er.

„Sie behaupten, dass der Bademeister da noch gelebt hat?"

Er nickte heftig. „Ja, ich schwöre."

„Sie wissen, dass dies ziemlich unglaubwürdig ist. Wer soll denn dann den Bademeister ermordet haben?" Sie suchte nach einer Reaktion in seinem Gesicht, als das Telefon klingelte.

„Wer ist das?", rief er und bekam wieder den panischen Ausdruck.

„Ich weiß es nicht. Ich gehe und schaue nach." Sie erhob sich langsam und hastete dann zum Telefon. Sie schüttelte den Kopf, als sie die Nummer im Display erkannte. „Annemie, es ist gerade sehr unpassend", sagte sie, nachdem sie das Gespräch angenommen hatte.

„Hast du etwa Besuch?", fragte die Schwester.

„Ja. Ich melde mich später."

Eine Bestätigung der Schwester wartete sie nicht ab, sondern beendete das Gespräch und eilte zurück in die Küche. Die Terrassentür stand offen, und Michael Kemper war verschwunden. Das Messer hatte er mitgenommen.

Sie suchte den Garten nach ihm ab, aber es war nichts zu sehen. Sie schloss die Terrassentür und überlegte, wie sie die Tür besser sichern könnte. Am Montag würde sie sich bei einem Schlosser danach erkundigen.

Die Nacht war unruhig gewesen. Der Gedanke, dass ein verzweifelter Mörder sich Zugang zu ihrem Haus verschafft hatte, ließ sie nicht zur Ruhe kommen. Sie starrte seit gefühlten Stunden auf die Uhr und fragte sich, ob es möglich wäre, den Kommissar anzurufen, obwohl es Sonntag war und er sich sein ruhiges Wochenende sicherlich verdient hatte. Aber dann widersprach sie sich innerlich. Es war doch ein Notfall. Der Kommissar würde es wissen wollen, denn es betraf ja seinen Fall. Er musste es wissen. Sie wählte die Nummer und lauschte dem Rufton. Es dauerte, bis sich seine Stimme meldete. „Frau Appeldorn, es passt gerade nicht."

„Entschuldigen Sie, dass ich Sie am Sonntag …"

„Das hat sicher auch noch bis morgen Zeit", unterbrach sie der Kommissar.

„Bitte, es geht ganz schnell. Der Mörder war gestern Abend bei mir", beeilte sie sich, ins Telefon zu rufen. „Ich dachte, das müssten Sie wissen."

„Sie meinen Michael Kemper?"

„Ja, genau."

„Ja, danke, das ist wirklich wichtig zu wissen. Aber ich kann Sie beruhigen. Jetzt wird er nirgendwo mehr hingehen."

„Haben Sie ihn gefasst?"

„Kann man so sagen. Er liegt vor mir."

„Wie meinen Sie das?"

„Ein Jogger hat ihn heute Morgen tot im Park gefunden."

„Hat er sich etwa umgebracht?"

„Nur, wenn er sich selbst die Kehle durchgeschnitten hat. Sie sagten, er war bei Ihnen? Hat er da auf Sie so gewirkt, dass er sich etwas antun wollte?"

„Ja, könnte schon sein."

„Kommen Sie bitte in einer Stunde auf die Wache. Ich muss Ihre Aussage aufnehmen."

Sie bestätigte, dass Sie kommen würde. Dann legte das Telefon ab. Was war da geschehen?

Sie sah aus dem Fenster und betrachtete den klaren, blauen Himmel. Es war ein schöner Sonntagmorgen. Bald schon würden die Menschen aus den Häusern gehen und die Cafés der Stadt bevölkern, um zu frühstücken und den Tag mit Freunden zu genießen. Der Gedanke, jetzt wieder in die Küche zu gehen und sich alleine an den Tisch zu setzen, gefiel ihr nicht. Zumal sie der Gedanke an den toten Mörder nicht losließ. Er hatte das Messer mitgenommen. War das schon mit dem Gedanken geschehen, sich damit die Kehle durchzuschneiden? Ging das überhaupt? Sie versuchte sich vorzustellen, wie es sein würde, wenn man sich selbst das Messer an die Kehle halten und dann mit einem schnellen Schnitt seinem Leben ein Ende bereiten würde. Es war unvorstellbar. Für sie war jeder Selbstmord unvorstellbar. Aber sie konnte nachvollziehen, dass man aus einem Impuls etwas tun konnte, was dann nicht mehr rückgängig zu machen war, wie von einer Brücke zu springen. Sicherlich würden es die Menschen in dem Moment bereuen, wenn sie abgesprungen waren, aber dann ließ es sich nicht mehr ändern. Aber einen langen, schmerzhaften Schnitt durch die eigene Kehle machen, und dann nicht schon nach den ersten Schmerzen aufhören? Das erschien ihr unmöglich. Aber selbst wenn dies irgendwie doch gehen würde, warum hatte er es dann im Park getan? Seine Mutter hatte doch am Telefon behauptet, dass er bei ihr gewesen war. Hätte es nicht viel mehr Sinn ergeben, sich gleich dort an Ort und Stelle das Leben zu nehmen?

Entschlossen nahm sie den Hut aus seiner Schachtel, zog sich die leichte Jacke an, griff nach ihrer Handtasche und verließ das Haus. Als sie bei ihrem Nachbarn klingelte, rechnete sie damit, dass er in seinem üblichen Outfit – Cordhose und Pantoffeln – erscheinen würde. Als sich die Tür öffnete, wurde ihre Erwartung vollständig erfüllt. Er sah sie verwundert an.

„An einem Sonntag so früh schon unterwegs?"

„Michael Kemper war gestern Abend bei mir, und jetzt ist er tot", warf sie ihm entgegen. Dann berichtete sie die Details.

„Das ist ja schrecklich. Aber gut, dass es jetzt vorbei ist", erwiderte er, als sie geendet hatte.

„Was halten Sie von einem Spaziergang im Park?",
schloss sie an.

„Was wollen Sie denn dort?"

„Den Sonntagmorgen genießen."

Er verdrehte die Augen. „Ja, ja, veralbern Sie mich
nur!"

„Kommen Sie mit?"

Er schien einen Moment nachzudenken. „Lassen Sie
es gut sein, liebe Frau Appeldorn."

„Also kommen Sie nicht mit?"

„Sie sollten auch nicht dorthin gehen. Es ist vorbei."

„Wir werden sehen", sagte sie, nickte ihm kurz zu
und machte sich dann auf den Weg zu ihrem Auto.

Als sie am Park ankam, waren die Polizeifahrzeuge
bereits von Weitem zu sehen. Einige Menschen standen
auf dem Weg herum und beobachteten die Arbeit der
Beamten. Der Bereich vor einer Baumgruppe war groß-
flächig abgesperrt. Frau Appeldorn ging darauf zu und
suchte das Areal ab. Aber sie konnte den Kommissar
nirgends entdecken. Er war sicherlich schon auf die
Wache gefahren. Sie umkreiste die Absperrung und
ging den Weg weiter bis zu dem Bereich, wo sie sonst
Hanna und ihre Clique getroffen hatten. Der um die
dortige Bank verteilte Unrat zeigte deutlich, dass sie
regelmäßig hier waren. Ob sie sich gestern auch hier
aufgehalten hatten? Es war durchaus möglich, und

dann mussten sie doch mitbekommen haben, dass sich nicht weit von ihnen ein Mann gerade die Kehle durchschnitt. Sie erschauerte bei dem Gedanken. Sie konnte sich nicht vorstellen, wie es für sie selbst sein würde, so eine schreckliche Tat mitzuerleben. Wie würde es dann auf diese Mädchen im Teenageralter wirken? Es müsste ein traumatisches Erlebnis sein. Sie überlegte, ob sie die Beamten darauf hinweisen sollte, dass es womöglich Zeuginnen geben könnte. Aber dann beschloss sie, es später dem Kommissar mitzuteilen, wenn sie ihn sowieso sprechen würde.

Viel besser wäre es, wenn Sie vorher eruieren könnte, ob Hanna und ihre Clique etwas zu dem Selbstmord von Mike Kemper sagen könnten. Sie holte ihr Smartphone aus der Handtasche und suchte die Telefonnummer, die ihr die junge Frau ins Gerät getippt hatte. Sie klickte sie an und lauschte dem Rufton.

„Hallo, Hanna. Hier ist Frau Appeldorn", gab sie sich zu erkennen. „Ich wollte dir nur mitteilen, dass es vorbei ist."

„Was meinen Sie?"

„Der Spanner, Mike Kemper, er ist heute Morgen tot aufgefunden worden. Wahrscheinlich hat er sich umgebracht."

„Oh, wie schrecklich."

„Sag mal, wart ihr gestern Abend noch an eurem Stammplatz im Park?"

„Wieso wollen Sie das wissen?"

„Na ja, weil er im Park gefunden wurde, nicht weit von eurem Treffpunkt."

„Wollen Sie etwa sagen, dass wir etwas damit zu tun haben?"

„Nein, nein, natürlich nicht. Aber vielleicht habt ihr etwas bemerkt, was zur genauen Klärung der Umstände beitragen kann."

Es war nur Hannas Atmen zu vernehmen. „Kann schon sein."

„Können wir uns kurz treffen und darüber sprechen?"

„Ja, wenn Sie wollen."

„Ich kann eben zu dir kommen."

„Nein, nein, nicht bei mir. Treffen wir uns hinter der Schule. Sie wissen schon, da, wo wir letztens schon waren."

„Okay, ich weiß wo. Ich bin in ein paar Minuten dort." Frau Appeldorn schaute auf die Uhr. Es war noch Zeit, bis sie zum Kommissar kommen sollte. Er würde ihr eine kleine Verspätung verzeihen, wenn sie ihm dafür umfassende Informationen liefern konnte. Sie machte sich auf den Weg zur Schule.

Als sie um das Schulgebäude herumging, sah sie die lila Haare von Hanna sofort. Sie stand mit dem Rücken zu ihr, umringt von einigen weitere Mädchen aus der Gruppe. Eines zeigte auf Frau Appeldorn, als sie auf die Truppe zuging. Hanna drehte sich zu ihr um. „Da sind Sie ja. Ich habe es ihnen gerade erzählt. Gut, dass der Spanner erledigt ist."

„Es ist nie gut, wenn sich ein Mensch das Leben nimmt."

„Um ihn ist es nicht schade", protestierte das Mädchen und blitzte sie an.

„Wart ihr denn gestern Abend im Park?"

Ein Mädchen aus der Gruppe nickte kurz, wurde dann aber von einem anderen Mädchen an den Arm geboxt und erstarrte sofort. Hanna schüttelte den Kopf. „Nein, wir haben nichts gesehen."

„Aber ihr wart im Park?"

„Wer behauptet das?" Hanna zog die Augen zu Schlitzen zusammen und verschränkte die Arme vor der Brust.

„Niemand behauptet irgendwas. Du hast doch vorhin am Telefon selbst gesagt, dass du etwas zu berichten hast."

Im Augenwinkel beobachtete Frau Appeldorn das Gruppenmitglied, das zuvor kurz genickt hatte. Das Mädchen wirkte, als ob es gegen das Bedürfnis ankämpfen müsste, etwas loszuwerden. „Wenn ihr etwas gesehen habt, dann sagt es mir doch."

„Wenn wir den Mistkerl gesehen hätten, hätte er keine Chance gehabt, sich selbst umzubringen", zischte Hanna.

Frau Appeldorn blickte in das Gesicht der jungen Frau und erschrak. Wie konnte ein so junges Gesicht so viel Hass ausstrahlen? Ein Gedanke schoss ihr durch den Kopf, und sie musste sich bemühen, sich nichts anmerken zu lassen. Fügte sich nicht alles zusammen? Der Fundort von Kemper ausgerechnet im Park. Die Mädchen, die offensichtlich etwas zu verbergen hatten. Der Gesichtsausdruck der jungen Frau, der nichts mehr von einem unschuldigen Mädchen hatte. Sie musterte die junge Frau, und alles in ihr bestätigte den Eindruck, den sie sich kaum traute zuzulassen: Ihr gegenüber stand eine Täterin. Eine, der alles zuzutrauen war. Mike Kemper hatte sich nicht selbst umgebracht.

„Okay, dann ist alles klar. Danke, dass ihr Zeit für mich hattet." Frau Appeldorn versuchte, ein Lächeln hinzubekommen, das keinen Verdacht erregte. „Dann macht euch noch einen schönen Sonntag." Sie hob die Hand zu einem kurzen Winken und drehte sich zum Gehen.

„Sie weiß es", hörte sie ein Zischen hinter sich. „Packt sie!" Dann spürte sie, wie die Mädchen sie von hinten anfielen und auf den Boden zerrten. Sie schlug mit den

Armen um sich, aber konnte nicht verhindern, dass man sie auf den Boden warf. Mehrere Mädchen hielten sie an Armen und Beinen fest. Sie wollte schreien, aber ihr wurde etwas in den Mund gestopft. Sie sah noch den Hut neben sich auf dem Boden liegen, dann zog man ihr etwas über den Kopf, und die Welt um sie herum verschwand. Sie versuchte weiter, mit den Beinen zu strampeln, aber es half nichts. Mehrere Hände packten sie an den Armen, zwangen sie hinter ihren Rücken und fesselten sie mit irgendetwas, was sich in ihre Haut schnitt. Dann fasste sie jemand unter die Arme, hob ihren Oberkörper an und schleifte sie über den Boden.

„Was machen wir mit ihr?", hörte sie eines der Mädchen fragen.

„Was schon?", vernahm sie Hannas Stimme. „Sie kann uns verraten."

„Du meinst …"

Eine Antwort konnte sie nicht hören, aber sie konnte sich denken, was gemeint war. Ihre Füße fühlten Steine, durch die sie gezogen wurden. Dann hörte sie, wie eine Tür geöffnet wurde. Dann nahm sie Stufen wahr, über die ihre Beine abwärts holperten. Es wurde kalt am Rücken und mit den Händen fühlte sie einen staubigen Steinboden.

„Komm jetzt!", rief Hanna, und dann vernahm sie, wie eine Tür geschlossen und an einer Kette gerasselt wurde. Dann war alles still. Ihre hinter dem Rücken gefesselten Hände tasteten den Boden weiter ab, aber außer irgendwelchem Dreck war nichts zu erfassen. Sie versuchte, die Zunge hinter das Ding in ihrem Mund zu bekommen, um es herauszudrücken zu können. Mehrfach musste sie gegen einen Brechreiz ankämpfen. Sie warf den Kopf ruckartig nach vorne, um so den Gegenstand herauszubefördern. Sie meinte, dass er sich tatsächlich etwas lockern würde. Immer wieder machte sie weitere Anläufe. Aber sie musste auch immer längere Pausen machen, weil ihre Kraft schwand. Sie konzentrierte sich darauf, ruhig zu atmen, um dann weitere Befreiungs-versuche durchführen zu können. Bei jedem Atemzug drang dieser modrige Geruch tief in sie ein. Sie war sicher, eine Unmenge an Staub in die Lungen gesaugt zu haben, und musste mehrfach heftig husten. Längst hatte sie den Überblick verloren, wie lange sie schon kämpfte, als es ihr endlich gelang, dieses schreckliche Etwas aus dem Mund zu befördern. Sie hustete kräftig und rang nach Luft, um ihr rasendes Herz zu beruhi-gen, das ihr die Sinne zu nehmen schien. Das Flimmern vor ihren Augen verzog sich langsam und ließ nur das Dunkel zurück.

„Hilfe!", schrie sie, mit allem, was ihr Körper hergab. „Hilfe!"

Sie lauschte, ob sie irgendeine Reaktion vernehmen konnte, aber es war ihr klar, dass die Chancen dazu sehr schlecht standen. Es war Sonntag. Sie musste irgendwo im Schulgebäude sein. Es war sehr unwahrscheinlich, dass heute jemand zufällig hier vorbeikommen würde. Zumal sie in irgendeinen Keller geschleppt worden war, der sicher nicht häufig frequentiert wurde. Doch was hatten Hanna und Konsorten eigentlich mit ihr vor? Wollten sie sie einfach hier liegen und verhungern oder verdursten lassen? Ab Montag müssten sie doch damit rechnen, dass sie von irgendwem gefunden würde. Sie sah Hanna vor sich. In ihren Augen hatte kalte Wut gelodert. Das war der Gesichtsausdruck einer rücksichtslosen Mörderin gewesen. Und wenn ihr Eindruck richtig war, dann hatte Hanna dem Spanner brutal die Kehle aufgeschlitzt. Dazu war eine besonders perfide Art der Rücksichtslosigkeit notwendig. Jemand, der dazu in der Lage war, würde sie hier nicht einfach liegen lassen. Diese Person würde wieder auftauchen und sein schreckliches Werk zu Ende bringen wollen.

„Hilfe!", schrie sie, so laut sie konnte, während sie ihre Arme mit aller Kraft auseinanderzog. Sie musste sich befreien, wenn sie überleben wollte. Wieder schrie sie und zerrte an ihren Fesseln.

Ihr Mund war trocken. Ihre Handgelenke schmerzten, und sie war sich sicher, dass Blut an ihnen herunterrann. Sie hatte keine Ahnung, wie lange sie schon in diesem Verlies ausgeharrt hatte. Sie wollte schreien, aber ihr Hals war so ausgedörrt, dass nur ein Krächzen erklang. War das also das Ende? Sie hatte nie darüber nachgedacht, wie sie einmal von dieser Welt gehen würde. Der Gedanke, dass die Zeit, die ihr blieb, mittlerweile deutlich kürzer war, als die, die sie bereits zurückgelegt hatte, war für sie immer bedrückend gewesen. Was würde von ihr in Erinnerung bleiben, wenn man sie irgendwann hier im Keller finden würde? Wäre sie für immer die verrückte Alte, die tot im Schulkeller gelegen hatte? Welche Spuren hatte sie ansonsten in der Welt da oben hinterlassen? Kinder hatte sie keine. In ihrer alten Firma war sie sicher längst nur noch eine vage Erinnerung an die alten Zeiten, die man glücklicherweise überwunden hatte. Gut, Annemie wäre sicher traurig. Sie war schon immer die Emotionalere in der Familie gewesen. Damals, als zuerst der Vater und kurze Zeit später auch ihre Mutter gestorben war, hatte Annemie monatelang Schwarz getragen und war in jedem Gespräch irgendwann auf den Verlust der Eltern gekommen. Sie dagegen hatte sich direkt in die Arbeit gestürzt und sich nicht beirren lassen. Damals hatte sie angefangen zu vermeiden, die Schwester zu oft anzurufen. Annemie würde gewiss wieder lange um sie trauern. Sie spürte, dass es sie belastete, ihrer Schwester diesen Schmerz zu bereiten. Aber sie musste sich auch eingestehen, dass es sie irgendwie beruhigte, dass wenigstens eine Person sie beweinen würde.

Sie sog tief Luft ein. Nein, sie hatte es nicht verdient, so sang- und klanglos aus dem Leben zu scheiden. Sie war Mareike Appeldorn, eine Frau, die alles andere als unscheinbar war. Sie hatte einen triumphalen Abgang verdient. Einen, von dem die Welt noch lange erzählen würde.

Mit aller Gewalt zog sie an den Fesseln und ließ dem Schmerzensschrei freien Lauf. Wieder spürte sie, wie etwas Warmes an ihrer Hand entlanglief. Sollte sie sich auch die Haut bis auf die Knochen aufreiben, sie würde nicht aufgeben. Niemals. Wieder riss sie die Arme auseinander. Die Gelenke knackten und erneut jaulte sie auf. Sie atmete durch, um sich auf einen weiteren Anlauf vorzubereiten, als ein Geräusch an ihre Ohren gelang.

„Hilfe!", rief sie aus. „Hilfe!"

„Schreien nützt hier nichts."

Frau Appeldorn erschrak und benötigte einen Moment, um die Stimme einzuordnen.

„Was hast du vor, Hanna?" Schlagartig wurde ihr klar, was die junge Frau tun wollte. Sie war eine Killerin. Aber jede Sekunde, die sie die Mörderin in ein

Gespräch verwickeln konnte, war eine Sekunde, die sie länger lebte. Und sie wollte leben. Unbedingt.

Der Sack wurde ihr vom Kopf gezogen, und es dauerte einige Sekunden, bis sie wieder etwas erkennen konnte.

Hanna, die den Gegenstand aus ihrem Mund in der Hand hielt, erschien vor ihr. „Hat dir nichts geholfen. Hier hört dich niemand."

„Die Hoffnung stirbt zuletzt", antwortete Frau Appeldorn so lakonisch, wie es ihr in Anbetracht der Situation möglich war.

„Noch immer zu Scherzen aufgelegt. Das wird sich ändern." Sie zog ein Messer hervor.

„Jetzt ganz alleine? Hast du dem Spanner auch ganz alleine die Kehle aufgeschlitzt?"

„Die anderen haben ihn festgehalten. Der Kerl wollte uns verraten."

„Weil ihr den Bademeister erschlagen habt und er es gesehen hat?"

„Sie sind schlau." Sie betrachtete das Messer in ihrer Hand.

„Und jetzt willst du es bei mir genauso machen? Aber du bist alleine. Wer soll mich denn dann festhalten?"

„Mit dir werde ich schon fertig." Sie hob die Hand mit dem Messer und machte einen kleinen Schritt auf Frau Appeldorn zu.

„Na, wenn du dich da mal nicht überschätzt. Ich bin zwar älter als du, aber auch schwerer und größer." Sie versuchte, ihre Beine anzuziehen, um sich besser abdrücken zu können, und zerrte an den Fesseln.

Das Mädchen fuchtelte mit dem Messer herum.

Frau Appeldorn triumphierte. „So wirst du es nie schaffen, mir die Kehle durchzuschneiden."

Hanna schien zu erkennen, dass ihr Opfer recht hatte, und änderte den Griff um das Messer. Nun sah es so aus, als ob sie damit zustoßen wollte.

Frau Appeldorn fixierte sie, um jede ihrer Bewegungen mitzubekommen. Sie bemerkte ein Zucken in ihren Augen und schaffte es, sich rechtzeitig nach rechts fallen zu lassen. Der Hieb ging an ihr vorbei. Nun lag sie aber auf dem Boden und hatte keine weitere Ausweichmöglichkeit. Sie sah, wie der nächste Stoß auf sie zukam, und drehte sich noch zur Seite, soweit es ihre Lage zuließ. Ein brennender Schmerz schoss durch ihren Körper, und sie spürte, wie Blut ihren Arm entlanglief. Sie öffnete die vor Schreck geschlossenen Augen und sah, dass der Griff des Messers aus ihrem Oberarm ragte. Hanna machte den Ansatz, die Waffe wieder zu ergreifen, aber Frau Appeldorn gelang es, sich wieder wegzudrehen. Sie spürte, wie ihr die Sinne zu schwinden drohten. Ihr Herz schlug ihr bis zum Hals, und der Schmerz durchdrang jede Faser ihres Körpers. Die Mörderin lag nahezu auf ihr und versuchte, das Messer zu erreichen. Frau Appeldorn drehte sich nach links und rechts und kämpfte darum, dass Hanna nicht an das Messer gelangen konnte, das aus ihrem Arm ragte, und bei jeder Bewegung eine Höllenqual auslöste. Hanna im Gegenzug schmiss sich mit aller Kraft auf sie und zog letztlich mit einem Ruck an der Waffe. Frau Appeldorn nahm noch wahr, wie Blut aus ihrem Arm quoll, und dann sah sie wieder diese schreckliche Fratze eine Mörderin über sich, die das Messer in beide Hände nahm und zustieß. So sehr sie auch wollte, sie konnte den Oberkörper nur noch wenige Zentimeter bewegen, bevor ein Blitz alles in ihr erzittern ließ.

Annemie erschien weinend vor ihr. „Es tut mir leid, Schwesterchen", murmelte Frau Appeldorn, und dann glitt sie hinab ins Dunkel.

XVI

„Frau Appeldorn, Sie sind die Beste." Der Chef sah sie an und lächelte.

„Möchten Sie einen Kaffee?", hörte sie sich fragen.

„Ja, gerne. Rufen Sie mir dann den Kollegen herein, bitte."

Sie nickte, verließ das Büro und ging zur Kaffeemaschine. Sie füllte eine Tasse, stellte sie auf die Untertasse, legte zwei Stücke Zucker und einen Schokokeks darauf. So, wie es der Chef liebte. Dann trug sie die Tasse ins Büro und stellte sie auf seinen Schreibtisch. Er lächelte sie an und nickte kurz zum Dank.

„Was würde ich nur ohne Sie tun."

Sie schenkte ihm ein Lächeln. „Ich bin da, wenn Sie mich brauchen." Sie wollte das Büro verlassen, als sie seine Stimme hinter ihr vernahm.

„Sie sollten sich aber auch mal um sich selbst kümmern."

Sie drehte sich zu ihm. Er hielt die Kaffeetasse in der einen und den Schokokeks in der anderen Hand. Genussvoll biss er in das Gebäck.

„Wie meinen Sie das?", fragte sie vorsichtig.

„Ich werde nicht immer da sein, liebe Frau Appeldorn."

„Ja, aber bis dahin dauert es noch lange. Sie sind doch in der Blüte Ihres Lebens."

Er lächelte. „Na ja, ich würde sagen, an den Rändern ist schon einiges recht welk."

„Ach, nein. Sagen Sie so etwas nicht."

Er steckte sich den Rest des Kekses in den Mund und schloss kurz die Augen, um dem Geschmack nachzuspüren. „Sie wissen, dass ich recht habe, meine Liebe. Es ist Zeit, dass Sie etwas für sich finden. Etwas, was Sie glücklich macht. Meine Stunden sind gezählt."

„Nein, dass dürfen Sie nicht sagen." Sie konnte nicht verhindern, dass es etwas verzweifelt klang.

Wieder zog er die Mundwinkel zu einem sanften Lächeln hoch. „Sie haben noch so viel zu geben, liebe Frau Appeldorn. Sie müssen leben." Dann hob er seine Hand zu einem kurzen Winken und verschwand vor ihren Augen. Sie suchte das Büro ab, aber er war nirgends zu sehen. Was ging hier vor sich?

„Wo sind Sie?", rief sie aus. „Sie dürfen noch nicht gehen? Was soll ich denn ohne Sie tun?"

Sie spürte, wie sich ihre Brust zusammenzog. Es wurde immer schwerer für sie, Luft zu bekommen. Sie japste, und Panik kam in ihr auf. Dann schlug jemand auf sie ein. Ihre Brust brannte höllisch. Und wieder gab es einen Schlag.

„Lass das", wollte sie ausrufen, aber es fühlte sich nicht so an, als ob ihr dies gelungen wäre.

„Einundzwanzig, zweiundzwanzig", hörte sie eine Stimme zählen, während ihre Brust zusammengedrückt wurde.

Sie musste diese Person von ihr herunterbekommen. Doch der Versuch, den Arm zu bewegen, scheiterte. „Jetzt hört endlich auf!", schrie sie mit aller Kraft.

„Ich habe einen Puls", konnte sie vernehmen, dann gab es ein Stimmengewirr, und jemand hob sie hoch. Es ruckelte, und sie hatte das Gefühl, dass sie sich übergeben müsse, auch wenn es einfach nicht gelingen wollte, die Augen zu öffnen. Sie war zu erschöpft. Sie müsste einfach etwas schlafen, und dann würde alles gut werden.

Ein heftiges Brennen in ihrer Brust und in ihrem linken Arm weckte sie auf. Vorsichtig versuchte sie, die Augen zu öffnen. Es schien, als wären sie zugeklebt. Sie machte einen weiteren Anlauf. Nun schienen sich die Wimpern tatsächlich von der Haut zu lösen, und Licht drang zu ihr durch. Erschrocken schloss sie die Augen sofort wieder, um es einen Augenblick später erneut zu wagen. Dieses Mal hielt sie der Helligkeit stand, die sie umgab. Mehr und mehr ergaben sich Umrisse, und es schien, als brauche ihr Verstand noch etwas Zeit, um alle diese Informationen zu verarbeiten. Sie bewegte ihre Finger und tatsächlich konnte sie etwas spüren, was zu den wahrgenommenen Umrissen passte. Es fühlte sich wie Stoff an. *Du liegst in einem Bett,* teilte ihr der Verstand mit. Die Informationen, die ihre Augen ihr sandten, bestätigten mehr und mehr diese Aussage. Sie konnte das Bett als ein Krankenhausbett identifizieren, und das Zimmer um sie herum unterstrich diesen Eindruck. Überall an ihrem Körper waren Verbände. Ihre Brust war vollständig eingewickelt. Ihr linker Arm und ihre Handgelenke waren ebenfalls verbunden. An der Seite des Bettes waren Geländer hochgeklappt, und an der rechten Seite baumelte ein Kabel mit einem Knopf am Ende. Sie gab dem rechten Arm den Befehl, danach zu greifen, und beobachtete, wie dieser den Befehl in Zeitlupe ausführte. Sie schaffte es, den Schalter zu betätigen, und es dauerte nicht lange, bis sich die Tür öffnete.

„Da sind Sie ja wieder, liebe Frau Appeldorn", sagte die Frau in Krankenhausmontur, die hereinkam. „Ich rufe den Arzt, damit er nach Ihnen sehen kann."

Dann verschwand sie wieder und erschien kurze Zeit später im Gefolge eines Mannes im weißen Kittel. Der lächelte sie an. „Wie geht es Ihnen?"

Frau Appeldorn wollte etwas antworten, aber ihr Mund schien ebenfalls verklebt zu sein.

Der Mann erkannte ihre Schwierigkeiten. „Moment, ich gebe Ihnen etwas zu trinken." Er hielt ihr eine Schnabeltasse an den Mund, und es gelang ihr tatsächlich, ihn ausreichend weit zu öffnen, dass sie einen

Schluck nehmen konnte. Sie spürte, wie das Nass ihren Hals herunterlief. Sie nahm gleich noch einen Schluck und spülte den Mund damit aus. Jede Verklebung schien sich zu lösen. Der Arzt nahm die Tasse zurück. „Besser?", fragte er.

Sie nickte. „Was ist passiert?", brachte sie zu ihrer eigenen Überraschung heraus.

„Sie haben viel Blut verloren, aber es wurden keine lebenswichtigen Organe verletzt. Sie haben riesiges Glück gehabt. Ihr Herz wurde nur knapp verfehlt. Sie müssen einen guten Schutzengel haben. Es sollte Ihnen bald wieder besser gehen", schilderte der Mann in Weiß.

„Draußen wartet Besuch für Sie", warf die Schwester ein. „Kann ich ihn hereinrufen?", fragte sie den Arzt.

Der nickte. „Ja, natürlich." Dann drehte er sich zu Frau Appeldorn. „Schonen Sie aber bitte noch Ihre Kräfte. Ich sehe später wieder nach Ihnen." Dann ging er aus dem Zimmer, gefolgt von der Schwester.

Es dauerte nicht lange, und die Tür wurde erneut geöffnet. Ihr Nachbar erschien, und dahinter grinste sie Friedrich Meister an.

„Wie schön, dass Sie wieder wach sind. Sie haben uns ja einen ganz schönen Schrecken eingejagt", begrüßte sie Herr Büyüktürk.

„Ja, Gnädigste, Sie sind ganz schön tough", schloss der Schriftsteller an. Sie zogen sich Stühle heran und setzten sich an ihr Bett.

Herr Büyüktürk betrachtete ihre Verbände. „Was machen Sie auch für Sachen."

Sie versuchte, nach der Schnabeltasse zu greifen, die auf dem Schränkchen neben dem Bett stand.

Er nahm die Bewegung wahr und reichte ihr die Tasse.

Sie nahm einen kräftigen Schluck. „Was ist passiert?", fragte sie erneut.

Der Nachbar wiegte den Kopf hin und her. „Sie können von Glück sagen, dass der Kommissar sich einfach nicht vorstellen konnte, dass sie nicht zu einem Termin erscheinen würden."

Sie sah ihn fragend an.

„Na, sie hatten ihm wohl zugesagt, auf der Wache zu erscheinen, um eine Aussage zu machen."

Sie kramte in ihrem Gedächtnis nach und nickte schwach.

„Als sie dann den ganzen Vormittag nicht kamen und auch auf dem Handy nicht erreichbar waren, ist er bei Ihnen vorbeigekommen und als niemand öffnete, hat er bei mir geklingelt. Ich habe ihm gesagt, dass Sie in den Park gehen wollten. Eine Nachfrage bei den Beamten, die dort am Morgen waren, ergab, dass eine Frau mit rotem Hut dort gesehen worden war."

Sie konnte ihn nur mit großen Augen anstarren.

Er lächelte. „Sie fragen sich bestimmt, wie wir sie dort in dem Schulkeller finden konnten, nicht wahr?"

Sie nickte.

„Jetzt komme ich ins Spiel", meldete sich Friedrich Meister zu Wort. „Das ist eine wilde Geschichte." Er ließ sich in den Stuhl sinken. „Ich rief ihn an, um mich bei ihm zu verabschieden." Er zeigte mit dem Finger auf den Nachbarn.

„Ja, und ich habe ihm natürlich erzählt, dass Sie vermisst wurden", sprang dieser ein.

„Ich hatte natürlich direkt die Vermutung, dass sie eine Spur verfolgten, und der Park legte nahe, dass es sich um Hanna und ihre Gruppe ging." Der Stolz in Meisters Stimme war unüberhörbar.

Herr Büyüktürk verzog das Gesicht und klopfte dem Schriftsteller auf die Schulter. „Also baten wir den Kommissar, die Mädchen ausfindig zu machen. Als die Beamten eine der jungen Frauen aufsuchen und befragen wollten, erwischten sie diese dabei, wie sie einen roten Hut in eine Mülltonne beförderte."

„Unfassbar, nicht wahr?", warf der Schriftsteller ein. „Wenn man so etwas in einem Krimi schreiben würde, würden die Leser sicher mit den Augen rollen."

„Das Leben schreibt immer noch die besten Geschichten, lieber Friedrich", wandte der Nachbar ein. Dann drehte er sich wieder zu der Verletzten. „Also, sie erzählte dann, wo sie Sie hingeschafft hatten und was Hanna vorhatte. Die Polizei kam gerade noch rechtzeitig, in dem Moment, als Hanna ein weiteres Mal auf sie einstechen wollte." Er betrachtete den Verband auf ihrer Brust. „Leider hat sie es zuvor schon einmal geschafft."

Frau Appeldorn konnte nur langsam nicken. Dann sah sie sich die beiden Männer an, die da an ihrem Krankenbett saßen. Sie sahen aus wie zwei kleine Jungen, die ein großes Abenteuer erlebt hatten. Ihre Wangen waren vor Aufregung gerötet, und Frau Appeldorn musste unweigerlich lächeln.

„Sie lächeln ja schon wieder", stellte Friedrich Meister fest.

Die Angesprochene räusperte sich. „Hat Hanna denn gesagt, was genau geschehen ist mit dem Bademeister?"

Die Männer nickten und sahen sich an. „Erzähle du es ihr", forderte Meister den Nachbarn auf. Der sah sie an. „Ja, sie haben alles gestanden." Dann schilderte er die Einzelheiten.

Hanna und ihre Clique hatten Mike Kemper erwischt, als er hinter dem Zaun im Gebüsch saß und die Mädchen im Schwimmbad fotografierte. Der Bademeister war auf seinem Rundgang dazugekommen. Hanna war außer sich und forderte ihn auf, etwas gegen Kemper zu unternehmen. Er sagte zwar zu, dass er es der Polizei melden würde, aber das war Hanna zu wenig. Es kam zu einem Streit, in dessen Verlauf Hanna in Rage mit der Schaufel von Kemper auf den Bademeister einschlug. Der fiel tot um. Daraufhin drohten die Mädchen Kemper, dass sie ihn der Polizei verraten würden, wenn er irgendwem etwas erzählen würde.

„Dann haben sie uns auf seine Spur gelenkt, damit wir ihn als Mörder an dem Bademeister verdächtigen", schloss Frau Appeldorn an.

„Sehr gut, Gnädigste. Der Verstand ist wieder voll da", schaltete sich der Schriftsteller ein.

„Und was ist dann im Park geschehen?"

„Es ist kaum fassbar", seufzte der Nachbar. „Kemper muss verzweifelt gewesen sein. Er ist jedenfalls im Park bei den Mädchen aufgetaucht und hat Hanna mit einem Messer bedroht. Sie solle der Polizei die Wahrheit sagen, sonst würde er ihr etwas antun. Sie sagten zum Schein zu, und als er dann gehen wollte, haben sie ihn von hinten überfallen, und Hanna hat ihm die Kehle durchgeschnitten."

Frau Appeldorn musste sich schütteln. „Wie grauenhaft. Mir will einfach nicht in den Kopf, dass diese jungen Frauen so brutal sein können." Das hasserfüllte Gesicht von Hanna erschien vor ihrem inneren Auge.

„Hanna war von maßloser Wut und Rachegelüsten getrieben, die wohl noch andere Hintergründe haben müssen als nur den Vorfall mit Mike Kemper. Soviel kann man nur vermuten. Wie wir wissen, stammt sie aus schwierigen Verhältnissen. Sie hatte die anderen Mädchen fest im Griff. Sie standen völlig unter ihrem Einfluss und sind so immer tiefer in das Verderben hineingezogen worden", ergänzte Herr Büyüktürk.

„Wie muss das jetzt für die Eltern der Mädchen sein." Sie schloss die Augen.

„Sollen wir gehen? Möchten Sie sich ausruhen?", beeilte sich der Nachbar zu fragen.

Sie nickte. „Es ist sehr nett, dass Sie mich besuchen. Danke, dass Sie mich gerettet haben. Ohne Sie wäre ich nun ..." Sie konnte nicht weitersprechen. Ihre Stimme drohte zu brechen.

Der Nachbar ergriff ihre Hand. „Das ist doch selbstverständlich. Ruhen Sie sich aus! Ich komme morgen wieder vorbei."

Sie öffnete die Augen wieder und schenkte ihm ein Lächeln.

„Da der Fall nun aufgeklärt ist, werde ich mich auf den Heimweg machen, Gnädigste", fügte Friedrich Meister an. Er ergriff ihre Hand und deutete einen Handkuss an. „Es war mir eine Ehre, mit Ihnen auf Mörderjagd zu gehen."

Wieder bewegte sie den Kopf als Zeichen der Dankbarkeit.

Die Männer erhoben sich. Frau Appeldorn fasste dem Nachbarn an den Arm.

„Könnten Sie meine Schwester informieren?"

Er nickte. „Natürlich. Ich habe mein Handy dabei. Da ist die Nummer abgespeichert." Er zog das Gerät aus der Innentasche seines Sakkos.

Frau Appeldorn konnte sich trotz ihres Zustandes ein Lächeln nicht verkneifen, als sie das alte Klapphandy in seinen Händen sah.

„Was ist?", fragte er.

„Das passt zu Ihnen", murmelte sie.

„Mehr brauche ich nicht", rechtfertigte er sich trotzig. „Möchten Sie sie gleich selbst anrufen?"

Wieder nickte sie. Er tippte auf dem Gerät herum und reichte es ihr.

Der Rufton war zu vernehmen, und dann meldete sich ihre Schwester.

„Hallo, Annemie, hier ist Mareike."

„Geht es dir gut?", fragte die Schwester.

„Ja, mir geht es gut. Ich wollte nur deine Stimme hören. Und ich muss dir etwas erzählen."

***

Möchten Sie wissen, wie es weitergeht?

Nach dem Buch ist vor dem Buch. Dies ist der zweite Fall für Frau Appeldorn und ihrem Nachbarn.

Natürlich interessiert hier besonders, wie dieses neue Gespann bei Ihnen ankommt. Welche Vorstellung haben Sie, wie es bei den beiden weitergehen könnte? Teilen Sie Ihre Gedanken mit mir. Rufen Sie einfach vera-nentwich.de/kontakt auf und lassen Sie mich wissen, wie sich die Zukunft von Frau Appeldorn und Herrn Büyüktürk vorstellen.

Möchten Sie zu den Ersten gehören, die erfahren, wann und wie es weitergeht? Dann tragen Sie sich für meinen Newsletter ein und Ihnen entgeht nichts mehr. Einfach QR-Code scannen und E-Mailadresse angeben.

Ich freue mich darauf, von Ihnen zu hören.

Ihre

Vera Nentwich

Tote Trainer pfeifen nicht

Bienes siebter Fall

Was machst du, wenn dich deine Freundin um Hilfe bittet? Mörder jagen.

Grefraths Eishockeystar Tobias „Toby" Thomsen soll den Trainer erschlagen haben. Seine Freundin bittet Sabine „Biene" Hagen um Hilfe. So stürzt sich die Detektivin in die Welt des Grefrather Eishockeys und kommt nicht nur dem neuen kanadischen Spieler sehr nahe. Dies und der angekündigte Besuch der zukünftigen Schwiegereltern wirbelt ihr Privatleben zudem kräftig durcheinander. Aber Biene wäre nicht sie, wenn sie sich beirren ließe. So geht sie den wichtigen Fragen nach. Wie konnte sich ein Viertligist so einen Top-Trainer leisten? Was führt der Vereinsvorsitzende im Schilde?

Eine turbulente Mörderjagd in der Welt des Pucks und des Bodychecks mit einer guten Portion Lokalkolorit.

Als Taschenbuch und E-Book auf allen Plattformen erhältlich

Berichte aus dem Autorinnenleben

Die Zwei von der Talkstelle

Podcast

Jede Woche beleuchten die Autorinnen Tamara Leonhard und Vera Nentwich verschiedene Aspekte rund um das Schreiben und Veröffentlichen von Büchern. Illustre Gäste geben exklusive Einblicke in ihre Arbeit. Ein Muss für alle, die sich für die Welt hinter den Büchern interessieren.

Zu hören unter zweivondertalkstelle.de oder bei Spotify, iTunes, YouTube und überall, wo es Podcasts gibt.

Danke

Sie halten den zweiten Fall von Frau Apeldorn in Händen. Auch bei der Arbeit an diesem Buch haben mich viele Menschen unterstützt, bei denen ich mich bedanken möchte.

Allen voran ist meine Familie zu nennen, mit meiner Mutter als die gute Seele. Meinen Brüdern Jürgen und Thomas gebührt ebenfalls großer Dank. Thomas ist der, dem ich alle die tollen Fotos verdanke. Schauen Sie selbst unter tnfoto.de.

Viele Freundinnen und Freunde sind immer für mich da und helfen bei der Ideenfindung, lesen die Zwischenversionen und geben konstruktive Kritik. Da sind besonders Waltraud, Elke und Karl-Heinz, Susann, Rosel, Doris und Gudrun zu nennen.

Tamara, meine Podcastpartnerin ist ein steter Quell an Inspiration. Sibyl und Ella haben kritisch quergelesen.

Mein Dank gilt auch dem Team an meiner Seite mit Gundi, die die letzten Fehler ausmerzt, meiner Lektorin Dorothea und der Coverdesignerin Casandra.

Es gibt so viele Menschen, die mich über die ganze Zeit unterstützt haben, und bei denen ich mich an dieser Stelle herzlich bedanke.

Ich kann mich glücklich schätzen, dass es euch gibt.

Eure

Vera Nentwich